宮内庁書陵部編

圖書寮叢刊

古今伝受資料 一

菊葉文化協会 発行
明治書院 発売

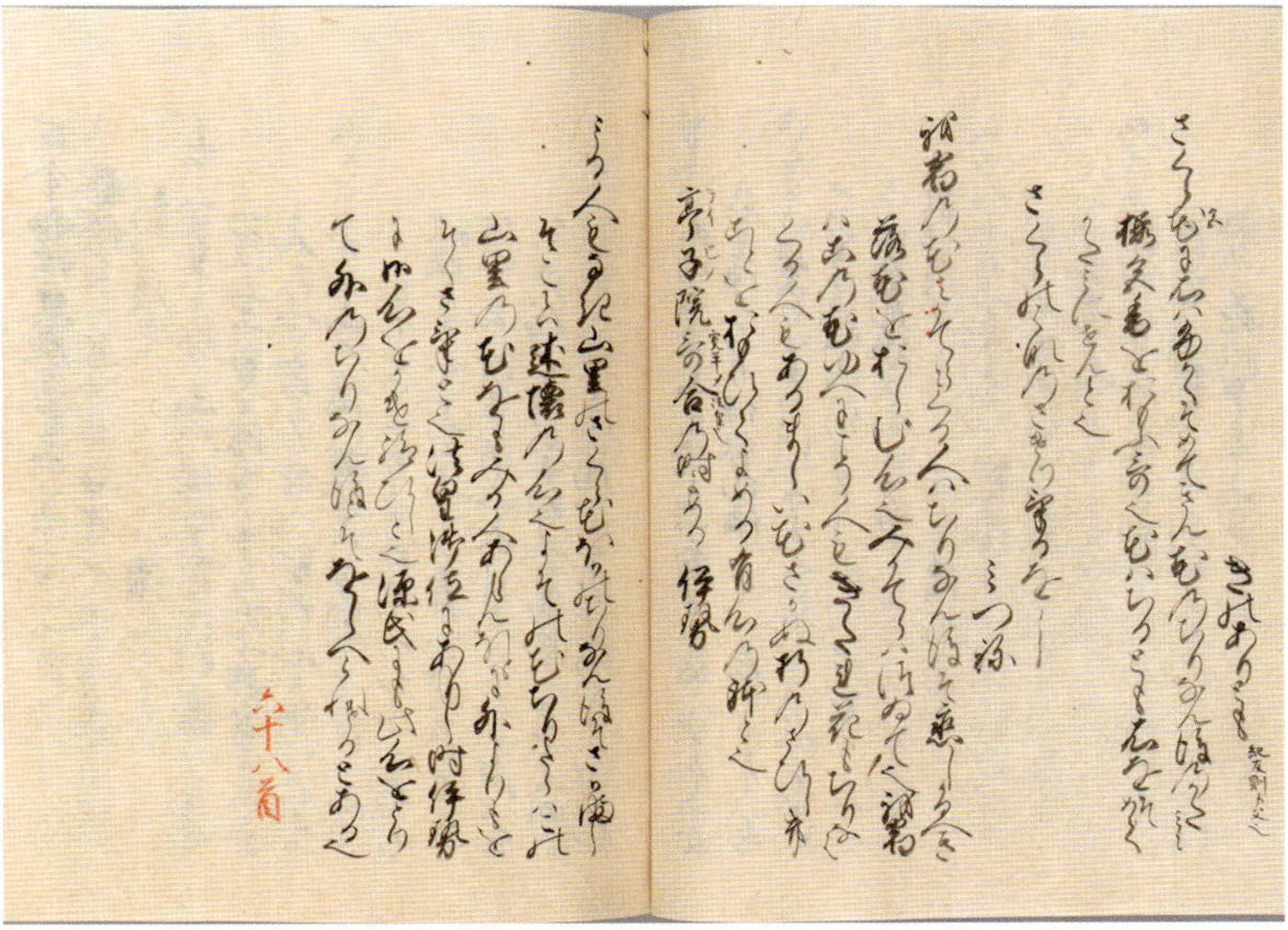

清書本 第一冊 巻第一春上 巻末

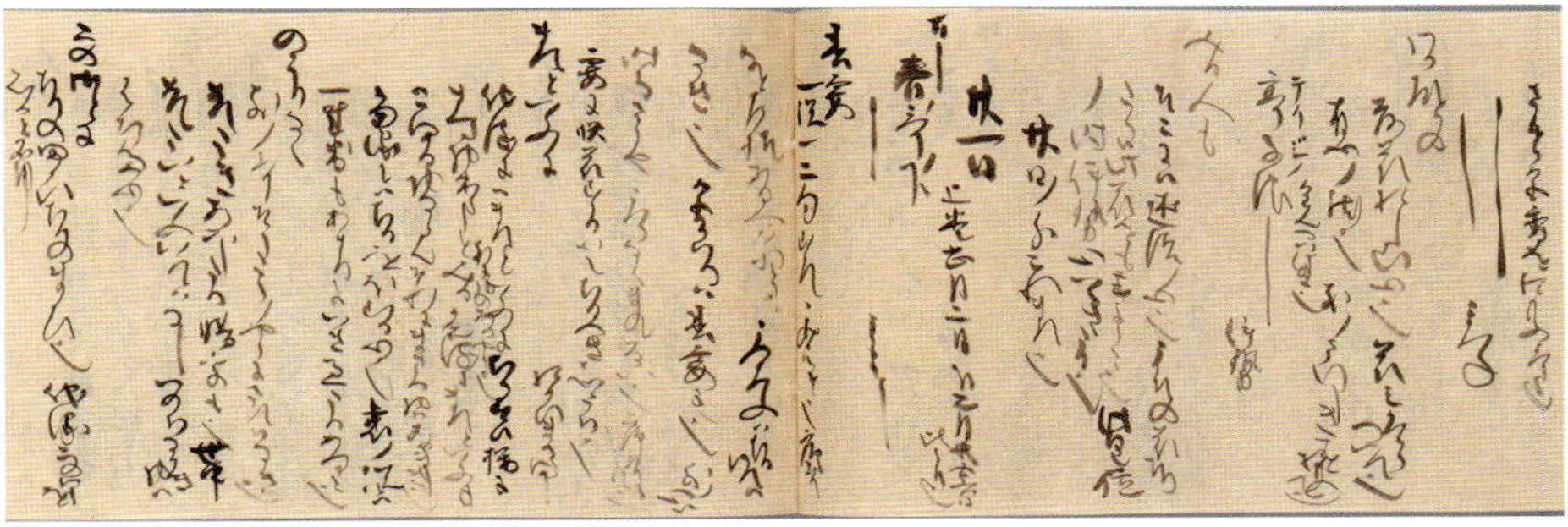

草稿本 第一冊 巻第一春上巻末～巻第二春下 冒頭

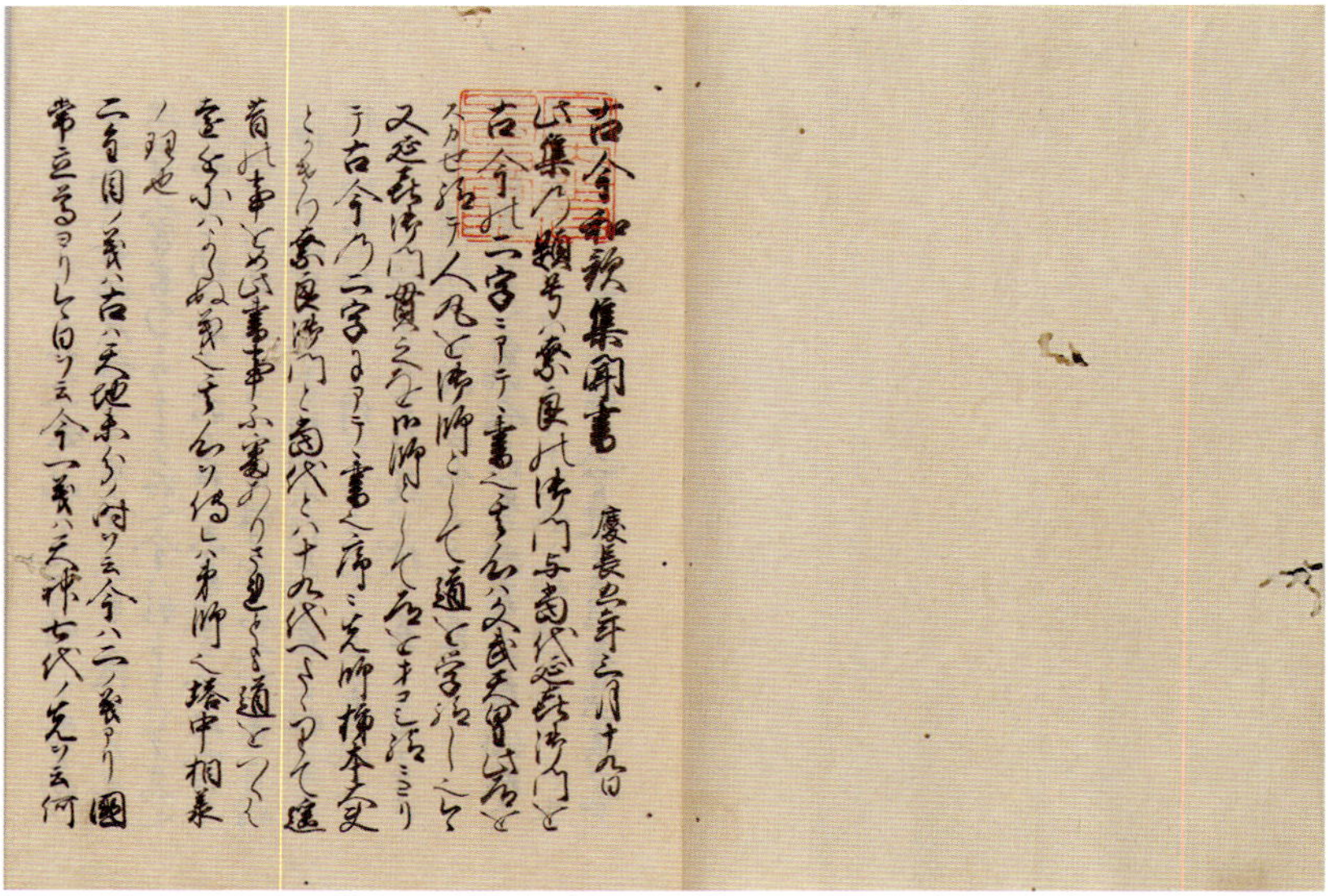

清書本 第一冊 冒頭

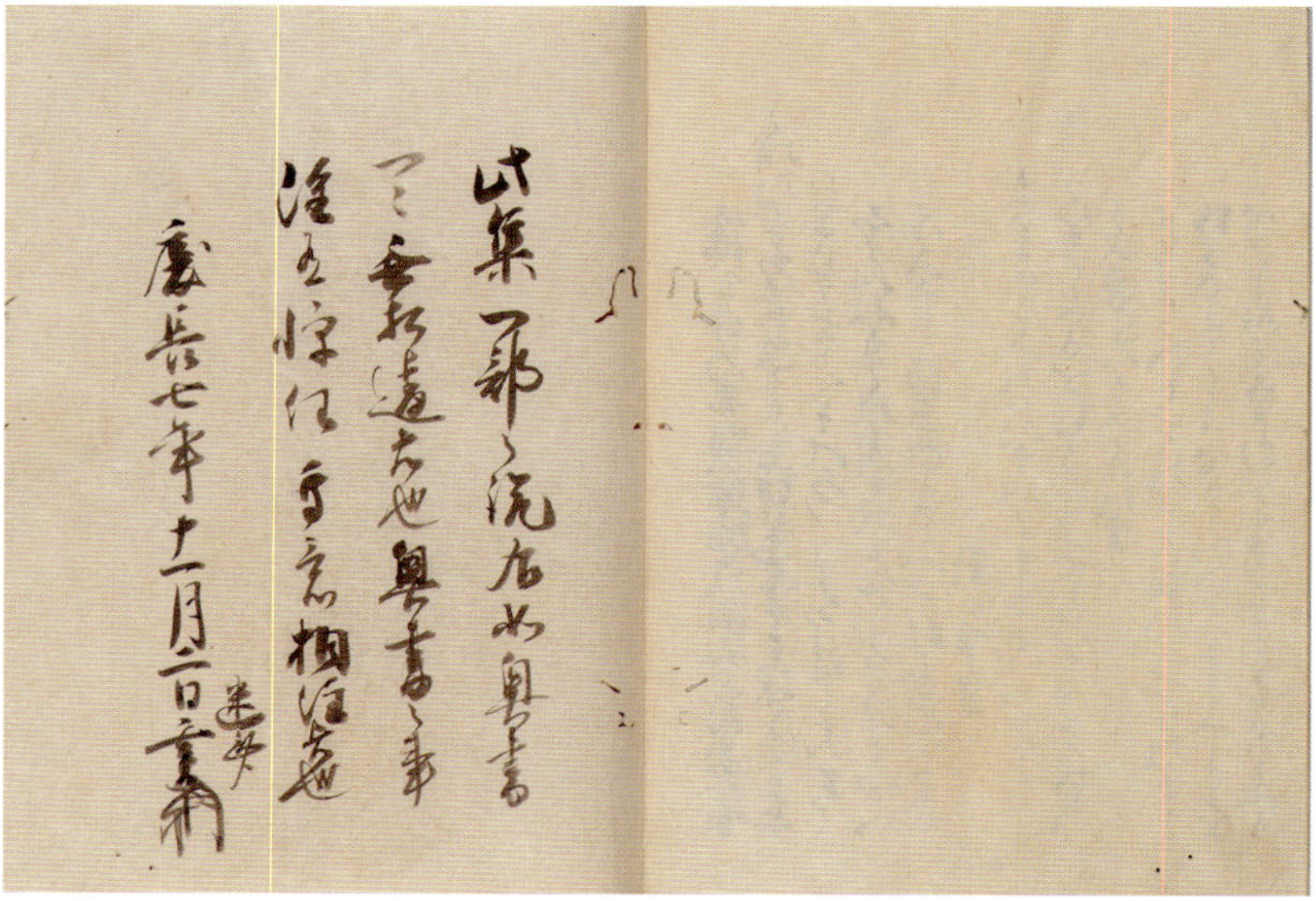

清書本 第三冊 巻末 細川幽斎加証奥書

目次

図版

凡　例

一、図書寮叢刊は書陵部蔵書群の内、歴史・国文その他の資料的価値の高いものを逐次翻刻出版するものである。

一、本書の題字は、慶長勅版『日本書紀』および『職原抄』より集字した。

一、本書は『古今伝受資料　一』として「古今伝受資料」（図書寮文庫　函架番号五〇二・四二〇）の内、慶長五年智仁親王御筆原本「古今和歌集聞書」の清書本（上段に翻刻）および草稿本（同下段）の巻第十三までを収めた。

一、清書本については改丁位置を」で示し、丁付を（　）で記した。

一、字体は特殊なものをのぞき、常用漢字を用いた。片仮名・平仮名はあるがままに翻刻した。

一、「左注」等で、本文に引き続き注釈が書かれている場合、本書では改行し、注記部分の高さに揃えた。

一、和歌本文に、『新編国歌大観』古今和歌集に対応した歌番号を付した。

一、本文中に適宜読点、清濁を付した。なお、原本に濁点符号が付されている文字については、左傍（一部右傍）に「＊」を付して区別した。声点は原位置に付した。

一、翻刻に際し、次のような記号を用いた。

（イ）訂正した文字のうち、見せ消ちについてはその文字の左側に見せ消ち記号を付け、取消線での訂正は、中心に線を引き、訂正後の文字を右側に記した。また、重ね書き・磨り消し・塗抹によるものは訂正後の文字を本行に記し、傍らにもとの字を×を付して括弧書きした。「たぢ《(×つ)》ま」とある場合、「ぢ」はもと「つ」の上から「ち」と訂正したことを意味する。いずれの場合も、元の字が判読できない場合は、■で示し、字数推定困難の場合は▮で示した。初画のみで止まるものは、これを省略した。なお、何度も訂正した場合は、原則最初に書かれたと思しい字と、最終的に訂した字のみを記した。

（ロ）文字の摩滅、本紙の欠損などにより判読困難な場合には、その字数を□で示した。

（ハ）朱筆は『　』で括った。清書本の合点・歌頭の「○」は、すべて朱の為、注記を省略した。

（ニ）本文以外の文字は（首書）などと注記し、範囲を「　」で括った。朱筆の場合は『　』で括っているので省略した。

（ホ）説明注は（　）で括り、本冊初出時に施した。なお、明らかな誤字についても同様に処置した。

（ヘ）挿入符などを用いて位置の変更を指示した文字・文章は、記号を付し、同様の位置に翻刻した。

（ト）文章を省略する意の「ーー」には長短あるが、長さを揃えた。ただし、一部注記の都合などで長さが変わっている箇所がある。

古今伝受資料　一

古今和歌集聞書

○清書本

古今和歌集聞書　　　慶長五年三月十九日

此集の題号ハ奈良の御門与当代延喜御門を古今の二字ニアテ、書也、其心ハ文武天皇此道をスカセ給テ、人丸を御師として道を学給し也、今又延喜御門貫之を御師として道をオコシ給ニヨリテ、古今の二字にアテ、書也、序ニ先師柿本大夫とかけり、奈良御門と当代とハ十九代へだゝりて、遥昔の事を如此書事不審あり、されども道をつぐは遠近にハよらぬ義也、其心ヲ伝レバ弟（子）師也、塔中相承ノ理也、
二重目ノ義ハ、古ハ天地未分ノ時ヲ云、今ハ二ノ義アリ、国常立尊ヨリ今日ヲ云、今一義ハ天神七代ノ先ヲ云、何」（1オ）

○草稿本

慶長五年三月十九日幽斎ニ
古今集聴書　　智仁
古今ノ二字ハ奈良ノ御門、延喜トノ事也、
十九代アイアル也、
其、古、天地未分ノ、今、一字一念ノ起ノ事也、
其頃、
古ハ、

モワカレヌサキノキザス所也、一念ノ初テヲコル時ガ今也、生初ノ義也、又古ハ無始広劫ノサキ也、今ハ五音ノ発セヌ故也、其次ハ古ハ文字言句ニウケテノ所也、今ハ形ニアラハレタル所也、次ハ和哥ノ初テ出タル所ガ古、未《(ママ)》来際ガ今也、又古今ノ二字ヲ正直ノ二ニアツル也、自姓ガ正ノ心也、本来ノ自姓也、中ニシテ不中ヲ正ト云、枉而不枉、是ヲ直ト云、松ハ屈曲也、竹ハ清立也、松ハマガリ竹ハ直ナルヲ一々ニミルガ直風也、タトヘバ弓ハ木竹ヲユガメ、矢ハ篦ヲ撓《タメ》テ直ニナス也、コレモミナ一ニ見ル也、神明ノ心性ガ正、心ニウクルガ直也、

一、和ハ此界ノ名也、哥ハ人ノ五音也、法界ノ五音ノ潤熟スル所ガ哥也、

一、巻ハ其数ヲサダメ、第一第二ト乱ラヌ法度也、此集ハヨク」（1ウ）法ヲマモルコト眼目也、古ハ人ノ心モタヾシク有シ

四

松、クツキヨク、竹、セイリヨク《(ママ)》、

和《哥》ハ、此回《(ママ)》ノ名也、

先師、人丸ノ、

此道ハ、貫之女より伝る也、

ヨクソク、

コン《(ママ)》サツタ、

無明《(×名)》、

ナリ、今世ハ人皆ミダリガハシケレバ、イカニモ此道ノ法度ヲ守ベキモノ也、能此道ヲヲサメント、神慮ヲモ可仰事肝要也、」(2オ)

古今和歌集巻第一

春哥上　かくのごとくよむ也、

春ノ哥ノ上ハヨム也、

春の季を上中下と三ニ分タルモアリ、正二三月トワカルベシ、又上下ト分タルハ正月ヨリ二月ノ半迄ナルベシ、下ノ心モ又上ノゴトク也、

ふるとしに春たちける日よめる

在原《アリハラノ》元方《モトカタ》

在原《アリハラノ》元方

1年の内に春はきにけりひとゝせをこぞとやいハむことしとやいはん

1年の内に

家集にハこぞとやおもふことしとやおもふとアリ、

惣別、この集ハ正直をもとゝする間、立春の哥を巻頭にすべきを、年内立春のある心ハとうじ*より草木もめぐむによりて先此哥を置けると也、又君徳のはやくいたる事をいふと也、」（2ウ）元方家集にハこぞとやおもふことしとやおもふとあるを、貫之なをして入たると

也、
春たちける日よめる　紀《ノ》貫之
2袖ひちてむすびし水のこほれるを春たつけふのかぜやとくら
ん
此哥立春也、前の哥をば序分とみるが習と也、袖ひちてハひたす也、此哥に四季の心あると云説あり、不用、たゞ春たつかぜに氷りのとくると也、裏の説にハ、聖人ノマジハリハアハウシテアマシ、賢人ノマジハリハアハウシテ如水トアリ、時ウツリテヲトロヘタルヲモアナドラズ、又トメルヲモウラヤマヌ心聖ノ心也、能々オモフベシ、
題しらず
読人しらず　これハ貫之女也、勅かん故ニ如此と也、」（3オ）
題しらずと書ニあまたの心あり、
一ハ当座ノ景気ニ望テ読タル、一ハ指タル所ニテモナ

2袖ひちて　紀《ノ》貫之
先ノ哥をば序分也、
袖ひちてハひたす也、漬、四季哥ト云、不ち（ママ）ひず、裏（×記）説アリ、聖人、賢人交ノ事アリ、

キ席ニテ読タル、一、題ガアレドモ題ニアハヌ、一、題ノ外ノ物ヲ読イレテ、ナニヲ本ニセントモナキ、一、読人ガ何ノ題ニテ読タリトモ不知、一、憚シサイ有テ読タル、一、シサイ長〳〵シク此集ノオクニ伊勢物語ニアル詞ナド書タルヤウナルガ、一、哥バカリツタハリテ何ノ哥トモ不知、一以上、

又読人不知ノ事ハ、当代御門ノ御哥、高家人、勅勘ノ人、凡下ノ人、又一段フルキ世ノ人、又アナガチ貴人ナラネド一段作者ヲ本走ノ人、又仏神ノ慥ナラヌ哥、又真実作者不知ハ勿論也、以上後々ノ集ニハ初テ入」(3ウ)者ヲ読人シラズトカケリ、一向ニイハレヌ事也、古今ガ集ノ手本タルベキ也、コヽノ読人不知ハ貫之ガ女、掌子内侍ガ哥也、此時ニ此人勅勘也、然共此哥ヲ入事貫之ガテガラ、又主ノ名誉也、貫之ガ心ハ人ノ善

悪ヲバ不撰、哥ノ善悪ヲ撰也、ワタクシナキ所妙也、又内々ハ主上ニモシロシメシテ被入タルト也、後撰ニハ、題シラズ読人モトアリ、拾遺ニハ、題読人シラズトアリ、定家ノ両集ヲ書テ進上ノ時、古今ノ如クニ、題シラズ、読人シラズトカヽレタリ、ソウ覧ノ本ナドニ題読人シラズナド略シタルハ、無分別トノ義也、

3春霞《スム》たてるやいづこみよしのゝよしのゝ山に雪ハ降つゝ
朝霞夕霞ノ時ハニゴル也、

よしのゝ山に雪ふる間、春かすミのたてる」（4オ）ハいづこぞと也、此つゝ、ながらといふ心也、こゝに貫之我女の哥を入るゝ名誉と也、

二条のきさきの春のはじめの御うた おほんとよむ也、后、 長良卿女也、

4雪の内に春はきにけり鶯のこほれる涙今やとくらん

此哥を冬の哥といふ説あり、定家無信用、鶯の涙今や

題不知
心多也、
読人不知 貫之女也、勅かん也、

3春霞 清也、
つゝハ、ながら也、こゝろともアリ、たてる物也、

二条
長良ノ女也、

4雪の内に春ハ
冬ノ哥云説アリ、もちいず、

とくらんといふニ余寒の心ありと也、一封書寄数行啼、

題しらず　　　読人しらず

5梅が枝にきゐる鶯春かけてなけどもいまだ雪ハ降つゝ

顕昭ハきゐるを木居るといふ、不用、たゞ来ゐる也、
哥の心ハ、春かけて雪ハふれども梅が枝にたどらず鶯
の鳴と也、」(4ウ)

雪の木にふりかゝれるをよめる

素性法師《ソセイホウシ》

6春たてバ花とやみらんしら雪のかゝれる枝に鶯のなく

みらんハみるらん也、しら雪をも鶯が花とミて枝にな
くかと察たる心と也、裏の説ハ我心ほど〳〵に人の心
をも察するものと也、

題しらず　　　読人しらず

7心ざしふかくそめてしおりければ消あへぬ雪の花とミゆらん

5梅がえに

木ゐる、もちいず、来ゐる也、
照（ママ）説也、

6春たてバ

素性法師《ホウシ》

みらん、みるらん也、リノ説ハ
我心ほど、人心をもさつすると
也、

7心ざし

ある人のいハく、さきのおほきおほいまうちぎミの哥也、忠信（ママ）公の事也、左注ハ奔走と也、おりければを居ると云字ニみる、不用、折也、消あへぬ雪の花とミゆらんといふを、他流にハ」（5オ）雪を花とみておるといふ、当流にハ雪を治定、花とさだめて、消あへぬ雪の様なるを、心ざしふかくしておると也、裏の説ハ、我心を本としてハまがふ事あるほどに、我心ばかりを信ずる事なかれと也、

二条のきさきのとうぐうのミやすん所ときこえける時、正月三日おまへにめしておほせごとあるあひだに、日はてりながら、雪のかしらにふりかゝりけるをよませ給ける

ミやすん所、すこしはねてよむがよきと也、正月を尭孝ハ正月とよむ、東（常縁）ハむつきとよめり、いづれにても

おり、居説、ワル（×ア）し、折也、リノ説、我心を信じずと也、

忠仁公ノ哥也、左注、本そう也、

二条ミやすん、すんを少はぬるがよき、又すん、あまりにきこえぬやうに也、

正月を尭孝ハ正月、東、むつきとよめと也、いづれもくるしか

同じと也、

8春の日のひかりにあたる我なれどかしらの雪となるぞ侘しき

文屋《スム　フンヤノ》やすひで　」（5ウ）

此文屋ハ東宮の御時一段といせいするほどに、東宮のめぐミのひかりにあたる我なれども、かしらの雪のつもるがわびしきと也、

雪のふりけるをよめる

紀貫之

9霞たちこのめも春の雪降ば花なき里も花ぞちりける

このめハたゞ春といはんとての序とみるがよきと也、左様になければ時分相違せる也、雪の花なればいづくもちると也、裏の説ハ君徳のあまねき事とぞ、

春のハじめによめる　ふぢハらのことなほ

10春やとき花やをそきとき丶わかん鶯だにもなかずも有哉」（6

二

らず、

文屋

8春の日の

文屋ハ、一だんといせいする也、さりながら、かしらの雪となると也、

9霞たち

このめ、春ハ序也、

｜｜

早《初》春哥也、

10春やとき

オ)

此心ハ春がはやくきたるがたゞし、花がをそくさくが
しらぬほどに、鶯にひはんをさせてきかんとおもへば、
鶯だにもまだなかぬと云心也、

春のハじめのうた　ミふ《スム》のたゞミね和泉大将定国ノ随身也、

11春きぬと人はいへども鶯のなかぬかぎりハあらじとぞ思

この心ハ春きたると人ハいへども、鶯の鳴ずハ我は用
間敷と也、かぎりハあらじとぞおもふとハ、鶯のなか
ぬ間ハ春にてあるまじきと云心と、又鶯がなかぬとい
ふ事あるまいと云心、二ありと也、裏の説ハ、何事も
徳のいたりたる人の一言ならでハせういんせまじきと
云心也、

(首書)『上二首ガ初春ノ哥也、鶯ハ道具也、此集ハ部立ヲミル
事肝要也、』

鶯のひはん、

みふ《清也、》のたゞミね

初春也、

11春きぬと

リノ説ハ、徳ノ人、一言得ずバ、
せういんせずと也、

寛平御時《おほん》きさいの宮の哥合のうた」(6ウ)
宗祇ハ、七条后といひし、あやまりと也、二条ノ后とみるがよきと也、

源まさずみ 有能ガ子也、

12谷かぜにとくる氷りのひまごとにうち出るなミや春のはつ花
谷風を春かぜといふ、たゞ幽谷の風也、春きたりて氷のひまよりいづる波を花とみたる躰と也、裏の説ハ仏法世法をソヘタリ、如日初出高山、次照平地、次照幽谷、花厳経ニアリ、上根、中根、下根ノ衆生ノタトヘ也、

紀とものり 此集撰者也、秋ノ部ニテ死タル也、

13花の香をかぜのたよりにたぐへてぞ鶯さそふしるべにハやる
此花梅也、先鶯を待心也、鶯をさそふしるべにハ」(7オ)梅のかほどよきものハあるまじい、しかれば梅か

一四

二条《きさいの宮、》ノ后也、七条ノ后、宗祇云、
あやまり也、
源まさ(×さ)ずミ *

12谷風に
リノ説、仏(×法)法世法をそへて、引尋ン、経文アリ、

13花のかを
此集撰者、秋ノ部ニ死たる也、紀ノとものり
此花ハ梅也、

をさそふ風よ鶯をもさそへと也、わざとさそふしるべ
にやるとみるハわろきと也、
湖辺梅花と云題にて定家卿、
ケフゾトフ志賀津ノアマノ住里を鶯サソフ花ノシルベニ
（首書）「此哥ヨリ鶯ノ部立也、谷風ノ哥ヲ中へ入タリ、面白
シ、」

大江《ノ》千里

14鶯の谷よりいづる声なくハ春くることを誰かしらまし
谷ハ春をもしらねば、鶯の声にてしりたると也、

在原棟梁《ムネヤナ》

15春たてど花も匂はぬ山里ハものうかるねに鶯ぞなく
花なき里ハ鶯の音もものうきと也、裏の説」（7ウ）ハ、
在原氏のはん昌せず、棟梁の時にあはぬ事をいふと也、

題しらず　読人しらず

14鶯の　大江千里

15春たてど　在原むねやな
リノ説ハ、在原氏ノハンしんは
せヌ心也、

16野べちかくいへゐしせれバ鶯のなくなる声ハあさな〱きく
鶯をおもふ歌也、野べの家居のわびしき所にも、とり所ハあり、鶯の声を毎朝きくほどにと也、惣別、鶯ハ山、谷、林などによむ、野べによめる、これがはじめかといへり、さりながら万葉にもあり、
くだらのゝ萩のふる枝に春待とおりし鶯今や鳴らん

17春日野ハけふハなやきそ若草のつまもこもれり我もこもれり
野遊の哥也、春日野に出てみるに、若草のもえ〱とミゆるをけふハなやきそ也、けふハノハ」(8オ)の字に心なし、これより以後なやきそ也、伊勢物語にハ伊勢がむさし野となをして入たり、作物語の故と也、又春日野に武蔵野といふ所あるとの物語あり、つまとハ若草のつま也、

19み山にハ松の雪だに消なくにミやこハ野べのわかな摘けり

16野ちか《ママ》く
鶯をおもふ哥也、

17春日野ハ
これハ野遊也、本来、野遊也、

19太山にハ

心ハ、ミ山の松、雪ハあらしなども吹故、いづくより
も落やすく消やすかるべきに、それさへいまだ消ぬに
ミやこハいかにもゆう〳〵として若菜つむと也、定家、
消なくに又やミ山をうづむらん若な摘野も淡雪ぞふる

18春日野の「とぶひの野守出てみよ今いくか有て若な摘てん」（8ウ）

ほう火といふこと、但馬、隠岐、筑前、三ヶ国ニあり、
これを大和へうつされたるといふ説、不用、たゞ春日
野をやくをみて、野守に、今いくか日ありてか若なをば
摘べきぞととひたる也、裏の説ハ何事もその道々の者
にとへと也、春日野の若菜の案内者にハ野守ほどなる
ハあるまじきとぞ、

20あづさ弓をして春雨けふふりぬあすさへふらば若な摘てん

他流にハ、あづさ弓をしてをさへてとみる、それハ

松の雪ハ、先、きや(ママ)すき物也、

18春日野の

たぢ(×つ)ま、おき、三(ママ)国也、尋事
也、
とぶひ、ほう火也、
リノ説ハ道ヲ者(×物)ニとへと也、

20あづさ弓

他流にハ、をしてを、をさへと

誹諧躰也、たゞ心なし、此春雨ハはやきのふ一昨日より降也、あすさへふらば若ないよ〳〵もえ〳〵とあらんほどに出て摘べきと也、」(9オ)

仁和のみかどみこにおまし〳〵《ハしましとよむ也、》ける時に、人に若な給ける御うた

21君がため春の野に出て若な摘我衣手に雪は降つゝ

これハ臣下にわかな給ひける時の御哥也、余寒の時分、若なをつませ給ひて人を思召也、君がためといふより、下、万民の心こもれりと也、

哥たてまつれとおほせられし時よミて《よんでとよむ也、》たてまつる

つらゆき

惣別、何の時ともなく、哥たてまつれと仰あるとかくハ当代の事をいふ、撰集の時、又ハたゞにてもあるべし、これハ五十首百首をよんでまいらせよにてハなし、

みる、わるき也、

仁和《ニンナ》

21君がため

常ノ心也、

よミ、よんでと、よきこと也、

仰られハ延喜也、撰集時事也、

哥の手本にとの義也、」(9ウ)

22『六首』春日野のわかなつミにや白妙の袖ふりはへて人の行らん

一段の秀免（逸）、遠見の哥と也、袖ふりハへてハひきもち○《き》らずゆく也、此春日野に袖のひきもちきらずゆくハ、さだめて若な摘にてこそあるらめと也、白妙の袖の事、白ハ色ノ本ナレバト云義アリ、サレドモ白きハ遠くミゆる故に白妙の袖とよめると也、

題しらず　在原行平朝臣

23春のきる霞のころもぬきをうすミ山かぜにこそみだるべらなれ

雲霞などを衣といふハ山の姿にかゝるによつてと也、春のきる霞の衣のうすきほどに、風吹ばみだれんと也、べらなれハ可也、こゝにてハげなと云心と也、身のしろ衣うちきつゝ春きにけりといふ哥モ右ノ」(10オ)

つらゆき

22春日野の

一段、秀哥也、袖ふりハへてハひきもちらでゆく心也、

在

23春のきる

雲、霞、衣といふ、山の姿、かゝるによる也、べらなれハべし也、こゝでハげなと云心也、

哥ヨリ出タリ、

寛平御時――　　源むねゆきの朝臣惟(是)忠ノ子也、

24ときはなる松のみどりも春くれば今ひとしほの色まさりけり

他流にハときはなる松も春くればみどり一しほたちまさるとみる、当流にハおなじ松も春に成てゆう〱とミれば、色も一しほまさる様なりとみる也、惣別、他流とハ冷泉家、六条家をいふ也、

ハツねノ巻モ此哥ヨリ作タリ、人ノ心モノビラカニミユルカシ、此心也、一花開天下春ナド云心モ通也、

哥たてまつれと――　つらゆき

25我せこが衣はるさめふるごとに野べのみどりぞ色まさりける

我せこ、男女互ニいふと也、衣はるとうけん為也、」(10ウ)雨の跡の野べのみどりハ、衣をあらひたる心ニ似たると也、浣濯《クワンヨク》ノ衣ヲキルト毛詩ニアリ、

二〇

24ときはなる　　源むねゆき

当流ハ、同じ松も、ゆう〱となる春ニミれば、一しほ(×ほ)、色もまさると也、

他流と申ハ冷泉家、六条家也、

25わがせこが　　つらゆき

男女互云也、

26青柳のいとよりかくる春しもぞミだれて花のほころびにける
青柳、惣別ハあほといふべけれども、それハあまりなる故に、あをやぎといふ也、哥の心ハ柳ハ春先もえいづる物なれば、これより色〳〵の花もさくべきと也、
花、何の花ともなし、

西大寺のほとりの柳をよめる

僧正遍昭

七大寺ノ中也、他流ニ西ノ大寺《オホテラ》ト読リ、事外ノ相違ノ事也、遍昭、俗名ハ吉岑(良)宗貞、仁明天皇ノ御イトコ也、放レアテ御サウレイノ場ニテモト」(11オ)ユル(ママ)切タル人也、天台ノ碩学ニテ、後ニハ又三井寺ニテ灌頂ナドヲウチタル人也、

27浅みどり糸よりかけてしら露を玉にもぬける春の柳か
あさみどり、朝の心ハなし、しら露の落ぬをみて、こ

26青柳の
花、なにともなし、

僧正遍昭

27浅緑糸
あさみどりに朝の心ハなし、

の露をば柳の糸がつらぬきたるかとミたる哥也、柳か
ハかな也、

題しらず　　読人しらず

28もゝち鳥さへづる春ハ物ごとにあらたまれども我ぞふりゆく
もゝち鳥、鶯にてハなきと也、大事と也、百千鳥ハ春
にあらたまれども、我身ハふりゆくと云心也、

29をちこちのたつぎ*もしらぬ山中におぼつかなくもよぶこ鳥哉
さる丸哥也、春、旅行の心也、おぼつかなくもよぶ」
(11ウ)こ鳥の鳴かたへゆく心也、裏の説ハさしもなき
ことにかゝりて、こなたかなたするハわろきといふ心
なり、相伝ノ哥也、

廿日
雁の声をきゝて、こしへ[redacted](×冷泉家)まかりにける人を思てよめる
凡河内躬恒《おつしかうちノ》冷泉家ハおゝし、

30春くれば雁かへる也しら雲のミちゆきぶり*にことやつてまし

28もゝちどり
鶯ハなき也、
さる丸哥也、

29をちこちのたつぎ*も
春、旅行の哥也、リノ説ハさし
もなく、こなたかなた、かゝ
(×る)れば、わるき也、
十九日ノ分

廿日聴書
かり　凡*河内《ほう冷 おづーかうちノ》ーー

30春くれば

道ゆきぶり、道のゆくて、又ふるゝの心也、帰る雁、
*こしの人へのよきことづてせんたよりなり、ことやつ
てましハたゞことば也、万葉ニ、
玉ホコノミチユキブリニオモハザルイモヲアヒミテ恋ル
比哉

帰雁をよめる　　伊勢

31春霞たつをみすてゝゆく雁ハ花なき里にすミやならへる」(12オ)

伊勢ハ一段と上手也、小町などよりかどある哥を読た
ると也、哥の心ハわが花に執心ある故、春かすミたち
てやがて花のさくべき比にゆく雁ハ、花もなき里に住
ならふたかと、をしはかりてよめる也、おもしろき哥
と也、

題しらず　　読人しらず

道ゆくぶり、道ノ行手、ふりハ
*ふるゝノ事、
引哥たり、万、

帰雁《キガン》　伊勢

31春かすミ

一だんノ上ず也、小町、かどあ
る哥よむ也、我、花、執心、を
しハかる也、面白哥と也、

一一　一一

32おりつれば袖こそ匂へ梅のはなありとやこゝに鶯のなく

六条家の説にハ、梅を折たる袖の匂ひに、鶯のきたるべきと也、野梅など折かへりて、ある時我袖の香をしたひて、軒ちかくなど鶯のこゝに匂ひありと鳴躰、面白と也、ありとや《有家の哥に、》こゝに春かぜの吹、此心と也、」(12ウ)

33色よりも香こそあハれとおもほゆれ誰袖ふれし宿の梅ぞも

紅梅の哥也、色ばかりかとおもへバ香もあり、さりながらこの香ハ、梅のにてハあるべからず、うへにし人の袖のうつり香にてあるべしと也、宿の梅ぞも、我宿とみるハわろし、よその宿とみるべし、ぞものもの字ハやすめ字也、梅ぞ也、他流にハそも〳〵といふ、不用、抑をば下にも上にもをかぬ物也、中にをく也、をさゆるとよむ字也、裏の説にハよう儀ハ大かた徳がか

二四

32折つれば

六家説、梅を折たらば、鶯きたる、不用、一説ニ、梅《野》を折る時に、軒に《我袖の香したふ、》なく、面白也、

ありとやこゝ春風の吹、有家、此心也、

33色よりも

紅梅の哥也、ぬしが香にハある(×な)まい、うへし人袖かと也、宿、我にてハなし、よその也、ぞもハやすめ字也、梅ぞといふ心也、他流そも〳〵といふ、不用、仰(ママ)をば、をかぬ字也、上にも同じ、中にをく也、仰(ママ)、をさゆるとよむ也、裏ノ説、ようぎ、大かた、

ん用《要》との心也、

34やどちかく梅花うへじあぢきなくまつ人の香にあやまたれけり

我宿ちかく梅をばうへまじき也、待人のとハるゝかと香をおもふほどにと也、恋の、人にてハなし、朋友」(13オ)などを待心也、

35梅花たちよるバかりありしより人のとがむる香にぞしミぬる

此作者兼輔也、本来ハ恋の哥也、然を貫之春の哥になをして入たる也、梅花のあたりへ、かり初にたちよるとおもひしかども、うつり香を人のとがむるほどに、さてハ久しく香にしミぬるよといふ心也、此心にて西行、

道のべに清水ながるゝ柳かげしバしとてこそたちどまりつれ

徳ぎ、かんようと也、

34やどちかく

我宿ちかく、うへまじう也、待人の香、朋友ノ事也、

35梅花

此作者ハ兼輔也、本らい恋ノ哥也、春の哥になをして入たる也、

西行此哥デ、

道のべに清水ノ[redacted]

むめのはなをおりてよめる

東三条の左おほいまうちぎミ

源常《トコ》トキハトモ、一字名也、

36鶯のかさにぬふてふ梅のはなおりてかざゝん老かくるやと

ぬふてふハぬふ也、かさにハ人のかくるゝ物なれば、
鶯のぬふ梅のかさをきて老をかくしたきと也、」(13ウ)
梅がさの事、鶯の挼などゝいふこと不用、たゞ梅の咲
たる躰と也、催馬楽に、

青柳のかた糸によりて鶯のぬふてふ笠ハ梅の花がさ

題しらず　　素性法師

37よそにのミあはれとぞみし梅花あかぬ色香ハおりて成けり

此哥恋の哥かといふ、あハれハあひする也、哥の心ハ
よそにみしだに梅のおもしろかりしに、折てミればな
を〱色香にあかずあひする心也、裏ノ説ハ人をよそ

常《トコ、トキハとも、》　一字名のり也、

東三条ノ

36鶯の笠に

ぬふてふハぬふといふ也、
引哥、さいバら、かさハ人の
かゝるゝ物也、梅ノかさにかく
れたき也、

ーー　素性

37よそにのミ

あハれ、あひする、此哥、恋と
いふかと也、裏ノ説、人をよそ
よりみる、よりてみる、をしへ

よりみるよりも、たち入てミれば猶もよきものあり、
又よそよりみるよりたち入てあしき者もありと、この
をしへの哥也、
梅の花をゝりて人にをくりける」（14オ）
とものり
38君ならで誰にかみせん梅のはな色をもかをもしる人ぞしる
折てやる人を賞翫して、色をもかをも知給ふといふ心
也、色ハたいてい、香ハくハしき也、裏の説ハ世中の
人の心をよくミてなにごともせよといふ心也、
くらふ《スム》山にてよめる物にくらぶる時ハ*ぶとにごる也、尭孝ハいづれの時もにごりつると也、
つらゆき
39梅花匂ふ春べはくらふ山やミにこゆれどしるくぞ有ける
夜梅の心也、春べを顕昭ハ春部といひたり、定家ハた
ゞ春の山といはれし也、しるきハ分明也、くらふ山ハ

也、
とものり
38君ならで
折てやる人、しやうぐわん也、
色ハたいてい、香ハくわしい、
裏ノ説、世中ノ人の心、よくよ
ミと也、
物ニくらぶる時ハ、*ぶ也、尭、何も二ごりたる也、
くらふ（濁点抹消）
つらゆき
39梅ノ花
よるノ梅也、顕ハ春部と云たる
也、定家ハたゞ春の山也、しる

くらいといふことをうけたる也、」（14ウ）夜るくらきに山を越とも、梅のかにて道分明なりといふ心也、源氏にも、こよひくらぶの山にやどりもとらましうと書たり、

月夜に梅花を丶りてと人のいひけれバ、おるとてよめる　ミつね

40月夜にハそれともみえず梅花かをたづねてぞしるべかりける

先梅を愛する心也、月の夜、梅を人が所望するを無心におもひて折まどふ心なるべし、詞書にておもしろきと也、此哥にて定家、

中〳〵に四方に匂へる梅花尋ねぞ侘る春の木のもと

春の夜むめの花をよめる

41春の夜のやミハあやなし梅のはな色こそみえねかやハかくる丶」（15オ）

き、分明也、源氏ニ、

40月夜には　ーー　ミつね

月の夜、人所望、あいするを、無心、折まどふ也、

此哥にて定家、

中〳〵四方に匂へる

41春の夜

あやなしと、定家被申、又あぢ

あやなしハ定家、かひない《シ》と也、又あぢきなやの心もあり、為家ハあやめもわかぬと被申シト也、哥ノ心ハ、やミハあやなき物かな、色ハみえずして香ハかくれもなき也、中〳〵に香もかくるゝ物なくバ、執心あるまじき物を、匂ひバかりハしれて色のみえぬをあやなしといひたる也、裏の説ハ、世中の人我心をすこしハミせ、又ハあらはさぬやうに、なにともむつまじき人のあるもの□(か)とのをしへ也、

はつせにまうづるごとにやどりける人の家に、ひさしくやどらで、程へて後にいたれりければ、かの家のあるじかくさだかになむやどりハあるといひいだし」(15ウ)て侍ければ、そこにたてりけるむめのはなをゝりてよめる

やどりハのハの字にあたりてミよと也、梅ハかめにさすにても(×八)あるべし、たゞ軒ばのあたりの梅とみるべし

きなや、あやめもと、為家、あやのぶんもわかれぬ也、裏ノ説、世中ノ人、あらハし、あらはさぬ也、むつかしき人心也、

つらゆき

42人ハいさ心もしらでふるさとハ花ぞむかしの香に匂ひける

紀氏ハしさいありて初瀬をしんかうすると也、哥の心ハ人の心ハしらず、花ハむかしにかハらぬと也、（首書）「紀長谷雄、ハセノリシヤウ有テハセヲト云タリ、貫之ハコノ子孫タルニヨリテ初瀬ヲ信仰スル也、」

水のほとりにむめのはなさけるをよめる

伊勢

43春ごとにながるゝ河を花とミておられぬ水に袖やぬれなん

春ごとにと八年〳〵也、このながるゝ河にうつり」（16オ）たるをまことの花かとみしも、河とみさだめて、さてハこれを折たらバ袖のぬれべきと也、ながるゝ水とをくべき所を河とをきたるハけなげなると三光院（三条西実枝）被申シと也、一枝映水両枝紅と也、裏ノ説ハおられぬ様

三〇

つらゆき

42人ハいさ

紀氏、しさい、初瀬、しんかう、やどりハ、ハノ字ニ心入、軒ノあたり、梅、常ノ心也、

伊勢

43春ごとに

春ごと、年〳〵也、ながるゝ水とあるべき、けなげに河と置たると也、

一枝○映」水両枝紅、（×事）裏ノ説ニ折れぬ物色〳〵に心をうつす也、

なる物に色〳〵心をうつす物ぞと也、

44年をへて花のかゞミとなる水ハちりかゝるをやくもるといふ
らん

年をへてハ年々歳々也、花水ハなにともおもふまじけれども、水に花のうつるハかゞミとみて、又ちりたるハさながらかゞミのくもる様なりと、こなたがミる心と也、

家にありけるむめのはなのちりけるをよめる

つらゆき」(16ウ)

45くるとあくとめがれ*ぬ物を梅花いつの人まにうつろひぬらん

くるゝとあくると也、詞書にて面白きと也、野山の梅ならばめがるゝ事もあるべき《し》、我宿の花なれバめがれぬに、いつの間にちりたるぞといふ心也、

(首書)「老僧持レ咒《シテジユヲ》保梅花、カヂヲシテ梅花を久シカレト思

44年をへて花の

年々歳々也、花のかゞミと、こちがみる躰也、

45くるとあくとめがれ*

ーー　つらゆき

くるゝ、あくるゝ也、宿の梅、めがれぬ、面白也、詞書おもしろし、

引言アリ、

ふ義也、能心相似タリ、」

寛平の御時ーー　　読人しらず

46梅がゝを袖にうつしてとゞめてハ春すぐ《(ママ)》ともかたミならまし

花に執着ふかき歌也、ちりぬとも香を袖にとゞめてかたミにせんと也、春ハすぐともといふを暮春とみるハわろし、二月辺の事なるべし、梅よりのち色々のはなハありとも梅ほどなるハあるまじきほどに、此香を袖にとゞめんと也、」(17オ)

素性法師

47ちるとみてあるべき物を梅花うたて匂ひの袖にとまれる

うたてハうたゝ《転》也、又所にてかハるべし、此集にハたゞ一所と也、執気の煩悩とてきらふこと也、

題しらず　　読人しらず

48ちりぬともかをだにのこせ梅のはな恋しき時の思いでにせん

三二

46梅がゝを袖に　　よミーー

花に執じやくふかき哥也、二月辺ノ哥也、暮春とみるハわるき也、

47ちるとみて　　素性

うたてハうたゝ也、此集にひとつ也、所にてかハる哥、習気《しゆけ》ノぼんのう、

ーー　　ーー

48ちりぬとも

思いでにせんのいの字をよまで、すこし持様ニよむが
習と也、花ハちるとも香ハのこれと也、裏の説にハ、
生死のミちハ高下いづれものがれぬことなり、なにと
ぞしてそれ〴〵の徳の名《(×を)》をのこしたき物ぞと也、
人の家にうへたりけるさくらの花さきハじめたり」(17ウ)
けるをみてよめる　つらゆき
49ことしより春しりそむる桜花ちるといふことハならはざらな
ん
新宅を祝したる哥也、家も桜もうへしも花のさくも、
ことしがはじめにてある、しかればちると云ことをも
しるまじき程にならふなよと也、
題しらず　読人しらず
50山たかミ人もすさめぬさくら花いたくなわびそわれミは《スム》やさ
ん

思いでにせんを、いの字《(×ち)》よまぬ
が習也、少もたち《(ママ)》て、裏ノ説、
生死ノ道、高下も身にのがれぬ、
されども徳をのこしたきと也、
49ことしより　つらゆき
新宅、祝したる哥也、宅ノ梅《(ママ)》、
咲も、はじめじやほどに、ちる
こと《(×ぞ)》ならふぞと也、
50山たかミ
｜｜　よミ人｜｜
我、ミハ《清》やさ《(×せ)》ん、山、そびへ、

さる丸哥と也、心ハいかにもそびへたる所の花ハよくもなし、しかれバ我ににあひたるほどにミんと也、よき所の花ハをよびもなしと也、すさめぬハあひせぬ也、駒もすさめぬ、同じ事也、六○《条》家有家《房》の哥にあひする心ニヨマレシ、アヤマリト也、又さと遠」(18オ)ミ人もすさぬ《(ママ)》ともあり、

51
山ざくら我ミにくれバ春がすミ峯にもおにも立かくしつゝ
嶺ハそびへたる所、おハふもと也、我ミにくれバ霞のたちかくすかと心づくしの躰也、いまださかぬ花をかすミにおほせたる哥也、裏の説にハ我心のまがりたる者ハ人をもまがりたる様ニみる物ぞと也、
染どの、后のおまへに、《染物をしはじめ給ふ故如此申と云説、不用、》花がめに《花がめとつゞけてよむ也、》さくらの花をさゝせたまへるをミてよめる　さきのおほきおほいまうちぎミ

52
年ふれどよハひハ老ぬしかれ《(ママ)》バあれど花をしミれバ物思ひも

花もわるし、よくもない也、我ににあいたる也、馬車ノ哥ハよ《(ママ)》よびなし、さる丸が哥也、すさ《(×ま)》めぬ駒もノ心也、六条ノ家有房ノーー、

51
山ざくら
嶺、そびへた也、我ためにたちかくすかと也、心づくし也、さかぬ花をかすミにおほせたる也、裏ノ説、我心《(×ノ)》ノまがりたる物ハ人をもまがり《(×ら)》たる様ニみる也、
花がめ、つゞけてよむ也、染どの、物をそめ出したる、いふい

なし
六十一の時の哥と也、花ミれバ物おもひもなし、雑の部に入べきを花を賞翫故、春の部ニ」（18ウ）入たり、哥の心ハ、よハひの後ハ物おもひもあるべけれども、此忠信（ママ）公ハ女に染どの、后、御孫に清和天皇をもたれて、摂政なれバ花をミつゝ物おもひもなしと也、これも年たけずハ如此あるまじきと也、

なぎさの院にてさくらをミてよめる

在原業平朝臣

53世中にたえて桜のなかりせバ春の心ハのどけからまし

これハふかう花に心をそめたる哥也、花を待おしむ心ののどけからずと也、裏の説にハよきことにもわろきことにも、あまりにとんじやくすれば病ともなるぞと也、」（19オ）

ひへず、

さきの忠仁公也、

52年ふればよはひは

六十一ノ時ノ哥也、花ミれば思ひなし、雑入べきを、花しやうぐわんして、春に入たり、

53世中に

なぎさ―― 在原業平朝臣

これハふかう花に心をそめたる也、常ノ心也、裏ノ説にハよきことわろきことにも、あまりさしつれバ病ともなる也、

題しらず　　　　読人しらず

54いしバしる滝なくもがな桜花手をりてもこんミぬ人のため

東国にきど《(木戸孝範)》ゝいふ者あり、持為《(下冷泉)》の弟師と也、それハ花の滝とみたり、左様にハわろきと也、たゞ花のあたりにけハしき滝ありて、桜を折たけれどもおりえぬ心也、又ハさくらハ折かへるとも、この石バしる滝の面白景気ハ折そへられまじきと也、猿丸哥也、

山のさくらを――　　素性法師

55ミてのミや人にかたらん桜花手ごとにおりて家づとにせん

たけたかき哥にて三躰の和哥にもほめられたると也、心ハ、我みたるバかりにてかたらバ、うたがハしからんほどに、手ごとにおりてミぬ人にみせんと也、」(19ウ)
裏の説ハ我ひとりたのしむハ小人の道也、万人にめぐミあるを聖人とハ申と也、

――　　――

54いしバしる

花の滝とみる、わるき也、東、きど、持為ノ弟師、これハ花の滝とみたる也、

――　　素――

55ミてのミや

たけたかき哥也、三躰ノ和哥にも、裏ノ説にハ我たのしむハ小人ノ道、万人ニめぐミあるを聖人也、

花ざかりに京をミやりてよめる
56みわたせバ柳さくらをこきまぜて都ハ《ぞ》春の錦なりける
当意の哥也、みわたせバといふ五文字、今ハせう〳〵にてハよまぬ也、哥の心ハ、春の山秋の野を錦とおもひしに、このミやこの柳桜をミれバこれこそにしきなりけれといふ心也、
桜のはなのもとにてとしのおいぬることをなげきてよめる　　きのとものり
57色も香もおなじ昔にさくらめど*年ふる人ぞあらたまりける
さくらといふことをたち入たりといふ、不用、秀句を」(20オ)きらふ故也、むかしハ如此何ノ花ともいはずしてよミしと也、花の色香ハ昔におなじけれども人ぞあらたまりゆく也、年々歳々花相似、歳々年々人不同、此心と也、

56みわたせば
||
みわたせばを、今ハせう〳〵にハよまぬ也、当意ノ哥也、春の山秋の野、

57色も香も　さくらめど*
||　きのとものり
さくら、たちいれたるといふ、不用、年々歳々花相似、歳々年々人不同、

おれる桜をよめる　つらゆき

58 たれしかもとめておりつる春かすミ立かくすらん山のさくら
を

顕昭ハたれしかもとみたり、定家ハたれかと也、し、
も、二字やすめ字也、とめてハとどむる、偲の字也、
霞のかくしたる山のさくらをたれかとめて折つるぞと
也、定家の哥に、
誰しかも初音きくらん時鳥マタヌ山路ニ心ツクシテ
コノ心ニテヨクキコエタルト也、」(20ウ)

哥たてまつれとーー

59 『六首』〇さくら花咲にけらしもあしひきの山のかひよりミゆる白雲『廿四首丸ヲ付、』

晴の哥、幽玄躰と也、心ハ明也、くら(ママ)しもを俊成ほう
*びせられしと也、

寛平の御時ーー　とものり

58 たれしかも　つらゆき

たれしかもと顕みたり、定家ハ
たゞたれか也、し、も、や《す》め字也、
とめて、とどむる、偲、此字也、
定家、
たれしかも初音きくらん

哥たて

59 六首ノ哥 さくら花

晴ノ幽玄躰ノ哥也、けらし(〱)も、
俊成ほめ給也、常ノ心也、

寛ーー　とものり

60みよしの丶山べにさけるさくら花雪かとのミぞあやまたれける

山べ、べハやすめ字也、みよしの丶花盛をミてながめこし雪の様なりとあやまたれつると也、

やよひにうるふ月ありけるとしよミける

伊勢

61さくら花春くハ、れる年だにも人の心にあかれやハせぬ

桜花咲にけらしなど丶いふ、さくら花にてハなし、」(21オ)桜殿をよび出してげぢ*したる哥也、毎年に人にあかれぬ桜にてあるほどに、今年の春のうるふある時おもうさま咲て人にあかる丶ほどにせよと也、此集ハ部立たゞしきに、このうるふ月の哥をこ丶にいる丶事いかなれバ、この哥二月辺にかねてより此春ハうるふあるほどに、桜殿咲給ひて人にあかる丶ほどにめされ

60みよしの丶

山べのべハやすめ字、

やよひにうるふ月

伊勢

61さくら花

花をよびいだしてげぢしたうた也、二月の時分ニよむ也、やれ桜殿よ也、

よとの心也、

さくらのはなのさかりにひさしくとはざりける人のきたりける時によめる　読人しらず

62あだなりと名にこそたてれさくら花年に稀なる人も待けり

返し

63けふこずハあすハ雪とぞふりなまし消ずハ有とも花とみましや」(21ウ)

この両首三光院も一度によまし《(ママ)》とて一度に講尺あり、伊勢物語にてハ恋、こゝにてハ春也、けりハまちつけたる也、返しの心ハ、あすきたらバ枝にハあるまじきほどに雪とミんと也、伊勢物語に心にたり、

題しらず　読人しらず

64ちりぬれバこふれど《うとのやうによむ也、》しるしなき物をけふこそ桜おらばおりてめ

さくら　よミ人ーー

62あだなりと

返し

63けふこずハ

一度にあそバしたる也、いせ物語ハ恋也、こゝでハたゞ也、けり、まちつけた也、返しノ心ハ、あすきたれば《(〆らば)》、雪とみようと也、

ーー　ーー

64ちりぬればこふ《ぅ》れ

うつろひ時分ハおらんとなり、

ちりぬれバこひてもしるしなし、うつろひがたなれば
けふは折てもみんと也、

65折とらばおしげにも有かさくら花いざやどかりてちるまでハ
ミん

落花の哥也、主もなき花也、おるハおしき程にこの花
の下ぶしなどしてミんと也、」(22オ)

きのありとも紀友則ガ父也、

66さくら花《色》に衣ハふかくそめてきん花のちりなん後のかたミに

桜色、香をおもふ哥也、花ハちるとも衣をそめてかた
ミにせんと也、

ミつね

さくらのはなのさけりけるを――

67我宿の花ミがてらにくる人ハちりなん後ぞ恋しかるべき

落花をおしむ心也、みがてらハつゐで也、我宿ハこの

65折とらば

落花の哥也、主ノなき花也、花
に下ぶし、

きのありとも

66さくら色に衣は

さくら（×ら）色、香をおもふ哥也、

――

ミつね

67わがやどの

落花おしむ心也、花ミがてら、

花ゆへにこそ人もきたれ、花もちりなばくる人もある
まじい、花さかぬ折のさびしきことをおもひてよめる、
有心の躰と也、

亭子院《テイジノ》*寛平ノ法皇也、（下ノ「ノ」見消）哥合の時よめる

伊勢」（22ウ）

68ミる人もなき山里のさくら花ほかのちりなん後ぞさかまし

そこにハ述懐の心也、よその花ちりたらバこの山里の
花をもみる人あらんほどに、外よりもをそくさけと也、
法皇御位にありし時、伊勢に御心をかけ給ひしと也、
源氏にも此心をとりて、外のちりなん後とぞをしへら
れけるとある也、

『六十八首』」（23オ）

ついで也、有心ノ躰也、前ノさ
びしきことおもふて也、

亭子院《テイジノ》*ーー　くわんぺい法皇也、

伊勢

68みる人も

そこにハ述懐ノ心也、よその花
ちりたらバ、此花をもミよう（×よ）と
也、法皇位ノ時、伊勢、心つき
たる也、

廿日ノ分これまで也、

古今和歌集巻第二　廿一日

春歌下　上巻ハ正月二月中比まで也、下巻ハ正月廿五六日比から也、

題しらず　　読人しらず

69春かすミたなびく山の桜花うつろハんとや色かハりゆく

一説ニ一二句を捨てと云、さりながら序哥にハみえず、うつろふと色かハりゆくと、おなじやうなれども心ある事也、山の桜の霞にて、色のかハりゆくハ、やう〳〵ちりがたになりて花のうつろハんと也、霞に花の映ずる心也、うつろふハちるにてハなし、前ニ一二句を捨ると云ハ、時鳥なくや五月、うづらなくまのゝ哥などの様に、春霞たなびくハ景気と也、是も又聞えたり、

70まてといふにちらでしとまる物ならばなにを桜におもひまさまし」(23ウ)

廿一日上巻、正月、二月、下、二月廿五六日比より也、

古――

春哥下

――　　よミ――

69春霞

一説、一二句すてゝみ(×よ)よと也、序哥など左様あるべけれども、うつろふハちるにてハなき也、色かハるハ春霞に也、前ノ心ハ、時鳥きく(ママ)や、うづらなくまのゝるい也、序哥にして也、霞に映花する心也、ちるべきしたぢ也、

70まてといふに　　おもひまさまし

他流にハ、まてといふにちらず

他流にハ、まてといふにちらずハ、桜ほどなる物ハあらじと、外に物のあるやうにみる、当流にハ、まてといふにとまる物ならば、諸人ノヲシマウホドニ、一年中モチル事アルマジイ、チルヲホメテ也、裏の説、一生界もあまりにいき過たるもいかゞと也、

71残りなくちるぞめでたき桜花ありて世中はてのうければ

前の哥のぞう答のやうにいふ、さやうにてハなし、めでたきハあひしたる也、勝字もかくと也、世見にめでたいといふにてハなし、寿長多恥の心也、

72このさとに旅ねしぬべし桜花ちりのまがひに家ぢ忘れて

此里を他流にハ志賀といふ、不用、心ハ花のちる」(24
オ)まがひに、家ぢをも忘れてこゝに旅ねをせんと也、

73うつせミの世にもにたるか花ざくらさくとみしまにうつろひにけり

ハ、桜にます物あらじとみる、外に物のあるやう也、当流に、まてといふ事、とまる物ならば、それにまさる物ハあるまじき也、当流にハ、ちるをほむる心也、裏ノ説にハ、一生界もあまりにいき過たる如何と也、

71のこりなく

前ノ哥、ぞうたうノやうに、さてハなき也、めでたき、あいしたる、勝字も也、世中めでたいといふにてハなし、いのちながき物ハはぢ多心也、

72このさとに

ちりのまがい、ちりのまがひ也、他流この里をしがと、不用、

うつせミ、うつくしき蟬、空蟬、打磬《ダケイ》とも、心多と也、
花のざくらといふて別にありといふ、不用、初花より
ほどもなくはやちるをみて、さてもこのはかなさハ空
蟬ににたる花かなといふ心也、

僧正へんぜうによミてをくりける

これたかのみこ（文徳第一ノ御子、御母静子也、種子、定家ノ勘物誤と也、）

74桜ばなちらばちらなんちらずとてふる郷人のきてもみなくに

此哥をば古来風躰にほめ給ふと也、ふるさと人とハへ
んぜう也、惟高（喬）ほどの御身にて不肖なる人をおぼしめ
してふるさと人もきてミぬ程に」（24ウ）ちれとの御心殊
勝なると也、我ひとりミてハ極《曲》なしと也、惟高、文徳
ノ第一ノ御子ナレドモ、第三ノ御子清和位ニ付給也、
其比世ケンニワラハノウタイニ、大枝こえて又こえて
といふことはやりし也、第三ノ皇子御位に付給フベキ

73うつせミ

空蟬、うつくしき（×し）蟬、打ケイ、
桜、花、別にありと、不用、に
たるか、哉也、初花とおもふ、
はやちる心也、ほどもなき心也、

これたかのみこ――（種子、定家、書あやまり也、）

74桜花

この哥をば、古来、ほめ給也、（×也）
ふるさと人とハ僧正を也、惟高
ノ、ふせうノ人をおもしめす、
面白也、我ひとりみてハ極なし
と也、世中に、大枝こえ又小枝
をこえて、

ズイサウ也、
雲林院《うりんゐん》にてさくらのはなのちるをミてよめる
そうく《スム》ほうし貫之親類ト也、
75さくらちる花の所ハ春ながら雪ぞふりつゝ消がてにする
所ハ雲林院也、花のちるをミて、こゝにハ春ハなかり
けり、たゞ極寒の冬にて雪のふる様なりと也、
さくらのはなのーー　そせい法し」（25オ）
76花ちらす風のやどりハたれかしる我にをしへよゆきてうらミ
ん
花をちらすハとかく風の所行也、しかればこのやどり
を我にをしへよ、ゆきて世中の花のうらミをいはんと
也、
うりんゐんにてさくらーーこゝにてかな也、これにてうりんとよむ事分明也、
77いざさくら我もちりなんひとさかりありなば人にうきめみえ

雲林ーー　貫之親類也、そうく《清》ほうし
75さくらちる
所ハ雲ーー、花を、こゝニハ春
なかりけり、極かんの冬なり、
花おもふ也、
さくーー　そい（ママ）せいほうし
76花ちらす
花をちす（ママ）ハ、かぜ、しよぎやう
也、
雲ーー　そうく《清》ほうし
77いざさくら

なん
いざさそふ也、顕昭ハ貫之自筆の本に、我もちらなんとありといふ、定家、たとひ貫之が自筆にありとも、あやまりにてあるべし、唐本のはんにもあやまりあると也、顕昭ハ一さかりを、いとさかりとみたり、わろしと也、

あひしれる人のまうできてかへりにけるのちに」(25ウ)よミて花にさしてつかハしける

つらゆき

78ひとめみし君もやくると桜花けふハまちミてちらばちらなん

知音の人にてあるべし、ちらときてミてかへりたる、しかれバこの花のやう〱ちりがたなるをみしほどに名残あるべし、さだめてやがてたちかへりとはんほどに、たとひちりがたなりともけふハまちてちれと也、

詞書に云――、いざさそふ、定家、貫之もかけ、我もちらんと、顕昭いふとも、さハあるまじき也、唐本ニもあやまりあり、顕昭ハ、我もちりなん、いとさかりとみたり、わるしと也、

あひ――　つらゆき

78ひとめみし

知音、人にてあるべし、たぢのやうに(×に)ちらと来たる人也、ちりがたの花也、残多(ママ)也、たちかへりミんと也、

ひとめみし秋の花みな野分して

ひとめみし秋の花ミな野分して　宗長
山のさくらをみてよめる
79春霞なにかくすらんさくら花ちるまをだにもみるべき物を
遠望の哥也、霞につゝまれてみもわかねバ、山」(26オ)の花もやう〳〵ちりがたになるべしと察していふ也、ちるなりともみたきと也、詞書をよく分別せよと也、
物別、前書とハいはず詞書といふものと也、
心ちそこなひてわづらひける時に、風にあたらじとておろしこめてのミ侍けるあひだに、おれるさくらのちりがたになれりけるをみてよめる
藤原よるかの朝臣女ノ哥と也、
80たれこめて春のゆくゑもしらぬまにまちし桜もうつろひにけり
おろしこめてハ、すだれ、みかうしなどの事也、病中

宗長
山のさくらを
79春かすミ
遠望の哥也、霞につゝまれてミもわかれぬ也、山のも、ちり(×る)がたになるべきとさつしていふ心也、詞書をよく分別せよと也、
前(書)とハいはぬ也、詞書がよき也、
心ちーー　藤原よるかの朝臣女哥也、三代つかへし、
80たれこめて
(ママ)ころしこめてハ、すだれ、ミかうしなどの心也、病心也、を(×こ)ろしこめたら(×れ)ば、花もちるまじき

おろしこめたれば、おれる花のちるまじけれども、時刻到来なれバのがれぬ物と観じて也、」(26ウ)身の煩も色〳〵養性すれどもと也、

東宮雅院《ノガイン》にて、さくらのはなのみかは水にちりてながれけるをミてよめる　すがの丶高世

81○枝よりもあだにちりにし花なればおちても水の泡とこそなれ

顕昭ハみかは水をあくた河といふ、不用、定家ハたゞあたりの水と也、この哥ハ延喜御門崩御の後に入たり、哥も面白ければ、御とぶらひの為にもと貫之入たると也、心ハ花の盛にハちるべきものともおもはざりしに、枝よりもあだにちりて後も、水のあはとなれると也、世上をよく観じて生死の道をよくしれバ、長久にもあると也、従、此字ハ上の事をいふ時也、」(27オ)自のよ

に、ちるを《時節を》くわんじて也、身(×と)をくわんじたる也、

東院雅院《ノガイン》ーー　すがの丶高世

81枝より

みかは、あくた水と顕いふ、不用、当流にハそのあたりの水也、延喜崩ノ後ニ入たり、御とぶらひの為に貫之書入たり、花の盛にちるものとハしらなくに也、世上をくわんじ生死の道をよくしれば、長久と也、従、上の事をいふ、自ノよりハ、それから也、

りハそれからといふ心也、
さくらの花のちりけるーー
つらゆき
82 ＊ごとならばさかずやハあらぬ桜花みる我さへにしづ心なし
顕昭ハおなじとみたり、定家ハ如此ならばと也、この
ごとくあだなる花ならばさかでもあれと、一だん花を
おもひていふ心也、花のことハぜひにをよばず、みる
我さへにしづ心もなきと也、
さくらのごととくちる物はなしと人のいひけれバよめる
＊このごとにて前ノ哥ノ＊ごとハよくきこえたり、
83 さくら花とくちりぬともおもほえず人の心ぞかぜも吹あへぬ
詞書に桜ほど百花のうちにもとくちる物はなしといふ
をきゝて、花をバさやうにもおもはず、二世三世をち
ぎる夫婦朋友もへんくわする」(27ウ) 物ぞと、こゝろに
ぎろんをして、人ハ花よりもなを〳〵あだなるといふ

五〇

さくらの花のーー
つらゆき
82 ＊ごとならば
顕昭ハ同じくとみたり、定家、
如此ならばと也、顕中蜜(ママ)〇《かん》、花
おもふ心と也、如此あだなる花
ならばさかでもあらでと也、一
だん花をおもふ心也、花の事ハ
ぜひにをよばず、みる我さへし
づ心なき也、
さくらのごと＊ーー
83 さくら花
詞書にあり、百花の内也、二三
世をちぎる夫婦朋友も、《へんくわ》心にぎ
ろんをする也、人ハ花よりも猶

心と也、
さくらの花のーー　きのとものり
84久方のひかりのどけき春の日にしづ心なく花のちるらん
久かた空の事也、月とも日ともいふ也、風雨にさそハ
れんハよぎもなし、さてもこの春の日にちるハ何とて
といふ字を入てみるが習と也、一年十二月のうちの長
閑なる春なれども、時刻到来すればのがれぬとの心也、
春宮のたちはき《ワノ字ノ様ニよむ、》のぢんにてさくらの花のちるをよめる
ふぢハらのよしかぜ正野ガ子也、
たちはきとハ春宮へ物ををしへ申ものゝ下」(28オ)つか
さと也、トウグウモ春ノ字ヲ書トキハ大夫、亮、東ノ
字ノ時ハ伝《フ(傅)》《カシヅキ》也、
85春かぜハ花のあたりをよきてふけ心づからやうつろふとミん
花のちるをば、年来風のどかぞとおもふほどに、花の

あだなると也、
さくらのちるを　きのとものり
84久かたの
空の事也、日月ともいふ也、雨
風にさそふハよぎもなき也、詠
哥大概と同じ、
為世に人の心か花心か尋たり、いづれも
さく也、花の心まゝ、
春宮のーー《たちはき》《ワ》
たちは《ワ》きハ物をしへ申者ノ
事也、下ノ者也、
春ノ字かく時ハ、大輔、すけ、東、傅也、
ふぢハらのよしかぜ
85春かぜハ
花のちるをば、年来、風《のどかに》ぞとお

あたりよきてミてちらぬか、たゞし風ならでもちるか
花の心をミんと也、
さくらのちるをよめる
凡河内ミつね
86雪とのミち《ふ》《と》るだにあるをさくら花いかにちれとか風の吹らん
世見のあやにくの事をいふ也、雪とはやちるに、又猶
もちれと風のさそふと也、世見の事よきことあれバ、
重てよき事あり、あしきことあれバ又ある道理と也、
裏ノ説、使民以」（28ウ）時、乱たる世ノ心ニ云也、雨風
乱ト云義也、
ひえにのぼりてかへりまうできてよめる
つらゆき
87山たかミみつゝわがこしさくら花かぜハ心にまかすべらなり
山たかミとハ道の遠きこと也、ミつゝハほどへたる心

もふ也、花のあたりをよきてみ
よ、花の心をミんと也、とかく
をけつせうと也、
さくらのちるをよめる
凡内（ママ）ーー
86雪とのミ
世上のあやにくの事を申也、世
上ノ道理、よき《こと》あればよきアリ
ーー、
乱世《以》民、
ひえにの、ぼ（ママ）りーー
つらゆき
87山たかミ
山たかミ、道のとを、道理、ミ
つゝ、ほどへ（×た）た也、一説、我

也、一説にハ我ミてかへりしあとにハ、風のまゝにち
るべきと云、不用、ミやこの花ハミなちりたるに山の
花ハいまだちらずしてあり、とかく風は心にまかする
ぞといふ心也、

題しらず　一本ニアリ、大伴黒主 貫之哥といふ、されども定家の貫之が哥にてハあるべからず、黒主が哥にてあらんと被申シト也、

88春雨のふるハ涙かさくら花ちるをゝしまぬ人しなけれバ
ふる雨にちるほどに、雨に涙のもよほさるゝと也、又
ハ」（29オ）春雨ハ○一天下の人の涙かと也、

亭子院《テイジノ》*哥合哥　つらゆき

89さくら花ちりぬるかぜの名残にハ水なき空に波ぞたちける
あらしの花を吹たてゝあるハ波のやうなりと也、名残、
余波とかく、波をちともたせたると也、
ならのみかどの御うた 平城天皇、ならのみかどゝいふことを、古来風躰ニ俊成勘誤給と也、

90故郷となりにしならのミやこにも色ハかハらず花ハさきけり

た（ママ）あとに、風のちらすかと也、
不用、京の花ハちりたるに山の
花ハあり、風心にまする（ママ）かと也、

ーー　大伴黒主 つらゆきとアリ、定家のかく也、

88春雨
ふる雨に、ちるほどおしミて、
雨に涙をまほよす也、又春雨ハ
一天下の人ノ涙かと也、

亭子《テイ》院《ノ》ーー　つらゆき

89さくら花
嵐の花の吹たつと、余浪、なミ、
ちともたせ也、
ならのーー 俊成の古来、かんがへそこなされた
り、

此御門、四年御位にありて御隠居なされけり、御述懐の哥也、花ハのハの字に心を入てみよと也、コノ哥ノサキ落花ノ哥ニテ、コレヨリ雑ノ哥十四首程入タリ、又末ニ落花ノ哥アリ、先早キ花ノチリテ後ニ、又諸木残ラズチル心ヲ分別シテ」(29ウ)入タリ、部立ノ心面白ト也、

春の哥とてよめる　　よしミねのむねさだ遍昭俗名也、

91花の色ハ霞にこめてみせずとも香をだにぬすめ春の山かぜ

心ハ、色ハみえずとも香をだにかぜの吹をくれと也、遍昭をこゝにてむねさだとかくハ俗にての時の哥にてもあるべし、又ハ香をだにぬすめといふハ破戒の心、仏心にハ相違の間、俗にての名をかくと也、

寛平の御ときーー　　そせい法し

92花の木もいまハほりうへじ春たてバうつろふ色に人ならひけ

90故郷と

四年に位、いん居、述懐ノ御哥也、花ハノハノ字ニ心あり、部立あり、

春のーー　　よしーー遍昭也、

91花の色は

かをだにすすめ(ママ)、はかいノ心也、仏相違、

寛ーー　　そせいほうし

92花の木もいまは

り
恋の心ありといふ、不用、ほりうへじとハ花のうつろふに、世間の人の心ならふほどにと也、春たてバ」(30オ)立春の心にてハなし、春の過也、秋ハきぬもミぢハ宿に、この哥も過る也、裏の説ハ人の心よきことにハうつりがたく、あしきことにハうつりやすき物ぞと也、

題しらず　　読人しらず

93春の色のいたりいたらぬ里ハあらじさけるさかざる花のミゆらん

春の色のむら／＼にあるまじきことなるが、花の遅速あるハ不審と也、一説に、つゐに春色のいづくへもいたらぬといふことハあるまじきと也、時にあはぬことをさのミおもふぞといふ心もちとあり、春の色ハいづ

うつろふ、恋といふ、不用、春たてバ立春にてハなし、春の過也、人ならひけり（×にけり）、世見ノ心、ならふと也、秋きぬ、紅葉、秋つきぬ也、裏ノ説、躰、世見ノ躰、よきことにもえうつりがたく、あしきことにハうつりやす（×かた）き也、

題ーー　ーー

93春の色の

春の色のむら／＼にハあるまじきと也、花、遅そく、ふしん、一説にハ、ついに、あるまき《いたらぬ、》（ママ）也、時にあはぬこと、さのミハといふ事もなしぞと也、ちと心ある也、

くもおなじかるべけれども、花の遅速のあるハ自然の事なるほどにと也、」(30ウ)

春のうた――　　つらゆき

94〳みわ山をしかもかくすか春霞人にしられぬ花やさくらん

しかハしかも也、かくすかハ哉也、あやにくに霞のかくすと也、三輪山ヲシカモカクスカ雲ダニモ、万葉ニアリ、

雲林院のみこのもとに花ミに《キ》また山のほとりにまかり―　北山とハつねあす(ママ)親王ノ御事也、此にハへノ字ノ心也、

―　　そせい

95〳いざけふハ春の山べにまじりなんくれなばなげの花のかげかは

家路に遠き也、他流にハなげ*とにごる、当流にハなけ《スム》とすむ也、哥ノ心ハよそにてもなし、暮たりともこの花のかげに下ぶしせんと也、

――　　つらゆき

94みわ山

しかハ、○《かく》しかも也、かくすか、哉也、あやにくに霞、とがにてハあるまじき也、

雲――ほとりに、にハへといふ心也、　北山ノつねあす(ママ)みこ也、

そせい

95いざけふハ

家路に遠き也、他流なげ*を、当流なけ《清》也、

春の哥とてよめる

96いつまでか野べにこゝろのあくがれん花しちらずハ千世もへぬべし」(31オ)

おもしろき哥と也、心ハさてもいつまでか、如此花ちらずハミんぞと我心をわれといさむる哥也、

廿二日
題しらず　　読人しらず

97春ごとに花のさかりハありなめどあひミんことハいのちなりけり

ありなめどハあらんずらめど、定家の説也、花は年々さかりあるべけれども、我身のいのちハ不定の物也、命だに心にかなふ物ならば、万々年もミんとの心也、よせいある哥と也、

98花の*ごとよのつねならばすぐしてしむかしハ又もかへりきなまし

はる――

96いつまでか

面白哥也、千世代(ママ)も、居べきほどにと、我をいさむる哥也、

廿二日

題しらず　よミ人しらず

97春ごとに

ありなめど、あらんべらめど、定家也、花ハ年々なれども、我身しらぬ也、命、心にかなふ物ならば、万々年もミんと也、よぜうあり、

98花の*ごと

花のごく(ママ)也、ちるとミれども、

ごとハごとく也、花といふ物、ちるとハミれども、真
*実にハちらぬ也、花のごとくならば過にしむかしもか
へらんと也、散々《天台尺二、》常住咲々常住、」(31ウ)
花《定家》のごと人の心の常ならバうつろふ後もかげハみてまし
99吹かぜにあつらへつくるものならばこの一もとハよきよとい
はまし
他流にハあつらへつ《付》くると也、当流にハつ《告》*ぐる也、常
縁も如此いひしと也、この風ハいづくにあるぞ、うき《ヨ》
ほどならばこの花をよきよと*(ママ)也、花のおほくもなき所
にての哥也、
100まつ人もこぬ物ゆへに鶯のなきつる枝をおりてける哉
只今おる花ハ客人のため也、我宿のにハあらじ、他所
の也、鶯の鳴つる枝をおりつるよとおしむ心也、鶯が
おしミて鳴といふ説あり、利口げにてあしきと也、

五八

真実にはち《(×も)》らぬ也、花のごとく
ならば昔もかへらん、
ちる〳〵常中《(ママ)》、さく〳〵ーー、
花《定家》のごと人の心常ならば
99吹かぜに
他流にハあつらへつくる、当流
にハつ*ぐる也、常縁如此みたる
也、この風いさ《(ママ)》こにあるぞ、よ
きほどならばよきよ也、花の多
くもなき所にてよミたり、
100待人も
只今折る花ハ客人の為、我宿の
にハなき、他所ノ也、鶯のおし
むといふ説、りこうげ也、

寛平の御時ーー　藤原おきかぜ」（32オ）
101さく花ハちぐさながらにあだなれどたれかハ春をうらミはてたる
哥の心ハ、花ハあだなる物也、されどもこの花をあだなりとて、たれかうらミをかけてあひせぬぞと也、
102春かすミ色のちぐさにみえつるハたなびく山の花のかげかも
霞、初春にハうす〳〵として、花もちりがたにハふかくたつをミて、このかすミのちぐさにミゆるハ山の花もちるらんと也、遠望の哥とぞ、
建保建仁ノ哥ハ此哥ノ風躰ヲシテ読タルト也、
ありハらのもとかた
103霞たつ春の山べはとをけれど吹くる風ハ花のかぞする
遠望の哥、古今の中にても面白哥と也、」（32ウ）霞のまん〳〵として、山も花もみえざりしに、かぜの匂ひく

寛ーー御《おほん》ーー　藤原ーー
101さく花は
心ハ、花ハあだなれど、たれか春をうらミたるぞと也、
102春かすミ
かすミ、ちりがたにふかき、遠望の哥也、
ありハらのもとかた
103かすミたつ
遠望の哥、古今ノ中、面白哥と也、かすミ、万々としてみえなれたれども、匂ひくる《よつぽど》ハ、ち

るやうハ、さてハよつぽど花のちりがたになりつるよ
といふ心也、

104花《こゝもとより落花也、》ミれば心さへにぞうつりける色にハ出じ人もこそしれ
人のあひし、しやくする花なれバ、人の心さへ花にう
つりて、色にいづる様なると也、我本心を人にミせて
ハいかゞなれば、色にハ出じと也、裏ノ説ハあまりに
物をほめ、けひ〴〵しくかなしむ心あるも心あさきと
也、おもしろし、

題しらず　　読人しらず

105鶯の鳴野べごとにきてミればうつろふ花に風ぞふきける
鶯の鳴ほどにきてみたれば、ちるといふ説不用」(33オ)、
たゞ野べごとにきてミれバ、鶯もなきて花をおしむ心
と也、

106吹かぜを鳴てうらみよ鶯ハ我やハ花に手だにふれたる

り《(×る)》がたになるかといふ心也、
うつろへしーー
ミつね

104花《この時分より落花、》ミれば　いでし《清》
人のあひし、執《じやく》ーする花なれば、
人の心さへうつろふ也、我本心
を人にミせてハ《(×た)》いかゞと也、裏
ノ説ハあまり物をほめ、けひ
〴〵しくかなしむハ心あさきと
也、大丈《(ママ)》、

題ーー　　よミ人ーー

105鶯の
鶯の鳴ほどにきて、これちるハ、
不用、一説にハさればこそちる
いふ、野遊ノ哥也、鶯のなく野
べごとにきてミれば、鶯も花を

花のちるハ風のとが也、我ハ花のあやうきほどに、手
だにぬ(ママ)れぬに、鶯がこなたをうらむる様也、鶯殿よ吹
かぜを御うらミあれと、上句にてきりてみて、下句に
て我は手もふれ申さぬといふ心と也、これも一躰の哥
也、

典侍洽子《アマネイコ》朝臣

107ちる花のなくにしとまる物ならば我鶯におとらましやハ
なくにしハ人の事也、鶯の鳴をきゝて花のなくにとま
る物ならば、我涙ハおしむまじき」(33ウ)物をと也、逍
遙院説と也、
仁和の中将のミやすん所の家に哥合ーー
他流にハ仁和御門を中将といふ、不用、又業平の事と
いふ、これも不用、

藤原のちかげ

おしむやうにみる也、

106吹かぜを
花のちるハ風のとが也、あやう
くおもひて手をもふれぬ也、鶯
のこちをうらむる様也、風をう
らミたる也、鶯ハ、きりてみる
也、

典侍《ないし》洽子《アマネイコ》朝臣

107ちる花の
なくにしハ人の事也、鶯の鳴を
きゝて、おもひしりて也、我涙
おしむまい物をと、これハ逍説也、
ハ鶯にまさらんと也、
仁和ーー
他流、仁和、中将、不用、業平、不用、

藤原のちかせ(ママ)

108花のちる

108花のちることや侘しき春霞たつたの山のうぐひすの声
かなしきハあまりにつよきによりて、わびしきと置たり、春かすミたつといはん為也、一だんと面白哥也、理をつけずにみよと也、
うぐひすのなくをよめる

そせい

109こづたへばをのがはかぜにちる花をたれにおほせてこゝら鳴らん
こゝらハ許多也、そこばくといふ心也、こさいの巨の字も書と也、鶯のあやうき花に木づた」(34オ)ひて、をのが羽かぜにちるを、さてもたれにおほせてなくぞと也、他流にハはぶく、当流にハはかぜ也、鳴らんといふにうらミハこもれり、おほせて課の字也、裏の説ハ我あしきをば忘れて、人のわろきとみるといふをしへ

わびしき、心へがたき、かなしきハつよすぎたる也、春かすミたつといはん也、一だん面白哥也、理つけずにみよと也、
うぐひすのーー

そせい

109こづたへバ
こゝらハ許多、そこばくといふ心也、こさいのこノ字もかく也、鶯のあやうき花ながら木づたひて、誰(×我)におほせてなくぞと也、他流、はぶく、当流、はかぜ、鳴らん、うらミこもれり、おほせて、仰也、くわやくしてと也、業(業平)、そせい哥ノ躰也、裏ノ説に我あしきを、《忘れ》人のわるきとみる

也、
うぐひすの木のーー　ミつね
110しるしなき音をもなくかな鶯のことしのミちる花ならなくに
鶯のゝ字ふるく置たる也、のハが*也、吹もちるも今
にはじまらぬに、鶯がしるしもなく鳴かなと也、鶯に
ひかれて、我もしるしなき花に物おもひをするぞと也、
題しらず　　読人しらず」（34ウ）
111〽こまなめていざミにゆかんふる郷ハ雪とのミこそ花はちるら
め
駒なめてハならべて也、ふる郷ハ雪とのミ、花がき
う〳〵にちる、しかれバかちなどにてハ遅くあるべし、
駒なべていそぎみんと也、雪とのミハ道などもなき躰
也、
112ちる花をなにかうらミん世中に我身もともにあらむ物かハ

也、
うぐひすのーー　　ミつね
110しるしなき
鶯の、このノ字、ふるき、置た
る也、のハが也、鶯のしるしな
き音を鳴かな也、のミに心をつ
けよと也、咲《ママ》もちるも今にはじ
まらぬと也、鶯のにひかれて、
我もしるしなき花をおもひ、物
おもひをする也、
題ーー　　ーー
111こまなめて
駒なめて、ならべて也、花がき
う〳〵にちるほどに、かちにて
ハ遅《ママ》くほどに、駒にていそぎみ

なにかうらみん、風月日をうらミまじい、当意、ちるにてもなしと也、我身の世中にさだめなきことをたちかへりミよむ也、

小野小町

113 花の色ハうつりにけりないたづらに我身世にふるながめせしまに　『六首』

此哥にハ二義あり、世中ことしげきにより、花もミぬ間にうつろひぬらんの心也、又ハ我おとろへ」(35オ)も我とハしらぬに、花をミてさてハ我もおとろへぬらんとの心也、為氏のなが雨をそへてみよと、おもしろしと也、

仁和《ニンナ》の中将（宇多御門ノ時也、御休所ノ里ガ中将也、）のミやすん所の家に哥合せんとしける時によめる　そせい

114 おしとおもふ心ハいとによられなんちる花ごとにぬきてとゞ

んと也、雪（×花）のミにハ道などもなきと也、

112 ちる花を

なにかうらミん、風月日を、当意、ちるにてハなきと也、たちかへり我身をみる也、

小野小町

113 花の色　六首ノうち也、

この哥にハ二義也、花、こと多故、みぬ也、一説、身がおとろへ、我とハしらぬ也、花のおとろへたるをみて、さつしていふ也、為氏ノなが雨をそへてみよと也、第一面白也、

仁和《ニンナ》ーー　そせい

114 おしとおもふ

めん
そせいハたくミ也、よく心をつけよと也、さりながらこの哥の躰、今ハこのまずと也、いさゝか誹諧躰と也、おしむ心、いとによられてぬきもとゞめよかし也、緒とハそのまゝをいふ、糸とハよりたるをいふと也、
しがの山ごえに女のおほくあへりけるによミてつか」(35ウ)ハしける　つらゆき
115あづさ弓春の山べをこえくれば道もさりあへず花ぞちりける
他流にハ女を弓にたとへり、不用、当流、春といはん為也、ざうさもなき哥也、女などに道もさりあへずと、風流の哥と也、
寛平の御時ーー
116春の野にわかなつまんとこし物をちりかふ花に道ハまどひぬ
ちときゝにくき哥と也、若なつまんとハ初春の事也、

そせいたゝ(ママ)ミ也、よく心つけよと也、この哥躰、不用、いさゝかはいかいの心アリ、おしむ心、いとによられ(×せ)よ、よを、そのまゝを、を、いとよられたるいふ也、
しがのーー　つらゆき
115あづさ弓
他流にハ女を弓にたとへたる、不用、当流、春のいはんため、ざうさなき哥也、
116春のゝに
寛ーー
これハ、初春の若草の雪、はや

残雪の時分わかなつミにこし物を、はや花も雪も《と》ちりてみちもまよふと也、光陰のはやくうつる躰也、

山でらにまうでたりけるによめる」(36オ)

117やどりして春の山べにねたる夜ハ夢の内にも花ぞちりける

山寺に一宿しての躰也、花のちりがたの夢なれバ、ねてだにちることを夢にミんと也、

寛平のーー

118吹かぜと谷の水としなかりせバミ山がくれの花をミましや

風水の二ハ花をちらしながしなどして花のかたき也、されどもミぬかたの花をば風水のさそひてミすると、物の徳をかんじて也、裏の説ハ旧悪を忘れて当位をおもへと也、

しがよりかへりける女どもの花山《クワサントヨム也、》にいりてふぢの花のもとにたちよりてかへりけるに、よミてをくりける

花の雪となると也、陰レ光をうつるてい也、

山でらにまうーー

117やどりして

山寺に一宿したる躰也、花のちりがたの夢也、夢のちるとも《みるとも》、ちるをミんと也、

寛ーー

118吹風と

風水の二ツハ花をちらしながす物也、かたき也、されども、とくをかんじてよむ也、裏説ハきう悪を忘れて当意をぞたてよと也、

しがよりーー

僧正ーー

僧正遍昭」（36ウ）

119よそにみてかへらん人に藤の花《すこしひつと読習と也、》はひまつはれよ枝ハおるとも

詞書にかゝりてよむ也、哥の心ハ明也、此哥たゞの出家ハよまれぬ哥也、遍昭、真実の出家なるによつてかくよめると也、

家に藤のはなのさけりけるをみて人のたちどまりてミけるをよめる　ミつね

120我宿にさける藤なミたちかへりすぎがてにのミ人のミゆらん

常にハとはぬ人の藤の咲たるをみたる躰也、我にたいして心ざしハあるべからず、藤故に御出ありて過がての心也、過がてハ過がたき也、

題しらず　読人しらず

121今もかも咲匂ふらんたちばなのこじまのさ《×か》きの山吹のはな」

（37オ）

119よそにみて人《少ひつと也、》

詞書にか《×か》ゝりてよむ也、此哥、つねの出家ならぬ也、真実の所、別なし、

家に――　ミつね

120わがやどに

常ノとはぬ人の、藤をみたる躰也、我にたいして心ざしなし、すぎがてハ過がたい也、

題しらず　よミ人――

121今もかも

心えがたき也、さる丸哥也、色

さる丸哥也、今もかも、心えがたし、家集にハ色もかもとあり、不用、貫之如此なをして入たり、今かといふ心也、もの字二ながらやすめ字也、たちばなのこじまがさきに咲たる山吹なれば一しほ匂ひ侍らんと也、

122春雨ににほへる色もあかなくに香さへなつかし山吹のはな

春雨に匂へる躰也、こんぽん山吹ハあまりに匂はぬ物也、さりながら此雨にさながら匂ふやうなり、かさへハ香也、同作者也、

123山吹ハあやなゝさきそ花ミんとうへけん君がこよひこなくに

花うへたる人のるすにまいりてよミたり、諸共にうへたる人とミんといふ心也、けふハさだめて」(37ウ)かへらんほどにまちてさけ也、一説にハまちかねてこよひ〱もといふ心ありと也、

よしの河のほとりに山吹のさけりけるをよめる

もかもと也、不用、今かといふ也、たちばなのこじまの花《山吹》なれば一しほ匂はん、

122春雨に

春雨に匂へる躰也、かさへ、常ノ匂ひ也、さながら雨に匂ふやうなりと也、

123山吹は

花うへたる人のるすにまいりてよミたる、うへ《諸共にミん、》人がミんと也、けふハかへらん、一説にハまちかねてこよひ〱もと也、

つらゆき

124よしの河きしの山吹ふくかぜに底のかげさへうつろひにけり

水底のかげをもまことの花かとミれば、吹かぜにうつろふ、水底のならばかぜにもちるまじきがちる、さてハかげにてあるよといふ心也、

題しらず　　読人しらず

125かハづ鳴ゐでのしがらミちりにけり花のさかりにあはまし物を

ゐでをいはんとてかハづなくといひたり、山吹の花ハはやちりて、かハづの声バかりのこりたる所へ」（38オ）きたるよと云心也、

左注 このうたハある人のいハく、たちばなのきよもとが哥也、

春のうたとてよめる　そせい

126おもふどち春の山べにうちむれてそこともいはぬ旅ねしてし

よしの河ーー

つらゆき

124よしの河

（×河）かげをもこと（ママ）の花とみたり、

水底の花さへうつろひにけり、ちるほどに、さてハほん花也と也、

題ーー　　よミーー

125かハづなく

ゐでをいはんとてかハづなくいふたり、山吹ちりて、かハづバかりのこりたり、

春のーー　　そせ

126おもふどち

か

他流にハおもふどうしといふ、当流おもふ友也、そこまでとさだめていふハ窮屈なる物也、さればそこまでともいはず、おもふ友と旅ねをせんと也、春のうちにても雑也、家隆、

おもふどちそこともしらずゆきくれぬ花の宿かせ野べの鶯

春のとくすぐるをよめる　　ミつね

127 あづさ弓春たちしより年月のいるがごとくもおもほゆる哉

春たちしよりとハ元日より春九十日の事也、あ」(38ウ)づさ弓いるといはんが為也、たゞはやく過る躰也、他流、春の後の哥といふ、不用、

やよひに鶯の声をひさしうきこえざりけるをよめる

七〇

他流おもふどうし、当流にハおもふとも、そことといふハきうくつ也、春のうちにてに《(ママ)》雑也、

春のとく──　　ミつね

127 あづさ弓

春たちしより、元日より九十日の事也、あづさ弓いるといはんため也、他流、春の哥とハおもはれぬ也、他流、春の後ノやうにいふ、不用、

つらゆき

128 なきとむる花しなければ鶯もはてハ物うく成ぬべらなり

次第に鶯のきこえぬ躰也、他流ハ年々鶯がなけども花のとまらぬといふ、当流ハ鶯のなけども〳〵花とまらずして、つゐにハ鶯もよハりたると也、不《ジ》レ知《シカ》口閉

送《ランニハ》二残春《ヲ》一鶯ノ詩也、

やよひのつごもり山をこえけるに、山河より花のながれけるをよめる　ふかやぶ 豊前守房則子也、

129 花ちれる水のまに〳〵とめくれバ山にハ春もなく成にけり」

（39オ）

山のはや青葉になりたるをみて、春ハない也、水をミれども春過ゆく躰也、まに〳〵とハ随意とかくと也、

はるをゝしミてよめる　もとかた

130 おしめどもとゞまらなくに春霞かへる道にしたちぬとおもへ

やよひ――　つらゆき

128 なきとむる

次第、鶯のたえてきこえぬ、他、年なけども、鶯のなけども〳〵花のとまらぬほどに、後よはになりたる也、

不知口閉、

やよひ――　ふかやぶ

129 花ちれる

山の青葉ミて、山ハ春もない也、まに〳〵ハずい意かく也、

はるをゝしミて　もとかた

130 おしめども

他、当、ゆく春にかすミゆくと

ば
春もかすミも共にさそひてゆく心と也、
寛平御時ーー　おきかぜ
131声たえずなけや鶯一とせにふたゝびとだにくべき春かハ
たとひ一年に二度きたるとも、この春にハ名残あるべ
きに、まして一度の春にてあるほどに、春をおしミて
鶯もなけと也、
やよひのつごもりの日、はなつミよりかへりける女ど」
(39ウ)もをみてよめる　ミつね
三月尽也、花ツミハ草花ヲツミタルト云、又定家ハ石
塔ト云、石ナドヲツミ花ナドヲツミテ、人ヲ弔事(×ヲ)アリ
ト被注タルト也、
132とゞむべき物とハなしにはかなくもちる花ごとにたぐふこゝ
ろか

七二
也、友にさそふかと也、
131声たえず
寛ーー　おきかぜ
たとひ一年二度きたるとも、残
多あるべきと也、この鶯なけと
也、
やよひのーー
ミつね
132とゞむべき
とむ《(ママ)》べき物にてもなきといふ心

とゞむべき物にてもなきと也、心かハ哉也、たぐふハ具する也、おもひかへしてよむ哥也、たれもとまらぬうき世ぞと懐旧の心也、

やよひのつごもりの日雨のふりけるに藤のはなをゝりて人につかハしける　なりひらの朝臣

133 ぬれつゝぞしゐておりつる年の内に春ハいくかもあらじと思へバ

伊勢物語とおなじ、さりながら一重あり、春の」（40オ）物なれば、春より後へのこして曲なし、春のうちに折つくさんと也、

亭子院《テイジノ》*の哥合にはるのはてのうた　ミつね

宇多御門ノ御事也、サレドモ何モオリ居ノ御門ノ御座アル所也、先番寛平、後番ハ亭子院也、

也、心かハ哉《おもひかへしつゝ也、》、たぐふハぐする*也、たれもとまらぬうき世と懐旧ノ心アリと、

やーー　なりひらの朝臣

133 ぬれつゝぞ

伊物同じ、今一重アリ、春の物なれば、のこしてハ極なきと也、

ミつね

亭子院《ジノ》*の哥ーー　うだの御門ノ事也、いづれもおり居の御座所、

134けふのミと春をおもはぬ時だにもたつことやすき花のかげかハ

花をしたふハたゞの時さへなるに、ましてけふは、ハや春のくれなれば、いよ〳〵花のかげたちがたき也、面白くたけたかき哥と也、

『六十六首』」(40ウ)

134けふのミと

花をしたふハいつともなけれども、けふハことに、暮春をとりあハせての心、面白也、たけたかき哥と也、たゞの時さへ(×だに)に、まして暮春の心也、

廿二日これまで也、

古今和歌集巻第三　廿三日

夏哥《ノ》　夏ノ哥ハ部立少タヂログヤウナレドモ、其ニ猶面白心アリ、

道具スクナキ故也、

題しらず　　読人しらず

135
○我宿の池の藤なミ咲にけり山ほと丶ぎすいつかきなかん

この哥あるひとのいハく、かきのもとの人まろが也

我宿の藤咲たるに、時鳥をきかんといへば、巻頭めかず大やうに藤咲たるに、いつか時鳥をもきかんと也、光陰のうつるさま也、この藤今さくにてハなし、左注ハほんそう、又たしかになき故にさぞあるらんと也、

うづきにさけるさくら――　　紀としさだ

136
あはれてふことをあまたにやらじとや春にをくれてひとり咲らん」（41オ）

廿三日

古今――

夏哥《ノ》　部立、少、たぢろぐやうなれども、だうぐなく、なき故に面白也、

題しらず　　よミ人しらず

135
我やどの

我宿の藤咲たらば、時鳥をき丶とよむと也（×也）、さやうなれば巻とうめかぬ、大やうにみよと也、光陰のうつりたる心をいふ也、今さくにてハなし、

左注ほんそう也、又たしかになき故さぞあるらん也、廿四ノ哥と也、

うづき　　きのとしさだ

これもぬれつゝの哥のごとく、詞書におほせて読也、
類もなきほどに、我一木咲て、賞しられんと也、当流、
あはれハあらおもしろや也、ひとりさくらん、桜にて
ハなし、たゞ咲らん也、

題しらず　　読人しらず

137 さ月まつ山ほとゝぎすうちはぶき今もなかなんこぞのふる声

うちハぶきハ鳴べき時の躰也、さ月まつとハう月の事
也、をのがさ月をまたずとも、う月よりなけかし也、
去年のふる声忘れがたき心也、

伊勢

138 五月こばなきもふりなん時鳥まだしきほどの声をきかバや

世上にあまねき比ハきゝてもせんなし、まれなる」(41ウ)
時分にきゝたき也、ざうさもなき哥と也、

読人しらず

七六

136 あはれてふ

これもぬれつゝのごとに、詞が
きにおほせて也、類なきほどに、
我一木しやうし、当流、あハれ
ハあらおもしろや也、あれ此の
字にあたれり、ひとりさくハ、
桜にてハなき也、

137 さ月まつ

題しらず　　よミ人しらず

うちはぶき、鳴べき時也、さ月
まつハう月の也、うちはぶき、
あまねき心もアリ、年のふる、
忘れがたき音也、う月よりなけ
也、

いせ

138 五月こバ

139さ月まつはなたちばなのかをかげばむかしの人の袖のかぞする

これハ前の時鳥とハ相違也、さ月まつ、さ月をまつにてハなし、橘のかをかげば、昔の人の袖のかのすると也、橘に昔をよめるハ、乗（垂）仁天皇御悩の御時、常世まで橘を間守《ヒマモリ》といふ者を取につかはされしに、その間に崩御成しかば、御跡にこれをうへて昔をしのびたる也、小野小町が大江ノ是秋ガメニ成テ有所ヲ、業平宇佐ノ使ノ時、聞付テ読タル哥也（×也）、此説、此集ニテハサノミ専ニハスマジキ事也、」(42オ)

140いつのまにさ月きぬらんあしひきの山時鳥いまぞなくなる

さ月に時鳥をきゝて、光陰のはやくうつる事ををどろく也、此集にハ光陰の事をよくいふ、惣別、哥をみるにも光陰のうつる事によく〳〵心をつけべしと也、

世上あまねき比ハきゝてもせんない、ざうさもなき哥也、

よミ人ーー

139さ月まつ

これハ前時鳥相違、さ月まつハさ月まつの事にてハなし、橘に昔よむ也、スイニン天皇、ひま間守、

140いつのまに

さ月にハ時鳥きゝて、光陰をおどろく也、此集をよく光陰いふたり、

141 けさきなきいまだ旅なる時鳥花たちばなにやどハからなん
時鳥の山を出て、いまだ里なれずして、うい〳〵しけれバ、さいはいこの橘よき所なれバやどれと也、なんはげぢ也、
＊＊
きのとものり

142 音羽山けさこえくれバ時鳥こずゑハるかにいまぞなくなる
前〳〵こえにし山なれども、時鳥の音にてめづらし」○又
(42ウ) き也、音羽山時鳥の鳴をちともたせたると也、この音羽山にてさへ、梢はるかにきくほどに、都にてきかぬことハりと也、
時鳥のハじめて鳴ける――
そせい

143 時鳥はつ声きけばあぢきなくぬしさだまらぬ恋せらるハた
あぢきなくとハ常のあぢきなし也、ハたハ将の字也、

141 けさきなき
時鳥の山をいで丶、里なれず、うい〳〵しけれバ、さいはい橘よき所なれば、なけ也、なんハげぢ也、
＊
をは山(ママ)
きの(ママ)ものり

142 をとは山
まへ〳〵こえにし也、めづらしきハ時鳥の鳴故也、音羽山、鳴をもたせ也、山にてさへ、はるか也、ミやこにてきかぬことハり、もつもも(ママ)也、これハ面白也、
ほと――　そせい

143 時鳥
あぢきなくハ常ノ心也、ハた、

家隆ハすはと也、当流にハやすめ字也、郭公をきゝて
友などを恋ふる心と也、

ならのいその神でらにて、郭公のなくをよめる

144いそのかミふるきミやこの時鳥声バかりこそ昔成けれ

いそのかミハふるきといはん為也、この寺元興寺とも
いひ、万葉にハ飛鳥寺ともいふ、そのかミと」(43オ)い
はんとて、いの字置也、哥の心ハ前のミやこハあれは
てぬれども、今も時鳥ハおなじ音になくと也、顕昭ハ、
安孝(康)天皇、仁賢天皇とやらんいふ、それハせばき事と
也、

題しらず　　読人しらず

145夏山に鳴ほとゝぎす心あらば物おもふ我に声なきかせそ

我思ひのある時郭公をきゝて、鳴ぬだに思ひのあるに、
いよ〳〵きゝて思ひのます也、時鳥をかんずる心より

将也、家隆ハすハ也、当流ハや
すめ字也、友をこふた心もアリ、

ならの――

144いそのかミ

いそのかミハふるきといはん為
也、ぐわんごう寺ともいひ、あ《万》
すか寺とも、そのかミといはん
為、いは、いひたり、これハ前
の都ハあれておれども、音、今
も時鳥同じ也、顕、仁けんとい
ふ、せばき也、

題――　――

145夏山に

我おもひのある、時鳥をきゝて
也、鳴ぬだにおもひあるに、物

也、

146 時鳥なく声きけばわかれにしふるさとさへぞ恋しかりける
これハ不如帰の心也、故郷さへのさへき丶にくき也、
わかれにし、思ひ切て出にし故郷也、されどもこの郭
公」(43ウ)をきけば、鳴につきてかへりたき心あると也、
しかれば、さへ、よくきこえたり、

147 郭公なが*なく里のあまたあれバなをうとまれぬおもふ物から
ながなくなん*ぢが*鳴也、うとまれぬハうとまれたる也、
こ丶ばかりにてもなかず、あなたこなたへゆきてなく
程にとおもふ物から、少うらミかけたる也、
カツミレドウトクモ有カナ月影ノイタラヌ里モアラジト
オモヘバ、此哥ニテ見タテヨト云教也、

148 思ひ出るときはの山の時鳥からくれなゐに《の》《と》ふりいで丶《ぞ》なく
思ひ出る時とつ丶けん為也、紅ハ俗にふり出し〳〵そ

八〇

思ひます、おもひのなき物より、
かんずる心より也、

146 時鳥
これハ不如帰ノ心也、故郷さへ、
さへ、きこえがたき也、わかれ
にしも、おもひきりて出たる也、
されども時鳥、鳴につきてかへ
りたきと也、さへ、きこえたり、

147 時鳥
なが*なく也、ながなくハなん
ぢ(×す)が鳴也、うとまれぬハ《たる也》、うら
ミたる也、あそこへゆき、こ
丶(×た)へゆきてなく也、
引哥 かつミれば(ママ)うとくもあるかな

148 思ひいづる
思ひ時とつ丶けん為也、血にな

むる物也、紅のふりてとハ万葉より出たる詞と也、此
哥、弘法の弟師しんがの哥と也、」(44オ)
149 声ハして涙ハみえぬ時鳥わがころもでのひつをからなん
我も時鳥もおもひある也、郭公ハ声あれども涙なし、
我は又涙あれども声なし、しかれバ我涙にひたす衣手
を時鳥のかれかしと也、
150 あしひきの山時鳥おりハへてたれかまさると音をのミぞなく
おりハへて、うちハへておなじ心也、時鳥に我が思ひ
をくらべんと也、たれかハ時鳥をさしていふ也、
里ハアレヌ月ヤアラヌト恨テモタレアサヂウニ衣ウツラ
ン、此誰ハ我也、此哥ニテ心得ヨト也、
151 今さらに山へ《ゑとよむ也、》かへるな時鳥声のかぎりハ我やどになけ
今さらに、常に今さらにとつゞくるにてハなし、今と
きりてさらにと也、山へかへるな、山にてハきく人」

くとも、猿など(×也)也、紅ハ俗にふ
りいだし〳〵そむる也、紅ノふ
りてとハ万よりいでたる也、我
涙、《此哥》弘弟師、しんが哥と也、
149 声ハして
我も物おもひがある、時鳥、物
おもふは也、鳥、声あり、我涙
をかさうずる也、
150 あしひきの
おりハへて、うちハへて同じ、
おりハへて、物おる時をと也、
時鳥に我おもひをくらべんと也、
時鳥をたれと也、
里あら(ママ)ぬ、このたれハ我こと也、
151 いさ(ママ)さらに
今さといふ、常、今さらにと

（44ウ）もあるまじきほどに、我宿にてなけ也、さ月ノ末、時鳥すがる時分の事なるべし、宗祇発句、

山やいまかへりて初音時鳥

　　みくにのまち

152
○やよやまて山郭公ことづてんわれ世中にすミわびぬとよ

やよといふハよびかくる也、生ある物をいふ也、慈鎮のはじめてやよ時雨と心なき物によミ給ひけると也、しでの山にすむ鳥なれば、我この世に住わびたるとことづてんと也、

寛平御時――　　　紀友則

153
五月雨に物思ひをれば時鳥夜ふかく鳴ていづち行らん

五月雨のかきくらし、もう〳〵とふる時分、物お」（45オ）もふに時鳥の夜ふかく過る也、この時鳥の声きく後に、のこる夜をばいかにせんと也、夜ふかくにあた

八二

つゞくる、こゝにてハ今ときりて也、我宿也、なけ也、山にてハきゝてもあるまい、さ月、すがる時分也、

山や今かへりて初音時鳥

　仁明天皇更衣、のぼるが子也、
　みくにのまち

152
やよやまて

やよといふ、よびかくる也、生ある物いふ也、慈円ノやよ時雨（×とハ）と初めて心なき物によミだされた也、しでの山にすミわびぬと（×ハ）ことづてん也、しでの山、侘物（×に也）也、

153
五月雨に

寛――　　　紀友則

五月雨のかきくらして、時分《もう〳〵として、》、

りてみよと也、

154 夜やくらき道やまどへる郭公我やどにしも過がてになく

これハ、夜やくらき、道やまどへると、ことを分てい
ひたる也、玉楼殿などに歴々たる人の待給ふべきに、
我宿の不肖なる所にて鳴給ふハ、夜がくらさにゆきや
らぬか、たゞし道をまどひてこゝに鳴給ふかと、ひげ
の哥也、

大江千里

155 やどりせし花たちばなもかれなくになど時鳥声たえぬらん

時鳥のかき《とゝ》やどり所の橘もいまだかれぬに、郭公」(45ウ)
の声などたえぬらん也、これハ千里が女のかたへ
の哥也、をとづれせぬとの心也、

きのつらゆき

156 夏の夜のふすかとすればバ郭公なく一声にあくるしのゝめ

物おもふ也、夜ふかきにあたり
てみよ也、のこる夜をいかにせ
んと也、

154 夜やくらき

これハ、夜やくらき、道をまど
へる也、ことを分て申分ていひ
たる也、玉殿にも待べきに、我
やどになく、道まどふ、なくか
と也、ふしぎの所にて也、ひげ
也、

大江千里

155 やどりせし

~~時鳥橘~~時鳥、よきやどりなりな
さに、これハ千里が女のかたの
哥也、をとづれもせぬと也、

きのつらゆき

夜をと置べき所を、のと置て、惣別の夏の夜と大やう
にいひたるがおもしろきと也、郭公の一声にあくると
いふハわろし、只一声鳴て、又もなけかしとしたふう
ちに明る心也、しの丶めとハさ丶がきのひまより明る
とミゆる心と也、

ミふ《スム》のたゞミね

157くる丶かとミれば明ぬる夏のよをあかずとや鳴山ほと丶ぎす
しきりに鳴が明がたをまんぞくせぬ心と也、」(46オ)

紀秋岑《アキミネ》

158夏山に恋しき人や入にけん声ふりたて丶なくほと丶ぎす
時鳥のおもふ人が山へいり給ふか、山にて鳴やうハと
也、ふりい《た》《と》て丶ハしきり也、夏山とハふかくしげりた
る山の躰也、

題しらず　読人しらず

156夏の夜の
夜をと置べき所を、そうべつの
夏の夜と、大やう、面白き也、
一声鳴て、又もなけかしとした
ふうちに明る心也、しの丶めと
ハさ丶がきのひまより明るとみ
ゆる心也、

みふ《清》ーー

157くる丶かと
これハ詞を入てみる也、この比
の時鳥ハ、くるとみれバ、夏の
夜と心也、明がたをまんぞくせ
ず鳴躰也、しきりに鳴を、

紀秋岑《アキミネ》

158夏山に
時鳥のおもふ人、山へいりたる

159こぞの夏鳴ふるしてし郭公それかあらぬか声のかハらぬ
これハ去年の時鳥とき丶さだめてあるがたゞし、あまりにめづらしきやうハ、去年の声にてもなきかといふ心也、声のかハらぬといふ所面白きと也、
郭公のなくをき丶てーー
つらゆき
160五月雨の空もとゞろに郭公なにをうしとかよたゞ鳴らん」(46ウ)
御抄《(僻)辟案ノ事也、》にハ空もうごくやうなど也、よたゞ《スム》、
さぶらひにて、をのこどものさけたうべけるにめして、ほと丶ぎすまつうたよめとありけれバよめる
ミつね
161郭公声もきこえず山びこの《ハ》ほかに鳴音をこたへやハせぬ
さぶらひとハ殿上の事也、こ丶にてハ鳴ぬほどに外にか也、ふりたて丶、しきりに鳴也、夏山、ふかき山の躰也、

題しらず　ーー
159こぞの夏
これハ去年の時鳥とき丶さだめてたゞし、めづらしきハ、声ハ去年にてハなきかと也、
ほと丶ぎすーー
つらゆき
160五月雨の
御抄《へきあん也、》にハ空もうごくやう也、物おもひハさしおきて也、うたゞ《(ママ)清》、
さぶらひにてーー
ミつね
161時鳥
侍にてとハ殿上と也、~~をのがと~~

鳴音をこたへよと也、山びこにうけ取てつげよ也、勅命にハ心なき物もしたがふ心と也、これハすがりにな
りてまれなる心と也、宗祇会所の奉行の時、あらぬ名をかるや山びこ郭公

山にほと〵ぎすのなきけるをき〵てよめる

つらゆき」(47オ)

162郭公人まつ山になくなれば我うちつけに恋まさる也

つくしの松山にてハなし、たゞ松のある山也、心ハ明也、古今にハ底の恋の哥あると也、

はやくすミける――　たゞミね

163むかしべ*や今も恋しきほと〵ぎす故郷にしも鳴てきつらん

むかしべを一説むかしなど〵いふ、辟案にハべをやすめ字と也、たゞむかし也、時鳥がむかしを思ひて故郷になくかと也、にしもを一だんとあんじてよミたると

八六

も可尋、―こ〵にてハ鳴ぬ、外に鳴(×は)音をこたへぬ也、山びこにうけとりてつげよ也、勅命にハ心なき物(×も)もしたがふ也、初夏、あるべき、これ、なきすがりたる也、

会所奉行ノ時、あらぬ名をかるや山びこ時鳥　宗祇

山に――　つらゆき

162時鳥

つくしの松山といふ、わるし、たゞ松のある山也、古今にハその恋ある也、

はやく――　たゞミね

163むかしべや*

昔べや、一説むかしなど〵也、

也、

郭公のなきけるを――　ミつね

164郭公我とハなしにうの花のうき世中になきわたるらん

卯花ハ郭公の鳴所なけ《レ》ばうき思ひのそふと也、」(47ウ)うの花のうきとかさねんが為也、卯花ハ初夏の物なるほどに、はじめに入べきことなれども、此哥にてうの花あまりにせんなき故にこゝへいれたると也、

はちすの露をみてよめる　僧正遍昭

165はちす葉のにごりにしまぬ心もてなにかハ露を玉とあざむく

あざむくハあひする也、一説にハあざける也、心もてハ心もつて也、泥中より生ても清き心也、後に口伝ありと也、露を露、玉を玉とみずして、露を玉とみたる

へ《(×せ)》きあん、べ《(×や)》ハやめす《(ママ)》也、むかし也、このむかしハ、昔の事にてハ、にしも、一だんあんじてよミたる也、

時鳥の　ミつね

164時鳥

うの花ハ時鳥の鳴所也、鳴ハうきのおもひそふ也、うの字、重たる也、初夏ノ入べき、卯月せ《よう》んなきとも《(×れも)》也、

はちすの　僧正

165はちすバの

これハあざ《(×む)》むく、あいする、一説ハあざける也、心もて、心もつて也、清水よりも、泥中より、くでんあり、露をば露、玉と玉《(ママ)》

ハあざける心と也、

（首書）『泥中ヨリ出テ清キ心、無明即明ノ道理也、煩悩即菩提ノ義也、』

月のおもしろかりける夜あか月がたによめる

ふかやぶ

166夏の夜ハまだよひながら明ぬるを雲のいづこに月やどるらん」（48オ）

月をおもふ心也、よひなるほどに、月ハまだかたぶくまじきとながむれば、西の空にもみえぬ、さて月ハいづこにあるぞといふ心也、夜とゝもに入たるかと也、夏の夜のせんおもしろしとぞ、

となりよりとこ夏の花をこひにをこせたりけれバ、おしミてこの哥をよミてーー

ミつね

とみべき也、

月のおもしーー

ふかやぶ

166夏の夜は

月をおもふ心より也、月のかたぶきもあべきとおもへバ、西《の空》にもなき、いづくにあるぞと也、夜とゝもに入たるかと、夏のよのせん面白と也、

となりよりーー

ミつね

167 ちりをだにすべ*しとぞおもふ咲しよりいもとわがぬる床夏の
花

いもと我ぬるとみるハわろし、この床夏ハいもとぬる
床のやうにおもふと也、

ミな月のつごもりの日よめる

168 夏と秋とゆきかふ空のかよひぢハかたへすゞしき風や吹らん

ゆきかふハゆきちがふ也、半の字にてはしたの」(48ウ)
心也、はんぶんハ秋のごとく涼しく、半分ハ夏のごと
くあつき也、裏の説ハ善悪二半づゝならば悪にとると
也、秋のすゞしきを善、夏のあつきを悪にする也、し
かればあつさのかつ心と也、

『三十四首』(49オ)

167 ちり《ママ》だにすべ*し

いもと我ぬるとみるハわるし、
いもとぬる床のやうにおもふと
也、

ミな月ーー

168 夏と秋と

ゆきかふハゆきちがふ也、半ノ
字ノ心也、半ハはした也、はん
ぶんハ秋のごとくすゞしく、又
かたがたハ夏のやうにあつき也、
心面白と也、裏ノ説、善悪二半
ならバ悪にとる也、秋の善、夏
悪也、

廿三日、是迄也、

古今和歌集巻第四　廿四日

秋《ノ》哥《ノ》上　秋の哥ハ春より多し、秋ハさつ気にて物にかんずる心也、
世中の者うれしきこと丶かなしきこと丶ハ、うれしきことハすくなくかなしきことハ多故、秋の哥おほきと也、

秋立日《タツヒ》よめる　藤原敏行《トシユキ》朝臣

この敏行ハ冨士丸が子也、親ハ哥などハよまぬ者也、譜代ならでも、哥よミなれバ巻頭ニいる丶、貫之心と也、

169秋きぬとめにハさやかにみえねどもかぜの音にぞおどろかれぬる

めにハみえずして音にきくといひつめたるハ他流也、定家ハさやか也、修忽《シユウコツ》、あざやかの心もあり、秋きたりてめにハみえねども、昨日まではあつかりしが、けふハはやさやかに秋のくることよとおぼゆる心と也、」

九〇

廿四日

古ーー四　世中ノ物ハうれしきとかなしとハ、うれしきこと少なしと也、

秋《ノ》哥《ノ》上　秋、七十八首あり、多、心ハ、秋ハ陰気《さつ気也、》の始也、物にかんずる也、気ノ心あるによりて也、

秋立日《たつ日》ーー　藤原敏行朝臣《藤まる子也、》

169秋きぬと

めにハみえず音にきくとハ他流也、定家ハたゞさやか也、拾コツ《ソコツノ字、》、あざやか也、秋きたる、めにハみえぬ、昨日まで残暑、けふ秋のきて、ことおゆる(ママ)也、

秋はぎを

（49ウ）
秋立日うへのをのこども、かものかハらにかはぜうえう《たゞうへに云時ハすむ也、》しけるともにまかりてよめる

つらゆき

170 河かぜのすゞしくもあるかうちよする浪とゝもにや秋は立らん

をのこどもとハ殿上人也、河水の辺の遊山也、他流にハ鮎とる時といふ、不用、ともにハ供奉也、あるかハ哉也、此哥ハ巡逆に心ゆる也、河かぜのすゞしきかな、さてハ浪とゝもに秋やきつらんと也、又ハ浪とゝもに秋のたちくるか、この河かぜのすゞしきやうハといふ心也、

題しらず　　読人しらず

171 わがせこが衣のすそを吹かへしうらめづらしき秋のはつか

秋たつーー　かはせ《清》うよう

つらゆき

170 河風の

をのこ、殿上人也、河水の辺、遊山也、他流にハあいとる時といふ、不用、ともハ具（ママ）ぶ也、あるかハ哉也、此哥ハ巡逆に心え也、

題しらず　　よミ人しらず

171 わがせこが

ぜ」(50オ)

我せことハ女のかたよりいひ、わぎも子とハ男のかたよりいふ、定家のこゝにてハ通用せよと也、めづらしきハ心なし、つめていハゞ初といふ字の心也、ふけかしとおもひつる夏衣にハふかずして、今この秋の衣を吹かへす、秋の初かぜめづらしき由也、

172 きのふこそさなへとりしかい《スム》つの《心のなきかと也、》まにいなばそよぎて秋かぜのふく

これハ光陰のうつる事をよめり、過る物ハはやくすぎ、きたる物ハはやくきたる心也、此哥きのふの事をけふいふにてハなし、さなへとりしハきのふの様におぼゆるに、はや秋風吹と能々光陰のうつるさまをよミたる也、白氏文集ニ、昨日華山之隈折《リ》レ花《ヲ》、今日南楼之中戴《ク》レ雪《ヲ》、」(50ウ)

我せこは女《(ヌか)》のかたよりいふ、わぎも子がとハ男いふべき也、定家、通用と也、めづらしハなにとなし也、つめていふ事ハ始と字ノ心也、ふけかしとおもひし夏衣にさへふかなんだに、秋の衣にふくと也、

172 昨日より　とりしか清

これハ光陰のうつる事をよミた《(ママ)》也、過る物ハ過ぎ、ゝたる物、きたる也、けふ、きのふことをいふにハあらず、昨日のやう也、白氏文、昨日花山雲に折花、

173秋かぜの吹にし日より久かたのあまのかハらにたゝぬ日ハなし

これより七夕の哥也、去年の七月八日の別よりまたぬにハあらず、されども秋風の吹をきゝて、別して七日のまたるゝ心也、世中の人如此ある物ぞと也、

174久方のあまのかハらのわたし守君わたりなばかぢかくしてよ

君とハ七夕の事也、舟ハかぢにてゆく物也、しかればかぢをかくして七夕をとゞめよと也、

175天河もミぢを橋にわたせばやたなバたつめの秋をしも待

紅葉の橋、此集より出たり、紅葉の橋のあるにてハなし、もミぢを橋にわたすか秋をまつハといふ心也、ばやにてよくきこえたり、朱雀院の」(51オ)御本にハ紅葉の舟と橋の字をすりてあり、定家、舟ともあるべし、されども橋といふよきと也、七夕つめ、妻也、五音相

173秋風の

これより七夕の哥也、去年の七月八日の別しよりまたぬにあらじ、秋風の吹て、別して七日をまつ也、人の心如此と也、七夕になりかハりてよむ也、おりたちて恋ある心也、

174久かたの

君ハ七夕の也、七夕を抑留せばかぢをかくせ也、

175天河

紅葉の橋ハ此集より出、紅葉、ハしのあるにてハなし、紅葉、ハしにわたいたるかと也、雀院本にハ紅葉舟にとある、ハしの字すりて、定家、舟ともあ

通也、

実方哥ニ、天河かよふ浮木にことゝハん紅葉の橋ハちるやちらずや

176 恋〳〵てあふ夜はこよひあまの河かは霧たちてあけずもあらなん

恋〳〵てとハこぞの別より也、あふ夜ハけふの事也、天上の事なれバあけずもあれかしと、霧にげぢしたる心也、

寛平御時なぬかの夜ーー　とものり

177 天河あさせしら波たどりつゝわたりはてねばあけぞしにける（しら浪、しらぬといふ心、又ハたゞ瀬にたつしら浪なるべし、）

顕昭、此哥心えぬといひしと也、伊勢大夫(輔)が本にハわたりはつればとあり、当流にハ陸地さへことに河」(51ウ)をたどりわたりたれバ、あふ夜もやがて明ぬると也、しにける、俗難にて今ハ用捨ありと也、

るべし、たゞ橋といふたるよき也、七夕つめ、たま(ママ)といふ心也、

五音相通、

実方　ちるやちらずや

176 恋〳〵て

恋〳〵てハ去年別ての心也、あふハけふの事也、天上の事ほどに、明てもあるべしとての事ニ、霧あけよとげぢ(×つけ)也、

寛ーー　とものり

177 天河

顕、此哥心えぬといふ、伊勢大夫本にハわたりはつればと也、当流、ろくぢさへにあるべき、川をたどりわたり、やがて明る也、しにける、俗なんにて今ハ

天河瀬ヲハヤミカモムバタマノ夜ハ明ニツルアハヌヒコボシ

おなじ御時《宇多御門也、》きさいのーー

藤原おきかぜ

178 ちぎりけん心ぞつらき七夕の年にひと度あふはあふかハ

七夕を人間よりもどかしくおもふ也、一年に一たびあふハあふにてもなきと、我身にひつかけていふ心也、

なぬかの日の夜よめる

凡河内ミつね

179 年ごとにあふとハすれど七夕のぬる夜のかずぞすくなかりける

七夕のちぎり年久しき也、さりながら五年十年のをかぞへてもあふ夜ハすくなき心也、ざうさもなき哥と也、」(52オ)

もちいず、

おなじ清

藤原ーー

178 ちぎりけん

七夕を人げんよりもどかしくおもふてよむ也、年に一夜にあふハあふてもなきと、我身ひきかけて也、

なぬか　凡ーー

179 としごとに

七夕のちぎりハ年ひさしきといへども、五年十年かぞへてもあふ夜ハすくなきと也、ざうさなき也、

180七夕にかしつる糸のうちハへて年のをながく恋やわたらん
かしつるいとゝハねがひの糸の事也、糸を七すぢづゝ
七つとやらん、そめて竹のうへにかけて手向くると也、
四緒といひて、年の緒、心の緒、別の緒、うれへの緒
ありと也、

題しらず　そせい

181こよひこん人にハあはじ七夕のひさしき程にまちもこそすれ
くがいの事也、こよひくるにあはじとハ七夕のちぎり
いま〱しきと也、惣別、七日ハ陰陽男女のかたらひ
せいする夜と也、

なぬかの夜のあか月によめる
源むねゆきの朝臣

182いまハとてわかるゝ時は天河わたらぬさきに袖ぞひぢける」
(52ウ)

180七夕に
かしつる糸とハねがひの糸と也、
年の(×糸)を、心のを、別を、うれへ(×へ)
のを、四也、

ーー　そせい

181こよひこん
くがいの事也、こよひの人にハ
あはじと也、いまい(ママ)〱しきと
也、七夕の契り、おもはしきと
也、七日ハ陰陽はいぐ(ママ)んの夜と
也、

なぬかーー　源むねゆきの朝臣

182今ハとて
ひづる、ひたす也、今とて(ママ)ハ、

ひぢぬるハひたす也、今ハといふに心を入てみよと也、
明ぬればとゞまらず、わかるゝほどに、河をもわたら
ぬ先に涙に袖のぬるゝよし也、
明ぬとていまはの心つくからになどいひしらぬ思ひそふ
らん
やうかの日よめる　　ミふのたゞミね
183けふよりハ今こん年のきのふをぞいつしかとのミまちわたる
べき
いつしかとハいつか也、しハれいのやすめ字、昨日と
ハ七日をさしていふ、あまりにかんがへ過たる哥也、
されどもいつしかと置たるが命になりけると也、
題しらず　　読人しらず
184「この間よりもりくる月のかげミれバ心づくしの秋ハきにけり
木の間より月のもりかぬるといふハ不用、やう」(53

今といふ字に、せいを入てミよ
と也、明たればとゞまらぬ、袖
に(ママ)がぬるゝと也、川わたらぬ先
にぬるゝと也、涙の事也、
明ぬとて今はの心つくかに(ママ)などい
ひしらぬおもひそふらん
やうかの日　ミふ
183けふよりハ
いつしかといつか、しハや《す》め字
也、きのふとハ七日をさして也、
あまりかん(×ん)がへ過たる哥なれど
も、いつしかといふて、命なり
たると也、
題ーー　　よミ
184このまより
この間、月のもりかぬ(×ね)るをいふ、

オ）〳〵木の葉も色かハりて、もりやくもらぬ躰に心をつくす秋きぬるよし也、木の間より落くるとある本あり、定家、事外ふけうと也、

185おほかたの秋くるからに我身こそかなしき物とおもひしりぬれ

おほかたハ秋の大すう也、秋のかなしくおぼゆるハ我身に思ひのある故也、今より我身の思ひのある所よと也、

186我ためにくる秋にしもあらなくに虫の音きけばまづぞかなしき

読かたの口伝のうちと也、さびしきといひ、わびしきといへば、わびしくもさびしくもなし、心にもたせてよむがよきと也、先の字、初秋のこゝろ、後にハいかなるかなしミがあるべきぞと也、前の哥よりハをとれ

九八

不用、やう〳〵木の葉色かハりて、もりやもらぬ躰、これに心をつくすと也、
木の間より落くる本、定家ふけう、秋ノ、
心づくしの秋と也、

185おほかたの

おほかたハ秋の大すう也、秋のかなしうおぼゆる、我身におもひのある故也、今より我身のおも所よと也、

186わがために

よミかたの口伝のうち也、さびしといへ（×ハ）ば、さびしくなく、わびしきといへば、わびしなき（ママ）と也、心でもたせよと也、先ノ字《まづノ字、》也、初秋の心也、後にハいかなるかなしミがあるべきと也、前

り、」（53ウ）

187物ごとに秋ぞかなしきもミぢつゝうつろひゆくをかぎりと思へバ

もミぢつゝとハ色こく染たるにてハなし、夏のやうにもなく、色のかしげたる躰也、末の秋を思ひやりて也、顕昭ハ生死ぼだいの心といへり、定家のそれハあまりにこと〴〵しきと也、

基俊
たかまどの野ぢのしの原末さハぎそゝや木枯けふ吹ぬめり

188ひとりぬる床は草葉にあらねども秋くるよひハ露けかりけり

これハ独ねの故に露けし、秋の初の哥也、秋もハじめ夜もよひに、末の長夜《の》をかねておもひしられたると也、おもしろきとぞ、かりけり、おぼゆる心あり、

是貞、光孝天皇第二ノ御子、宇多御門御一腹也、
され《(ママ)》さだのみこの家の哥合のうた

ノうたよりをとれりと也、

187物ごとに

もミぢつゝとハ色こきしたるにてハなし、夏のやうになく、色ノかしたたる《(ママ)》躰也、末の秋の事をいふと也、顕ハ生死ぼだいといふたる、定家ハたゞ也、

基俊の哥
たかまどの末の秋

188ひとりぬる

これハひとりねまする故露けき也、秋始ノ哥也、秋もハじめ夜もよひ也、末のながき夜をかねてしられた《(×て)》也、かりけり、おぼゆる心あり、

これさだ――

189「いつはとハ時はわかねど秋の夜ぞ物おもふことのかぎり也ける」(54オ)

いつハとハ、いつとわかぬ也、はハそへ字、生をうけたる者にそれ〴〵に思ひのなきといふことハなし、ことに四季のうち秋也、秋のうちにてハ又よる也、いまが思ひの至極の所よと也、大抵《ムネ》四‐時心惣《スベテ》苦《ナリ》一、就レ中腸断是《ハ》秋天、知‐足人《ノニンハ》雖レ臥(×臨カ)地上《ノニ》、為レ足人雖《ハ》処《ト》二天上一猶未足、

かむなりのつぼに人〳〵あつまりて、秋の夜おしむうたよミけるついでによめる　ミつね

190かくバかりおしとおもふ夜をいたづらにねてあかすらん人さへぞうき

かんなりのつぼとハ五所《舎》のうち也、秋の夜おしむ暮秋

一〇〇

189いつはとは

いつと(ママ)とは、いつとわかぬ、は、そへし字也、生をうけてこのかた、物をおもはぬ事なし、中にも秋也、秋の中にも、夜、これが《思ひノ》至極と也、

かんなり――　ミつね

190かくバかり

かんなり《つぼ(×ね)》とハ五所のうちと也、秋の夜をおしむ、暮《秋》にてハなし、

の事にてハなし、秋の夜のながきをもおしむ也、それいかなれバ、月を見、虫の音をき丶」(54ウ)鹿の声にあかぬ故也、哥にハ月、虫、鹿いづれもなけれども、こ丶ろこもれり、又これを月の哥といふ、あながち月にかぎるべからず、

題しらず　これより月の部立也、

読人しらず

191 しら雲にはねうちかハしとぶ雁の数さへミゆる秋の夜の月

一本にハかげさへミゆるとあり、顕昭ハ用、定家ハ数と也、月さやかなれば、とをくとぶ雁のかずさへミゆるよし也、月のうへの雲ハしろし、月の下のハ黒雲と也、基俊の本にも数さへとあり、

192 さ夜なかとよはふけぬらし雁金のきこゆる空に月わたるミゆ

さ夜なかとハやう〳〵夜半の事也、哥の心ハ、初かり

秋のながき夜もおしむ心也、なんといふことになれば、月も虫も鹿もなけども、よせい也、これ(×月)ハ月をよむといふ、不用、

題しらず　よミ(×し)びとしらず

191 しら雲にこれより月ノ部立、

一本にハかげさへとあり、顕ハ用、定家ハ、しら雲にかりの飛てハたしかならじ、基俊ノ本にハかずさへ、かずさへを用よと也、月の上の雲白し、月の下ハ黒雲と也、

192 さ夜なかに

やう〳〵夜半の事也、初かりをき丶そめて起出て、更るまで月

の声をき丶そめ起出て、ふくるまで月」(55オ)をながめたる心也、又ハ雁が音に月のふくることをしりたるといふ説不用、さりながらあまりにすてんもいかゞと也、人丸の哥也、白雲ノ哥ヨリ月ノ部ト也、

これさだのみこーー　大江千里

193 月ミればちゞに物こそかなしけれ我身ひとつの秋にハあらねど

千々、させん、文撰のかたちよミと也、かずもかぎりもなき心也、月ハ陰気ゆへに、むかへバ則かなしミあり、我ひとりの秋にてハあるまじけれども、人〳〵身ひとりに一天万民のうれへくる様におぼゆるよし也、燕子楼中ーー、此心と也、裏の説にハ天下をもつ物ハ万の事一身にきする物ぞと也、

たゞミね」(55ウ)

一〇二

をみる躰也、かりがねと月の更るしるといふ、不用、あまりハすてず、

これさだーー　大江千里

193 月ミれば

千々にさせん、文撰ノかたちよミ也、かずもかぎりもなき也、月を陰ゆへに、かなしミある也、天下万民のうれへハ我身にくると也、

燕子楼中、此心と也、裏ノ説ハ天下をおもふ物ハ一身にきする物と也、

たゞミね

194久方の月のかつらも秋はなをもミぢすればやてりまさるらん
紅葉のあかきといふハ不用、顕昭ハよのつねの花もみぢに准ずるといふ、桂花とハ月の名也、月のかゞやくを紅葉するらうとよめる哥也、此哥、後撰にハ貫之と入たり、紅葉ノ橋ノ類也、

月をよめる　在原元方

195秋の夜の月のひかりしあかけれバくらふの山もこえぬべら也
あかければ、昼のごとくなればと也、名にかゝりてよめり、これも一句の法と也、六条家の説にハ、古今ハカタキヲカクシ、ヤスキヲアラハシ、万葉ハヤスキヲカクシ、カタキヲアラハスト云也、

人のもとにまかりける夜、きり〴〵すの鳴けるをきゝ」(56オ)てよめる　藤原たゞふさ

196きり〴〵すいたくなゝきそ秋のよのながき思ひハ我ぞまされ

194久かたの
顕ハ、よのつねノ紅葉、花に巡(ママ)ずるといふ、桂花秋白と、もみぢあるハ不用、桂花とハ月の名也、さくにてハなき、かゞやくを紅葉がりするらうと也、此哥、後撰にハ貫之入たり、

月を――　在――

195秋の夜の
あかければ、昼のごく(ママ)なればと也、名にかゝるとてよむ也、一の句はう也、六条家にハ、古、万の事也、

人のもと――
藤原たゞふさ

196きり〴〵す

る

いたくハ事外也、詞書をよくみよと也、よそハ旅也、きり〴〵すハさのミ思ひのあるまじきにいたくハ鳴そ、我ハ千万の悲あるよし也、恋の哥とミてもあるべし、

是貞のみこーー　としゆきの朝臣

197秋の夜のあくるもしらず鳴虫ハわがごと物やかなしかるらん

鳴虫ハきり〴〵す也、我思ひにひして明るもしらず一夜ねぬ躰也、

題しらず　読人しらず

198秋萩も色づきぬれバきり〴〵す我ねぬごとやよるハかなしき」（56ウ）

一わうハ時節の感をみてよむ哥也、鳴虫のごとく我もかなしミあるほどに、いよ〳〵いねがてになるべきと也、

と《（ママ）》ハ、いたく、事の外也、詞がきをよくミよと也、よそハ旅也、《きり〴〵すハ、》我ハ千万ノ悲ありと也、恋ノうたとミてもあるべしと也、

これーー　としーー

197秋の夜の

鳴虫ハきり〴〵す也、我おもひにひして也、明るもしらず、我おもひの事也、一夜《ね》ぬ躰也、

題しらず　よミーー

198秋はぎも

一往《わう》ハ時節のかんをミて也、鳴虫のごとく我《（×誰も）》もかなしきと也、我、いねがてになるべきと也、

199秋の夜ハ露こそことにさむからし草むらごとに虫のわぶるハ
ことにハことさら也、さむからしハ朝夕露ハをく物なれども、よることにふかければ、草むらごとに虫のわぶるもことハりと也、わぶる、鳴躰、泣の字の心也、又一しきり〳〵鳴といふ説あり、不用、

200君しのぶ草にやつるゝ故郷ハ松虫の音ぞかなしかりける
しのぶ草とつゞけてみるべからず、もとすむ人ハなくて、我ひとりのこりたる也、松虫、待の心あり、下句、此集にてハ不足と也、」(57オ)

201秋の野に道もまどひぬ松虫の声する方にやどやからまし
旅にてハなし、野遊也、秋草の中へ分入て、かへさも忘るゝほどに、虫をあるじにやどからんと也、
此哥をとりて家隆、
おもふどちそこともしらず行くれぬ花の宿かせ野べの鶯

202秋の野に人まつ虫の声す也我かとゆきていざとぶらはん

199秋の夜の
ことさら《ことにハ》になり、さむからし也、朝夕露もあれども、夜の物と也、草むらごとにわぶる、ことハりと也、わぶる、鳴躰也、泣ノ字ノ心也、又一しきり〳〵鳴、不用、

200君しのぶ
しのぶ草とハ(×也)つゞけてハみずと也、もとすむ人なくて、我ひとりのこりたる也、松虫、待の心あり、下句、此集にてハふそくと也、

201秋の野に
旅でハなし、野遊也、秋草の中へ(×入)いりて、かへさ忘れて、虫

松を待の字にしていふハ、我かといはん為也、とぶら
ふ、人をとふ時ハ訪、此字也、人の跡をとふハ弔、此
字也、哥の心ハ、秋の、花をみよと、我をまつか、
たゞし、またぬか、いざゆきてとはんと也、

203もミぢばのちりてつもれる我宿にたれをまつ虫こゝら鳴らん

虫の部をあつめんために、紅葉の哥をもこゝへ入たり、
たゞだにとふ人まれなるに、ことに落葉」(57ウ)の時分、
人もとふまじきに、たれをまつとてむしのなき給ふぞ
と也、

204ひぐらしのなきつるなへ《ゑ》に日ハ暮ぬとおもへバ山の陰にぞ有
ける

なへに色〳〵にいふ、当流、なへハからといふ心にて
則也、心ハ日もくるゝかと思ひたれバ山のかげにてあ
りつるよと也、これハ古今のうちにても風躰あしき也、

一〇六

をあるじにして也、

202秋の野に

松を待の字して申ハ、我かとい
はんため也、とぶらふハ訪《人をとふ也、》、
人のあととふハ口《きん》(吟カ)ノ字、秋の花をもみよと、
我をまつか、たゞし、またぬ(×つ)、
とふらんはと也、

203もみぢばの

虫の部をあつめんために、紅葉
哥をも入たる也、落葉の時分、
とふ人あるまじに、たれ、松虫
なくぞと也、

204ひぐらしの　なへ《ゑ》に

なへに《を》色〳〵にいふ、当流に
ハなべ《と》にごりてもいふ、なへ
ハからにといふ心也、即と則と

これにて定家、雨中吟十七首をよまれしと也、
205 ひぐらしのなく山ざとの夕暮ハかぜより外にとふ人もなし
此二首さる丸哥、これハ幽玄にして理のあると也、日
のうちさへさびしきに、夕ぐれハ風ならで、とふ人な
きとぞ、日くるれバあふ人もなし、此哥より出たり、」
（58オ）
はつ雁をよめる　　在原元方
206 まつ人にあらぬ物から初かりのけさなく声のめづらしき哉
恋にてハなし、久しく対面せぬ人に、あひかたらひ
た(×か)らばめづらしからんと、雁を朋友の様におもふ哥也、
これさだのみこの｜｜　　とものり
207 秋かぜにはつ雁がねぞきこゆなるたが玉づさをかけてきつら
ん

いふ心也、当意の心也、山のか
げゆへくるゝぞと也、此哥よく
もなきと也、これにて雨中吟、
205 ひぐらしの
二首さる丸哥、
これハ幽げんにして、理のある
也、日のうちさへさびしきに、
夕ぐれハ風より外にとふ人なし、
日ぐれはあふ人もなし、此哥よ
り出たり、
はつ
206 まつ人に
恋にてハなし、はるかに対面、
人にあひたらば(×しか)、めづらしから
んと也、かりハ朋友のやう也、
是貞｜｜　　との(×の)り
207 秋かぜに

雁の玉章、蘇武が古事也、この初かり、たれぞまつ人あるによりて、玉づさをかけてきつらんと也、初雁といふおもしろし、度〳〵きゝつるにてハ曲なしとぞ、

題しらず　　　読人しらず」（58ウ）

208 我かどにいなおほせ鳥のなくなへにけさふくかぜに雁ハきにけり

これハ説、口伝ありと也、顕昭ハ秋くれバくる鳥といふ、山鳥、馬、雀、稲をおふ鳥などゝいふ、不用、定家、先師《俊成の事也、》ハ庭たゝきと被申シと也、

あふことをいなおほせ鳥の教ずハ人ハ恋ぢにまよハざらまし

さ夜フケテイナオホセ鳥の鳴ケルヲ君ガタ、クト思ひケルカナ

209 いとハやもなきぬる雁かしら露の色どる木々も紅葉あへなく

一〇八

雁の玉づさの事、蘇武が古事、初かりの初に心つけよと也、この初かり、まつ人あらんさたにて、玉づさをかけてきつらんと也、たび〳〵きゝてハ面白なしと也、

題しらず　　よーー

208 わがかどに

これハ説アリ、口伝也、顕、秋がくればくる鳥と也、山どりいふ、馬といふ、すゞめといふ、不用、稲をおふていふ、不用、庭たゝきと也、

引哥此、あふことを

定家、先師、俊成ノ事也、

209 いとハやも

に

いとハやも、いとはやく、最の字也、雁かハ哉也、初
雁也、色どるハ下染の心と也、

210 春霞かすミていにし雁がねは今(×を)ぞ鳴なる秋霧のうへに

春秋の去来におどろく心也、かすミてほのかにいにし
おもかげに又霧のうへにきたれり、これ」(59オ)ハ光陰
をそへてミねば無詮、光陰をそへてミれば一だんとお
もしろし、兎角哥をよミみるにも、光陰の事をよ
く〳〵思ふべしと也、又世中をみるに、さだめなきか
な、いにしもきたり、来りてハ又帰る人の心もミなこ
れ也、よきもとをざかり、とをざかるもしたしき心ぞ
と也、おもしろき哥とぞ、

211 廿五日 夜をさむミ衣かりがねなくなへ《ゑ》に萩の下葉もうつろひにけり

萩ハ雁、鹿などにえんあり、衣かりがね、衣かる也、

いとはやくといふ心也、最ノ字
也、かりかハ哉也、初かりの声
をきゝて也、色どるハ下染也、

210 春かすミ

春秋ノ去来のおどろく(ママ)ていふ也、
霞霧、その影面(ママ)に今きたる躰と也、こ
れハ光陰をそへてみねば面白も
なき也、光陰をそへミれば面白
と也、よせい、世中さだめなき
也、人の心がさだまらぬといふ
心と也、

廿四日、これまで也、

廿五日

211 夜をさむミ　なへ《ゑ》

萩は、かり、鹿など、へ(ママ)んあり、

雁の衣をかるにてハなし、こなたのことによせてよめり、人丸の也、この哥貫之が風と也、先師柿本といふもこゝもとの事かと也、下葉ものもの字おもしろし、秋のうつる躰と也、」(59ウ)

寛平のーー　藤原菅根《スガネノ》朝臣 良尚ガ子也、

212秋かぜに声をほにあげてくる舟ハあまのとわたる雁にぞ有ける

秋風にとの五文字きどくと也、雁を舟にたとへり、くもりもなき空に、鳴音ハさながらろの音ににたると也、声をほ、帆にてハなし、あらはといふ心也、とわたるとうけたり、嘉禄本にハ声ヲホニアゲテクル雁ハ天ノトワタル舟ニゾアリケルトアリ、

かりの鳴けるをきゝてよめる

ミつね

一一〇

衣かりがね、衣かる也、雁の衣かるにてハなし、こなたことによせて、人丸ノ哥也、貫之ノ風と也、先師といふ、こゝもとの事か、下葉もノもの字おもしろし、秋のうつる心あり、

寛ーー　藤原菅根《スガネノ》朝臣

212秋風に

秋風、きどくと也、かりを舟、たとへて[redacted]、くもりもなき空、なくハろ(ママ)に音に似たる也、ほにてハなし、あらは也、とわたるとうけたる也、

かりの　ミつね

213
うきことを思ひつらねて雁がねの鳴こそわたれ秋のよな〳〵
これハなぞらへ哥也、数あまたつらねてくるをきゝて、思ひあれバこそわたるらめと、我おもひある故、身にひつかけてよめり、秋のよな〳〵」(60オ)いねかぬる躰也、裏の説、わが胸中ほど、人の心をも案ずる物ぞと也、
これさだのみこのーー　たゞミね

214
山里ハ秋こそことにわびしけれ鹿の鳴音にめをさましつゝ
侘しきとハ大どか也、かなしきとハとりつめたる心也、山里いつもわびしきなかに、わきていハゞ秋也、秋の夜、鹿の声にめをさまし〳〵して、たとひミやこなりともたへがたからんと也、
読人しらず

213
うきことを
これハなづらへ哥也《と》、かずあまたつらねてくるをみて、おもひあればこそわたらめと也、我おもひのある故也、我にひきかけ也、秋のよな〳〵いねかぬる躰也、
裏ノ説、胸中ほど、蜜《(ママ)》といふ心也、
これさだのーー　たゞミね

214
山里は
わびしけれと大どかにいふ心也、かなしいハとりつめたる也、山里ハへいぜいわびしき也、ことに秋也、鹿ノ声、めをさまし、又ハめ《(×に)》をさましする心也、ミや

215
おく山にもミぢふミ分なく鹿の声きく時ぞ秋ハかなしき
おく山の紅葉ふミ分るを、なにとしてきくぞといふ、不審あり、他流にハ山里に住てきくといふ、当」（60ウ）流にハ声をきく也、たれも紅葉を分て、鹿の鳴声をきかば、かなしからんと也、又は山ハちりてなく、山の紅葉のちる時分といふ説あやまり也、もみぢハおく山より染て、ちることもはやし、花ハミやこより咲て、おく山遅き也、遅紅葉は山ハ雪の下葉かな 宗長

題しらず

216
秋萩にうらひれ《スム》をればあしひきの山したとよ《スム》ミ鹿の鳴らん
うらひれハうらむる心也、＊どよミとよむべき所ながら、おそろしげれ《な》ばすミてよむ也、とよミ、山うごく心也（×と也）、萩、庭のにてハなし、くがいの也、萩を分てゆけば鹿のおしミて鳴心と也、万 雁モキヌ萩モチリヌトサヲシカノ鳴ナル声モウラブレニケリ

こなりともと也、　一一二
よミーー

215
おく山に
おく山の紅葉ふミ分を、なにとしてきく、ふしん、山里に住てきく、他流、当流、声きくぞと也、たれもきけ、かなしき鹿のなく秋、かなしき也、山のおく、山の紅葉のちる時分に鳴也、あやまり也、紅葉、花事あり、さる丸哥也、
をそ紅葉は山は雪の下葉　宗長

題しらず

216
秋はぎに　ひ《清》れ　さ《清》よと
うらひれ、うらむる心也、どよとよむ、さりながらおそろしげ

217 秋萩をしがらミふせて鳴鹿のめにハみえずて音《スム》のさやけさ」
(61オ)
萩を鹿のをしふせ〳〵ゆくハしがらミのやうなると也、さやけさを、一義にハ鹿の声といふ、不用、当流はるかにきゝしも、ちかづきてめにハみえず音のさやかなる心と也、

これさだのみこの——

218 秋萩の花咲にけり高砂のおのへの鹿ハ今やなくらん

藤原としゆきの朝臣

萩をば鹿鳴草といふ也、高砂、名所にあらず、たゞたかき尾上也、此哥ハ鹿の声きかずして萩の咲たるをみて、さだめて尾上の鹿の鳴べきといふ心也、此哥をとりて、家隆、

高砂の尾上の鹿のなかぬ日もつもりはてたる松のしら雪

也、清てよむ也、とよミ、山もうごく心也、萩、庭のにてハなし、くがいの也、うらひれ、袖の鹿のおしむかといふ説アリ、

217 秋はぎを　ず《清》て

萩を鹿のをしふせ〳〵ゆく心也、しがらミのやうなる也、一義《さやけ》に《さを、》ハ鹿の声といふ、不用、はるかにきゝし、ちかくくる也、めにみえずして音のさやか也、

これ——　藤原——

218 秋萩の

萩の咲たらば鹿のなかうず、萩ハ鹿鳴草といふ、高砂、名所にてもなし、鹿の声をきかでいふ、さだめてをのへに鳴ずと(ママ)、

むかしあひしりて侍ける人の、秋の、にあひて物」（61ウ）
がたりしけるついでによめる
ミつね
219
秋萩のふるえにさける花ミれバもとの心ハ忘れざりけり
顕昭ハ、榛《はぎ》、大なる木也、萩のふるえにてハあるまじ
きと云、当流に不用、からでをけバふる枝より咲と也、
朋友と萩の比、物語してもとの事を思ひ出したり、人
ならで草木も如此あると也、
題しらず　　　読人しらず
220
秋萩の下葉色づく今よりやひとりある人のいねがてにする
下葉色づくを色々にいふ、たゞ初秋の也、秋の感にめ
のつけ所也、初秋よりいねがてにて、末の秋さぞと人
のうへをもいふ心と也、
221
鳴わたる雁の涙や落つらん物おもふ宿の萩のうへの露」（62オ）

こゝの萩をみていふ心也、
この哥にて家隆、
高砂の尾上の鹿のなかぬ日もつも
りはてたる松の下雪
むかしーー　ミつね
219
秋はぎの
顕昭が心ハ、榛《はぎ》、大木也、萩に
ふるえあるまじといふ、当流不
用、からいでおくハふる枝より
もさく也、朋友をミて萩比、物
がたりしてもとの事をおもひ出
したり、人ならで草木も如此あ
ると也、
題ーー　ーー
220
秋萩の
下葉色づく色々にいふ、初秋の
事也、秋の感のめのつけ所也、

よくきこえたり、たれか庭にみたるとも侘しからんに、
ことに物おもふ宿の露ハ雁の涙もまじるべきと也、鳴
ば涙もあるべし、

222 萩の露玉にぬかんととればけぬよしミん人は枝ながらみよ
露しげく結びたる時、花のうへの露を愛してとればけ
ぬるほどに、枝ながらみよと、人をもいさめたる哥也、
聖武天皇の御哥と也、天子の御心にて、おもしろしと
ぞ、

223 おりてみば落ぞしぬべき秋萩の枝もたわゝ《とをゝ、いづれも也、》にをける白露
たわゝ、とをゝ、二義也、たはむ心也、萩のうつろは
ん時分、露のたふ〳〵と置たる躰也、

224 萩が花ちるらんをのゝ露霜にぬれてをゆかんさ夜ハふくと
も」(62ウ)
顕昭ハ露霜《ジモ》*とにごる、秋置をば如此いふといへり、定

初秋よりいねがて也、末の秋き(ママ)
ぞと人のうへをもいふ心也、

221 なきわたる
よくきこえたる哥也、これハた
が庭にミたるともさびしからん、
物おもふ宿の露ハかりの涙もあ
るべき也、鳴ば涙もあるべきと
也、

222 萩の露
露しげく結た時、花のうへの露
をあひしてとけばけぬ也、枝な
がらみよと、人をいさめたる哥
也、しやうむ天皇也、此集、な
らのミかど、天子ノ心、おもし
ろし、

223 おりてみば　たわゝ《とをゝ、いづれも、》

家、露霜各別とか丶れたり、結べば霜、むすばねば露と也、此哥、家の集にハ女のもとへゆくとてとあり、その心をふくミてみよと也、小野、名所にあらず、猿丸哥也、

是貞のみこの｜｜　文屋あさやす

225 秋の丶に《何も露の部也、》をくしら露ハ玉なれやつらぬきかくるくものいとすぢ

くものいとすぢにハ露置物也、玉とみるよりつらぬきたき也、ことにいとハ玉ぬかんためぞとおもひてよめる也、

題しらず　僧正遍昭

226 名にめで丶おれるバかりぞ女郎花われおちにきと人にかたるな」(63オ)

此集序の小注にハ馬より落てとあり、それはちと誹諧

二説也、いづれもにてもあれ、露置てたわむ心也、萩のうつろはん時分、露のたふ〳〵と置たる躰也、花のためにハ露がおし《(×を)》い也、

224 萩が花

顕昭が露霜《*ジも》《(×雨)》とにごる《秋のを》といふ、露霜にハ霜雨定家ハかくべつとか丶れたり、小野、名所にてハなし、さる丸が哥也、女のもとへと家の集にあり、これをふくミてみよと也、

是貞｜｜　文屋｜｜

225 あきの丶に

くものいとすぢにハ露置也、玉とミたらん、つらぬきと《(ママ)》たらん

めけばこゝにハ題しらずとかく、貫之心と也、哥の心ハ、女郎花、女にたとへれバ、我に相応せぬ間折つると世見の人につげなといふ心也、

僧正遍昭がもとにならへまかりける時に、おとこ山にて女郎花をミてよめる　ふるのいまみち 江(ママ)近守忠道ガ子也、

227 女郎花うしとミつゝぞゆき過るおとこ山にしたてりとおもへば

僧正の所へゆくハ後世ぼだいの心あり、それ故、男山に女郎花のたてるをみとがめたる也、詞書をよく心えべしと也、

是貞のみこのーー　としゆきの朝臣

228 秋のゝにやどりハすべし女郎花名をむつまじミたびならなくに」(63ウ)

旅ならなくに、さしにさしてゆくにてハなし、野遊也、

に、いとハ玉ぬかんためぞとおもひてよむ也、

題ーー　　僧ーー

226 名にめでゝ

此集序にある小注にハ馬よりとあり、女ー、女にたとへたり、我ために相違せる也、世上、人、つげなと也、女郎花をかんずる心おもしろし、序と貫之ノ心也、

僧正遍昭ーー　ふるのいまみち 江(ママ)近のかミ、たゞみちが子也、

227 女郎花

僧正の所ゆくハ後世ぼだいの心あり、その心にて男山の女郎花をみとが(ママ)たる也、

是貞ーー　としゆきの朝臣

秋の、やどり、なかむつまじきほどに、女郎花のあたりにせんと也、旅にしての義もあり、

題しらず　　をの、よし木タカムラガ孫也、

229女郎花おほかる野べにやどりせバあやなあだ《(ママ)》の名をやたちなん

おほかるハおほき也、女郎花、女にたとへたるハ勿論、しかれバ一もとに心をうつさんさへあるべきに、あなたこなたに心をとめば、あやなき名のたつべきと也、

朱雀院のをミなへしあハせ――　左のおほいまうちぎミ

230女郎花秋の野かぜにうちなびき心ひとつをたれによすらん

女郎花あハせ二度ありしが、後の時也、関白ににあひたる哥と也、野かぜ、すこしおもはしからずとぞ、」(64オ)、心ひとつハもつパらたれによすらんと也、○《又》心

228秋の、に　すべし《濡》
たびならなくにハさしにさして
ゆくにてハ也、野遊、宿にせん
ならば、さいはい、女郎花也、
な《旅と、》かむつまじき也、二説也、

題―　　をの、よし木

229女郎花
おほかる野べ、せん、女にたと
へたる、もちろん也、一もとに
心をうつさんさへ《(又と)》あるべきに、
あなたこなた心とめバ、名のた
つべき也、あやなハあやなき也、

朱――　　左お――

230女郎花
女郎花あハせ二度、後の時也、
関白ににあいたる、野かぜ、少

もをかで、たれになびくぞといふ義もあり、
藤原定方朝臣（延喜母かたのしく父也、）
231秋ならであふことかたき女郎花あまのかハらにおひぬ物ゆへ
生ぜぬ物ゆへ也、女郎花なれば織女によせてよめり、
つらゆき
232たが秋にあらぬものゆへ女郎花なぞ色に出てまだきうつろふ
女郎花の秋にてあるになどうつろふぞ、をのが秋なるほどに、さかり久しくせよ也、裏の説ハわざはいもよくたづぬれば心より出る也、人をうらむなといふ心とぞ、
ミつね
(64ウ)
233つま恋ふる鹿ぞ鳴なる女郎花をのがすむの、花としらずや」
幸、女郎花を妻にハせで、など鹿の妻こひて鳴ぞと也、

おもし(ママ)からず、二義アリ、女とみてなびきて、心ひとつを、もつぱらたれによすらんと也、
藤原ーー（延喜母かたのしょく父、）
231秋ならで
生ぬ物ゆへ、生ぜぬ物也、女郎《よせ》(×)花《て》(ト)、織女によせて也、
つらゆき
232たがあきに
女郎花の秋にてハあるになどうつろふに、をのが秋なるハ、なにせさかり久しくせよと也、裏ノ説ハはざ(ママ)はいもよく尋れば心より出る也、人をうらむると也、
ミつね
233つまこふる

234をミなへし吹過てくる秋かぜはめにハみえねど香こそしるけれ

女のおくふかき躰也、千種の中にそれともみえぬに、かぜの香をさそひて、ほのかにしりたる也、裏の説ハ、人にハみえずしておくふかきがよきと女にをしへ也、

たゞミね

235人のミることやくるしき女郎花秋ぎりにのミたちかくるらん

秋の丶に霧のたちたるハ女郎花を人にみせじとへだつるかと也、秋霧にのミ、朝夕霧にといふ心也、

236ひとりのミながむるよりもをミなへし我すむ宿にうへてみましを

ながむるハ女郎花殿也《ト云、》○庭にうへてなぐさまんといふハ不用、詠ハ人の心也、なかむつまじきほどに、野べ」(65オ)にてひとりミんよりハ、我宿にうへてた

女のさ《し》く野に、鹿の、つませで鳴ぞと也、

234女郎花

女のおくふかき躰に、千種のながめし、めにハみえねども、風香をさそふに、ほのかにしりたる躰と也、裏ノ説ハ、人にハみえずしておくふかきよきと女におしへたる也、

たゞミね

235人のみる

秋の野を霧のへだてたる、女郎花へだつるかと心なき物に、心をつくる也、《秋霧》のミハ朝夕霧にといふ心也、

236ひとりのミ

れ〳〵ともミん也、又ハ花も我も互ニ宿にうへてなぐ
さまんと也、
ものへまかりける人の家に――
兼覧王《かねミノ大キミ》惟高ノみこと也、
237をミなへしうしろめたくもミゆるかなあれたる宿にひとりた
てれバ
此あれたる宿にひとりあるハ、いかさまたゞにてハあ
るべからず、たれぞ領する者あるべしと、ちとねたミ
たる心と也、
寛平の御時、蔵人所のをのこどもさがのに花ミんとてま
かりたりける時かへる――
平貞文《さだふん》好色の者と也、好陰ガ子也、(風)
238花にあかでなにかへるらん女郎花おほかる野べにねなまし物
を

ながむるハ女郎花殿也、庭にう
へてなぐさまん、不用、女郎花
といふ名がむつまじきほどに、
我宿にうへんと、ひとり野にて
よりハ我宿にうへて也、互ニ花
も我もなぐさまんと也、
ものへ――
兼覧王《かねミノ》惟高ノ御子也、
237女郎花
このあれたる宿にひとりある、
いかさまあるハたゞにてハある
まじ、たれぞ領するかと也、ち
とねたミたる心也、
寛――
平貞文《さだふん》好色の者と也、
238花にあかで
蔵人所、かんよう、禁中の御番

蔵人所、かんよう、禁中の御番故いとまなき心也、哥
の心ハ、いかにもこの女郎花にあかねば、わかきをの
こども、おほき女郎花にひとり〳〵ぬしつけて、」(65
ウ) 野べにねたけれども、禁中御番なる故、かへさを
いそぐ心也、裏の説ハ奉公をかんようにせよと也、上
日上夜、仕奉る心と也、

これさだのミこのーー

としゆきの朝臣

239 なに人かきてぬぎかけし藤ばかまくる秋ごとに野べをにほは
す

きてハ来也、藤ばかまによりて、きるとかねて也、な
に人かといふ五文字*少きぶきと也、此匂ひ、大かたの
にてハなし、毎年如此匂ふはと不審したる心也、

ふぢばかまをよミてーー

一二二

の故いとまなき也、哥の心ハ、
いかにもあかぬに、ねべき物を、
されども、禁中の御番にいそぐ
躰と也、裏ノ説ハほうこうをか
んようにせよと也、上日上夜、
仕へ奉る心と也、

これさだーー

としゆきーー

239 なに人か

きてハ来て也、藤ばかまにより、
きるとかねていふ也、なに人か、
少きぶきと也、大かたの匂ひに
てハなし、毎年に匂ひ、ふしん
と也、

つらゆき

240やどりせし人のかたミか藤ばかまわすられがたきかに丶ほひつ丶

これハ人が我所にやどり、又ハ我が人の所にやどりたるにてもあるべし、きこえたる躰也、つ丶ハながら也、」(66オ)

ふぢばかまをよめる　そせい

241ぬししらぬ香こそ匂へれ秋の丶にたがぬぎかけし藤ばかまぞも

なに人かの哥と心おなじ、さりながら此哥ハまされり、秋の丶に不審したる心也、ぞもハぞ也、もハれいのやすめ字、

題しらず　平貞文

242今よりハうへてだにみじ花す丶きほにいづる秋ハわびしかり

ふぢーー　つらゆき

240やどりせし

これハ人が我やどり、又我、人の所ニやどり、つ丶ハながら也、

ふぢーー　そせい

241ぬししらぬ

なに人か、同じ哥ながら、まさりたる也、秋の丶にふしん、ぞも、ぞ也、も、や《す》め字也、

題ーー　平ーー

242いまよりハうへてだにみじ*

けり
いまよりハ向後也、花薄のほにいづるがわびしきにて
ハなし、秋のかなしミの心也、比といふ字をいれてみ
るべしとぞ、
寛平御時ーー　　ありハらのむねやな
243秋のゝの草のたもとか花すゝきほに出てまねく袖とミゆらん
下句より上の句をくんしやくする也、人をまねく」(66
ウ)ハ草のうちにて薄なるべしとぞ、昔ハ袖と袂と一
首によミたり、当時ハきらふと也、
素性法師
244我のミやあはれとおもはんきり〴〵すなくゆふかげの山とな
でしこ
なでしこハうつくしくて艶なる物也、それを子にたと
へり、あハれはあひする也、なでしこ夏の物なるが、

一二四
いまより、向後也、花薄のほに
いづるをわびしきにてハなし、
秋のかなしミの事也、比といふ
字をみよと也、
寛ーー　あハーー
243秋のゝの
下の句より上の句くんしやくす
る也、薄の人をまねくハ草のう
ちに出も薄也、袖、袂、昔也、
当時きらふ、
そせい
244我のミや
なでしこハうつくしき、えんな
る物也、それを子にたとへたり、
あハれ、あいする、面白心也、

秋の蛬鳴ほどに、さかりも程あるべからず、しかれバ
我ひとりミんハおしきと也、おもしろしとぞ、

題しらず　　　読人しらず

245 みどりなるひとつ草とぞ春ハミし秋ハ色〳〵の花にぞ有ける

春草のもえ〳〵と出る時ハ色〳〵の花に咲わけんとハおもはざりつると、当いの花をみてよめり、色々」(67オ) に咲もあり、又さかぬもまじりたる躰也、賢愚同一所(ママ)、乃一龍一猪子と云、韓退之ガ語也、裏の説ハ、日本記(ママ)に、あしかひのごとくまろかれたる物あり、男女のかたらひありて人と成、百八煩悩をうくると也、

246 百草の花のひもとく秋の、に思たはれん人なとがめそ

百草、千種、おなじ、乍去、詞千種まされり、たわれ(ママ)んハ風流の二字をよむ也、ぬしある所にてもなし、花もひもときてうちとくるほどに、たわれ(ママ)てミんと也、

我独にミんハおしき也、夏の物なる、きり〴〵す鳴、秋なり、さかりほどあるまじと也、

題――　　よミ――

245 みどりなハ(ママ)

春草のもえ〳〵と出る時ハ色〳〵の花にさかんとハおもはなんだ、当意の花をミて也、咲、さかぬ心也、

賢愚別《文草、かんたいし、》、裏ノ説、天下一分ノ百《あしかいのごとくま》八ぼんのう《ろかれたる物也、》、

246 も、草の

千種、同じこと也、百草、千種よりおとりたる也、たはれん、風流ノ二字也、たはむれん也、ぬしある所にてもなし心也、

247
月草に衣はすらん朝露にぬれての後ハうつろひぬとも
月草、露くさ也、鴨頭草《フキクサ》とかけり、露くさともよむ、さりながら月草ハますと也、この露にて衣のそまる物也、哥の心ハたとひやがてうつろふとも、」（67ウ）先、月草の露に衣をそめんと也、これ哥人の心也、二念つくなと云心と也、

仁和のみかど《光孝天皇也、》みこの（ママ）おハしましける時、ふるのたき御らんぜんとておハしましける道に、遍昭がはゝの家にやどりたまへりーー　僧正遍昭

248
里ハあれて人はふりにし宿なれや庭もまがきも秋ののらなる
こまやかなる哥也、人とハ母の事、まがきとハ前の垣也、垣といふ物四方にあり、その前垣といふを中略してまがきとハいへり、野らなるやぶともいふ、野ハらを中略していふ、これがよき也、仁和のおハしましけ

一二六

247
月草に
月ー、露くき（ママ）也、鴨首（ママ）草也、そとの露にもうつろふ物也、哥人の心也、二念をつくなといふ心也、

248
さとハあれて
仁ーー　僧正遍昭
こまやかなる哥也、人とハ母也、まがき、前ノまき（ママ）也、前垣を中略して（×四）まがき也、かき、四方にある物也、の（×な）らなるやぶ、野ハらを中略していふと也、これが

るをかたじけなく思ひて、みぐるしき宿の事をいふ、やど〻ハ母の所なれば也、人ハふ」(68オ)りにしなど秋の末のこゝろと也、

『八十首』」(68ウ)

よきと也、仁、かたじけなくおもひて、みぐるしき宿の事をいふ、やどいふ、母のことなればいふ也、人ハふりにし、秋の部にてハ秋の末と也、

廿五日、これまで也、

古今和歌集巻第五　廿六日
秋哥下《ノノ》　春ノ上下ノ心同ジケレバ不及注、
是貞のみこの家の哥合の哥
文屋やすひで
249 吹からに秋の草木のしほるればむべ山かぜをあらしといふらん
説多哥と也、これハ木篇に毎の字をかきて、梅とよむごとくに、山の風と書て嵐とよむといふ、不用、たゞあらき風也、むべハ宜の字にて、げにもといふ心也、昔ハあらし、秋になる故、家の集にハ野べの草木とあり、貫之、なをたゞしくせんとて、秋となをして入たり、哥の心ハ冬枯になればかぜに力な《も》し、今草木を吹からにしほるれば、げにもあらしと也、」(69オ)
250 草も木も色かハれどもわたづ*うミの波の花にぞ秋なかりける

廿六日　一二八
古今ーー
秋哥下《ノノ》
是ーー　文屋ーー
249 吹からに
説多哥と也、これハ梅ノ字かき、むめ也、山風とかきて嵐いふ説不用、たゞあらき風也、むべ、宜、げにもといふ心也、家集に野べとあり、昔あらし、秋哥ノ心ハ冬がれになれば風にちからもなきと也、それで吹からにハ、吹、当意の心也、
250 草も木も　わたつうミの　す心也、うの字を持也、
わたつすニ、浪うねり、わたに

わたづうミとハ波のうねりたるがわたににたると也、その波の花にハ秋のなき也、木のはなどミな散つくしたる故、めのうつりたると也、一説に人のもとへゆきければきげんあしかりしに、又禁中へまいりたればゆう〳〵としたる心と也、此義不用不撰とぞ、

秋の哥合しける時によめる

紀よしもち

251 もミぢせぬときはの山の《ハ》吹かぜの音にや秋をきゝわたるらん

秋の時分の哥合といふ、不用、当流我哥をあハせたる也、ときはの里人ハ紅葉をばみるべからず、秋をバ嵐にしらんと也、隠者などのよし也、

題しらず　読人しらず」(69ウ)

252 霧たちて雁ぞ鳴なるかた岡のあしたの原ハ紅葉しぬらん

此哥ハ結句まけたると也、古今の哥とて、一〳〵に手

似たり、その浪の花も秋なきと也、木のはなき故、めがうつりたる也、一説、人のもとへきげんわろくありて、禁中まいりてゆう〳〵としたる也、不用不撰、

秋の　紀よしもち

251 もみぢせぬ

秋の時分哥合、不用、当流我哥をあハせたる也、常ー里ノ人ハ紅葉も(×は)みまい、あらしにしらんと、隠者などの心也、

題ーー　ーー

252 霧たちて

この哥ハ結句まけたと也、古今

本にハならぬ也、哥の心ハ時節をミて霧もたち、雁も
なく時分さだめて、朝の原もミぢしぬらんと也、
　霧立て雁ぞ鳴なる山しなの、頓阿哥也、下句可尋、
253神無月時雨もいまだふらなくにかねてうつろふ神なびの森
　神無月ハ時雨の時也、その時をまたずしてうつろふ也、
神なびの森なれば、時雨をまつべき事をと也、裏の説
ハ人のゆくゑもしられぬものかな、あしきこともしり
たらば、かねてよほひあるべしとぞ、
254ちハやぶる神なび山のもみぢばに思ひハかけじうつろふもの
を
　ちハやぶるハ神といはん枕詞也、末もとけぬ物」(70オ)
ゆへに、心をかけて詮なきと云心也、神なびのもミぢ
ならばうつろハじとおもひしに、うつろふ我心もうつ
りもやせんと也、裏の説ハ境界の物に心をうつして、

哥とて、一〳〵手習にハならぬ
也、心ハ時節をみた也、霧、か
りに、もみぢしつらんと也、
253神無月秋の部ニ入たる、面白きと也、
神無月、時雨時也、その時をま
たでかねてうつろふ也、神なび《もとハ》
ほど《ミ、今び、*》にまつ《(×ち)》べきかと也、裏ノ説、
人のゆくゑハしらぬ物也、あし
きこともしりたらば、かねてよ
ほひあるべしと也、
254ちハやぶる
ちハやぶる、神といはん為也、
枕詞也、末もとけぬ物、心をそ《(×そ)》
めて詮なき也、神なびの紅葉な
らばうつろハじと也、紅葉のう
つろふごとくに、我心のうつり

本心をうしなふなとぞ、
貞観の御時《清和ノ御時也、》、綾綺殿《リウキデン》のまへに《＊ギヤウデンノ類ト也、》むめの木ありけり、にしの
かたにさせる(ママ)ける梅のもミぢハじめたりーー
藤原かちをむ
255おなじ枝をわきてこのはのうつろふハ西こそ秋のはじめ成け
れ
秋ハ西より来る物也、しかれば西よりうつろふ、尤と
領解したる也、
いし山にまうでける時をとはのーー
つらゆき
256秋かぜの吹にし日よりをとは山ミねの梢も色づきにけり」(70
ウ)
音羽山、音を用にたてたる哥也、秋きたりて一日〱
とおもふに、はや紅葉したると光陰をおもふ哥也、貫

もやせん、リノ説ニ物心《きやうかい》をうつ
せば、本心をうしなふ也、
綾綺殿《リウキデン》　＊ぎやう殿の類也、
貞ーー　藤原かちをん
255おなじえを
秋、西より来る物也、しかれば
西よりうつろふと、りやうげし
たる哥也、
いし山ーー　つらゆき
256秋風の
音羽山、音をよふにたてたる(×る)哥
也、秋きて(×ミ)一日〱とおもふ、
はや紅葉したると光陰をおもふ、
貫之哥もあんじたると也、

一三一

之哥にてもよく案じたる哥とぞ、

（首書）『石山ハ如意輪観音也、住吉ノ本地也ト云、』

これさだのみこの｜｜

としゆきの朝臣

257しら露の色はひとつをいかにして秋のこのはをちゞにそむらん

一色の露をもつて、このはを色〳〵にそむるを感じての哥也、裏の説ハ君たる人のひいき、扁変ありてハあしかるべしと也、

壬生忠岑

258秋の露《と》夜のつゆをば露と置ながらかりの涙や野べを染らん

秋の夜によくあたれり、朝夕露ハをけども夜ハ猶也、露ハたふ〳〵と置つれどもそめざるに、雁の」（71オ）鳴時分に野べのそまれば、さながらかりの涙にて染るか

一三二

これさだの｜｜

としゆきの朝臣

257しら露の

一色の露をもつて、紅葉を色〳〵にそむるをかんじてと也、へリノ説、君たる人ハひいき、へんばんありてハあしかるべしと也、

壬｜｜

258秋の夜の

秋の夜をよくあたれと也、朝夕をけども夜ハなを置也、露ハたふ〳〵と（×とも）をけもそめぬ、かりなけばそむるハ雁の涙かと也、

と也、

題しらず　　読人しらず

259秋の露色〳〵ごとにをけばこそ山の木のはのちゞ(ママ)になるらめ

ごとにハ毎の字、それ〴〵にをけばこそと也、ごとにをすめば異の字也、これにても心ハおなじかるべしとぞ、

もる山のほとりにてよめる　　つらゆき

260しら露も時雨もいたくもる山ハ下葉のこらず色づきにけり

本《ほん》にてハもる山、たゞハもり山也、露も時雨ももる山なれバ下葉のこらずそむると、たゞしき哥と也、

秋のうたとてよめる　ありハらのもとかた

261雨ふれど露ももらじをかさとりの山ハいかでかもみぢ染けん

露ももらじハ露ほども雨のもらぬ也、雨のふる時ハ」

題ーー　　よミびとーー

259秋の露　ごとに（淸ー御やうに）

ごとハ毎の字也、それ〴〵にをけばこそと也、清ても同じ事也、

もる山のーー　　つらゆき

260しら露も

本でハもる山、たゞハもり山、露も時雨ももる山なれば(×ら)下葉ハそめしと也、たゞしき哥と也、

秋のーー　ありーー

261雨ふれど

露ももらじハ露(×を)ほども、雨のふる時ハ露なき(×にて)也、雨の時、かさ

(71ウ)露のなし、雨にかさをとるとみるハあし丶、雨
のえんバかり也、いかにしてもみぢするぞと也、
神のやしろのあたりをまかりける時に、いがきのうちの
もミぢを｜｜　　つらゆき
262ちハやぶる神のいがきにハふ葛も秋にハあへずうつろひにけ
り
　これハよく神をぞたてたる也、神のいがき不変にして
久しかるべきがうつろふと云心也、尭孝ガ説ニ、貫之
哥ノ妙所奇特ト云ハ、ツクロヒタテネドモ自然ニ下句
出来ノ所也ト云也、裏の説ハ時節到来すれば何事も力
なきといふ事也、
是貞のみこの家の哥合｜｜　　たゞミね
263雨ふれバかさとり山のもミぢバ、ゆきかふ人の袖さへぞて

一三四

とるとみるハあし丶、雨のえん
バかり也、如此ハ紅葉するぞと
也、
262ちハやぶる
神の｜｜　　つらゆき
　これハ神をよくぞたて丶也、神
のいがき不変の久しかるべしが
うつろふと也、尭孝き《説》どくと也、
秋にかへ、リノ説、時節当(ママ)らい、
力なきと也、
263雨ふれば
是貞｜｜　　たゞミね
　これハかさとるといふ心也、紅

る」(72オ)
これハかさとるといふ心也、紅葉みる人の袖までてりそふと也、かさとりの哥の中へ神のいがきの哥一首入タリ、不審アル事也、山ハイカデカノ哥ト秋ニハアヘズト云哥、同ナミナレバ如此入タリ、然バ又神ノイガキノ次へ入べキ事也ト云ニ、又白露モ時雨モイタクトノ哥ト雨フレド露モモラジヲノ哥、同心ノ哥ナレバ如此入也、部ダテノ少モミダリニナキ事、是ニテ思ふべシ、

寛平御時ーー　　読人しらず

264 ちらねどもかねてぞおしきもミぢバ、今ハかぎりの色と(×と)ミつれば

紅葉の染つくさんハまんぞくなれども、やがてちらんほどにかねておしきと也、ちる時分に惜むハ勿論、か

葉みる人、たれにてもあれ、紅葉をミても、袖を(×も)とると也、かさとりの中ノ神ノ入たる心あり、

寛ーー　　よーー

264 ちらねども

紅葉が染つくさせ、まんぞくなれども、やがてちるほどにかねておしきと也、ちる時分におしむ、もちろん、かねておしむ面白也、実隆も結句面白き、被申

ねておしむ面白きと実隆も被申シと也、」(72ウ) 裏ノ説
ハ十分ニミツレバ必カクル物也、ソコヲ心ニカケヨト
也、
やまとのくに、まかりける時、さほ山にきりのたてりけ
るをミてよめる　　きのとものり
265 たがためのにしきなればか秋霧のさほの山べをたちかくすら
ん
此山の錦を領する人ハあるまじきに、など霧のたちか
くすぞと也、紅葉と霧とを愛したる也、他流にハ霧悋
惜したるといふ、不用、裏の説、花にあらし、紅葉に
霧、それぐ\思ひのある物ぞと也、
これさだの――　　読人しらず
266 秋霧はけさハなたちそさほ山のはゝそのもミぢよそにてもミ
ん

一三六

しと也、
やま――　きのとり も(ママ)
265 たがための
この山のにしきに、領する人ハあまじう、(×ハ)など霧がか
くすぞと也、霧、紅葉あいした
る、他霧ハりんしやく、不用、
リノ説、花にあらし、紅葉霧ア
リ、
これさだの――
よミ――
266 秋霧は
これハなたち(×に)そとせいしたる也、

これハ霧になたちそとせいしたる也、よそよりもミん、
又ゆきてミん心もあり、」(73オ)
秋のうたとてよめる　坂上これのり
267さほ山のはゝその色はうすけれど秋はふかくもなりにけるかな
はゝそハらは時雨いくたびそめても露霜がかさなりて
もうすき也、ふかゝれどおもふ、はゝそ原ハうすくし
ていつしかに秋はハやくるゝと也、うすきにたいして、
秋のふかきとハみるべからず、それハ後拾遺風躰と也、
人の世のおもふ様になき心と也、
人のせんざいにきくの(ママ)にーー　在原業平朝臣
268うへしうへば秋なき時やさかざらん花こそちらめ根さへかれめや

心なき物、よそよりもききても
ミんと也、
秋のーー　坂ーー
267さほ山の
はゝそ、時雨いくたびそめても
露霜がかさなりてもうすき也、
うすきにたいして、ふかくとみ
るハあしゝ、後拾遺の風躰也、
人世のおもふやうになき也、
ふかゝれど紅葉ハうすし、秋ハ
ふかきと也、
人のーー　在原ーー
268うへしうへば(はノ心に、)
天地の春秋、うつる事あるまじ

春秋のかぎりなし、うへにし菊ハ秋のあらんあひだは咲べきと也、秋菊飡《ノサンズ》二落英《ヲ》一離騒《リサウ》経ニアリ、これもちるにてハなきと也、」(73ウ)

寛平御時ーー　　としゆきの朝臣

269
久かたの雲のうへにてみる菊ハあまつほしとぞあやまたれけり

左注
この哥ハ、まだ殿上ゆるされざりける時に、めしあげられてつかうまつれるとなん

この注にてよくきこえたり(×き)、殿上をゆるされたるをよろこびて、たゞあまつ星の様に菊をみると也、

是貞のミこのーー　　きのとものり

270
露ながらおりてかざゝん菊のはなおいせぬ秋のひさしかるべく

これハ仙宮《境と》の事をうけて、不老の露をよめり、

う、うへたるうへハ秋のあらんかぎり咲べきと也、散落英(ママ)、ちりた心にてハなし、

寛ーー　　としゆきのーー

269
久かたの

殿上の心をよろこび、たゞあまつ星と菊のみると也、

是ーー　　とのとものり(ママ)

270
露ながら

これハ仙宮をよミた也、不老露うけてよミだす也(×む)、

271
寛平御時ーー　大江千里

うへし時花まちどをにありし菊うつろふ秋にあハんとやミし

うへし時、花の咲べき事を久しからんと思ひたれ」(74オ)バ、咲て又はやうつろふ也、世間の事を能々観じての哥也、

おなじ時せられける菊合に、すはまをつくりて菊の花うへたりけるにーー　すがハらの朝臣

272
秋かぜの吹あげにたてるしら菊ハ花かあらぬか波のよするか

すはま、州と浜と也、心ハ明也、此撰集の時分、罪にあたられたる故、官などもなし、今ハ菅家とよめと也、ちと哥すゞしめにありつると也、これらの故、罪にもあたられたるかと也、かの字三、ほめたる心とぞ、

仙宮《センキウ》に菊《グウトモヨム、乍去、キウガヨキト也、》をわけて人のいたれるかたをよめる

素性法師

271
うへしとき

寛ーー　大江千ー

うへし時ハ花の咲べき、久しからんとおもふに、咲てはやうつろふ也、世見を観じて也、

272
秋かぜに《の》《と》

おなじ(×ほ)ーー　すがハらの朝ー

すはま、州と浜と也、此撰集の時、つミにあたらて(ママ)、官などなき也、今ハかん家とよめと也、か三ツ、一だんほめた心也、

仙宮《センキウよき也、グウともよミとも、》ーー　そせいーー

273ぬれてほす山ぢの菊の露の間にいつかちとせを我ハへにけん」(74ウ)

上句面白きと也、古来風躰にもほめられたり、仙宮にてハ千とせをへんも露の間なるべしとぞ、

きくのはなのもとにて、人のひとまてるかたをよめる

とものり

274花ミつゝ人まつ時は白妙の袖かとのミぞあやまたれける

菊に白衣か(×と)人といふことあり、重陽白衣《ノ》故事、陶淵明、嘗《カツテ》於《テ》二九日《ニ》一無《シ》レ酒、出《テ》二宅辺一摘《テ》レ菊《ヲ》満《ツ》把《ニ》、頃之《シバラクアテ》江州太守遣《ツカハシテ》二白衣人《ノヲ》一送《ル》レ酒《ヲ》至《ル》、便《スナハチ》酔一飲《シテ》而帰《ル》、

おほさはの池のかたに、きくうへたるをよめる

275ひともとゝおもひし花をおほ沢の池の底にもたれかうへけん

これハもとより菊のかげとハみたれども、一念にちゃとミれば、水の底にもうへたるやうなど也、」(75オ)

一四〇

273ぬれてほす

上句面白と也、古来にもほめた也、千とせをへんも仙宮にてハ露の間にてあるべし、

274花ミつゝ

菊に白袖《衣》古《か》人(×こ)いふことあり、重陽の古事あり、

きく――　　とものり

275一もとゝ

おほさはの――

これハもとより菊のかげとハみたれども、一念に、底にもうへ

世中のはかなきことを思けるおりに、きくの花をみてよ
める　　　　つらゆき

276 秋のきく匂ふかぎりハかざしてん花より先としらぬ我身を

菊ハさかり久しき物也、それもうつろふ人ハなをあだなり、花より（×も）先といふこと心えがたし、後とも先ともしらぬといふ心也、菊より先にあだにもならんかと思ひしかど、菊のさかりにあひたる、しかればこのさかりのかぎりハかざゝんといふ心也、

しらぎくのはなをよめる
凡河内ミつね

277 心あてにおらバやおらんはつ霜のをきまどはせるしら菊のはな

おらば、おりこそハせめ也、菊、霜を愛したる哥也、初霜おもしろしと也、」(75ウ)

たるやうなど也、

276 秋の菊

世中のーー　つらゆき

菊ハさかり久しき也、それもうつろふ人ハ猶あだなると也、

花より先といふこと心えぬといふ、

後とも先ともしらぬといふ心也、菊より先にとおもふたれば、菊さきつ、しかれば匂ふかぎりかざゝんと也、

277 心あてに

しらーー　凡ーー

おらば、おりこそせめと也、菊、霜をあいしたる也、詠哥同じ也、

これさだのーー　読人しらず

278色かハる秋の菊をばひとゝせにふたゝび匂ふ花とこそミれ
一草より二様の花が咲やうなと也、はじめハ白く、後にハあかくなる躰と也、

仁和寺《ニナ》にきくの花めしける時にそへてたてまつれとおほせられければーー　平貞文

279秋をゝきて時こそありけれ菊の花うつろふからに色のまされば
この五文字きゝにくきと也、菊の盛の秋ハ勿論、その時をゝきてハ、又うつろふ時分がおもしろきと也、下の心ハ、御位に御座の時よりも、仙宮なを面白といふ心也、

人の家なりける菊の花をーー
つらゆき」(76オ)

一四二

これさだのーー
よミびとしらず

278色かハる
一草のより《ママ》二種の花がさきたる也、白てあかうなると也、

仁和寺《ニナ》ーー　平貞文

279秋をゝ《ママ》きて
この五文字きゝにくきと也、菊のさかりの秋ををきてハ、時節《×分》ハ今、うつろふ時、おもしろき也、下の句、心ハ、位より仙宮に御座、面白きと也、

人のーー　つらゆき

280咲そめしやどしかハれば(×と)菊のはな色さへにこそうつろひにけれ

別家にうつしたれば、花もしりたるか、うつろふと也、是まで菊の哥十三首あり、万葉に菊の哥なき故におほく入たると也、

題しらず　　読人しらず

281さほ山のはゝそのもみぢちりぬべミよるさへみよとてらす月影

べミハぬべき也、今ハよむまじき詞と也、前に紅葉ありて又こゝにあり、こゝのハちるもみぢ也、月、紅葉、賞したる也、一義に、はゝその紅葉より月のもりかぬるといふ、ちるとハ不用、当流にハちりがたの心と也、定家の順徳院へ相伝被申シにハひるをゝきてよるもみよとの心と也、」(76ウ)

280さきそめし

これまで十三首、万葉になき、別家にうへたれば、花しりてかと也、

題ーー　　よミ人ーー

281さほ山の

べミハべき也、今ハよむまじき也、前ニありてこゝにあり、ちる也、月、紅葉を賞したる也、一義にハ、はゝその紅葉、月のもりかねぬる也、ちるとハもちいず、当流ハちりがた也、定家ノ順ーーニ授侍、ひるハをきて、よるさへみよと也、

宮づかへーー　藤ー関雄《せきを》 日野一家と也、

一四三

宮づかへひさしうつかうまつらで山ざとにこもり――

藤原関雄《セキヲ》日野一家と也、

282おく山のいはがきもみぢちりぬべしてる日の光みる時なくて

岩がき、岩のかさなりたる所、石くらなどの事也、山の岩がきのあたりハひかりもうとくて、はやくちる心と也、

題しらず　　読人しらず

283たつた河もみぢミだれて流めり渡らばにしき中や絶なん

左注 この歌は、ある人、ならのみかど《文武天皇》の御哥也となむ申す

上の三句ハ古の字、下の句ハ今の字、千首廿巻もこの哥より出たると也、心ハ明也、ながるめり、あれみよながるゝと也、」(77オ)

284たつた河もみぢは《ハワノあひをよむ也、》ながる神なびのミむろの山に時雨ふるらし

○序《人丸ノ哥也、》にある哥也、今ふる時雨にてハなし、時雨〳〵て

282奥山の

いはがき、岩のかさなりた也、石くらの事也、山のいはがきのあたりハひかりうとくて、はやくちると也、

283たつた河

題しらず　　よミ――

上三句、古の字、下句、今ノ字、千哥二巻《(ママ)》、この哥より出たり、ながるめりハあれみよながるゝと也、

284たつた河

この哥、人丸、不注、序にいふ、今ふる時雨みていふにてハなし、時雨〳〵てこそ、この河へながるらめと也、この哥ハ家隆、あ

こそ、この河へ紅葉のながれきつらんと也、この哥を家隆ハあらしふくらしとありたきと被申しに、定家事外ふきやうして時雨〳〵てからながれくるこそと也、時雨にあらしハこもれりとぞ、此両首古今の眼と也、

285 恋しくハみてもしのばん紅葉ばを吹なちらしそ山おろしのかぜ

恋しくハ人の事にてなし、紅葉の事也、あらしが我物のやうにちらすをいへり、梢よりちるハ勿論おしけれども、それハ力なし、せめて落たるなりともミん程に、つもりたるを吹なちらしそと也、

286 秋風にあへずちりぬる紅葉ばのゆくゑさだめぬ我ぞかなしき」(77ウ)

あへずハたへず、堪忍せずちる也、木の葉のごとく物がかなしきと也、又ハ紅葉ばときりて紅葉ハ落着ある

らしふくらしとありたきと、定(×家)家、ことのほかふきやうと也、両(×二)首古今ノ眼と也、

廿六日、これ迄也、

廿七日

285 恋しくハ

恋しくハ、紅葉の事也、人にてハなし、あらしが我紅葉のやうにちらすをいふ也、梢に、勿論、そのちるハ力なし、落たるもミんほどに、それを吹なちらしそと也、

286 秋風に

あへず、たへず也、かんい(ママ)んせずちる也、木の葉ごとく、我がかなしき、
(ママ)もぢばのときりて、時節をミ
紅葉の落ちやくある

べし、我はゆくゑさだめぬと也、*ぞにあたりてみよとぞ、

287秋はきぬ紅葉は宿にふりしきぬ道ふミ分てとふ人ハなし

秋はきぬ、秋ハつきぬ也、来の字、ゆく心にもきたる心にもつかふ也、秋ハつきぬ、紅葉はふりしきとふ人の跡ハなし、このさびしさをいかにせんとよせいあり、又初秋よりいふ心もありと也、

288ふミ分てさらにやとハん紅葉ばのふりかくしてし道とミながら

さらにとハん、二たびにてハなし、わざととハん也、此落葉のつもりたるをば踏事をいとはん、さりながら踏分てもとハんと、とふ人の心をいふと也、」(78オ)

尋《定家》こし花のあるじも道たえぬさらにやとハん春の山ざと

289秋の月山べさやかにてらせるハおつる紅葉のかずをみよとか

べき《て也、》、我ハゆくゑさだめと也、ぞにあたれと也、

287秋はきぬ

秋はきぬ、秋ゆきぬ也、来ノ字、ゆく心ニもゆく《きたる》心ニもつかふ也、初秋にいふ心もあり、紅葉のふる時に、今、人跡たえといふ説アリ、不用、秋はつきぬ、紅葉ちりとふ人ハなし、このさびしさをいかにせんとのよせい也、

288ふミ分て

さらにとハんに二たびにてハなし、わざと問ん也、このはの散りたるを、いとハでこそあらめ、とふ《さりながらとハんと、》人の心也、

尋《定家》こし小の《花》のあるじも道たえぬ

山べのべの字、山かげの心ちとあり、こまやかなる躰と也、月も紅葉をおしミて一葉〳〵ちるをみよとかと也、

290 吹かぜの色のちぐさにみえつるハあま《き》《と》のこのはのちれバなりけり

かぜのちぐさになりたると思へバこのはと也、ざうさもなき哥也、春の春かすミ色のちぐさ、それは霞の事也、

せきを

291 霜のたて露のぬきこそよはからし山の錦の(×を)をればかつちる

これハ山の紅葉なすことハ露霜のわざ也、しからバとてもの事につよくをれかしと也、かつハかつ〳〵ちる也、

うりんゐんの木《き》のかげにたゝずミてよミける」(78ウ)

289 秋の月

山べ、べニ心也、山べ、山かげの心ちとあり、こまやかな躰也、月もおしむ、紅葉をおもふ、一葉〳〵ちりみよとかと也、

290 吹かぜの

かぜのちぐさになりたるとおもふハこのは也、ざうさなき也、

せきを

291 霜のたて

これハ山の紅葉にしきとミて、たれわざ、霜露のわざとても、おるならばつよくお(×つ)れかし、かつ〴〵也、

うりん——　僧——

292 ○わび人のわきて立よるこのもとハたのむかげなく紅葉ちり
けり

僧正遍昭

とんぢやくせぬ哥と也、世間に執着するがわろき也、
この心を紅葉の我にをしへたるかといふ心也、
二条后清和后也、の春宮のミやすん所と申ける時に、御屏風に、龍
田河紅葉ばながるーー

293 紅葉ばのながれてとまるミなとにハ紅ふかき波やたつらん

そせい

水のゆくゑにハ湊とあるもの也、湊をミやすん所にた
とへて、めぐミの色ふかきを、紅のけつこうなる波た
つといふ心也、

なりひらの朝臣

294 ちハやぶる神世もきかずたつた河から紅に水くゝるとハ」(79

292 わび人の
とんぢやくせぬ哥也、おしミた
るハかへりてどんせん也、かげ
なくハ力なきと也、世見ニ執着
するがわろき、この心を我にお
しへたると也、

293 紅葉ばの
二ーー 陽 清和后也、　そせい
水の末にハ湊とある也、湊をミ
やすん所にたとへ、紅ふかきハ
けつこう也、めぐミの色のふか
き事をもたせた也、心ざしのふ
かき故、紅のけつこうの浪たつ
といふ心もある、

なりーー

294 ちハやぶる

オ）

日本のくれなゐハうすく、からのハふかきと也、日本、大唐にもきかず、又神代にハきどくなる事ありしかど、如此なることハきかずと、東宮の母后をほめ奉る也、

これさだのミこのーー　　としゆきの朝臣

295わがきつる方もしられずくらふ山木々のこのはのちるとまがふに

ちるおしさに、前後ばうじたる心也、ちるとまがふとハつけ字にてちりまがふ也、

たゞミね

296神なびのミむろの山を秋ゆけば錦たちきる心ちこそすれ

錦をきるといふ事、朱売《（買）》臣が古事也、哥の心ハ、この山の紅葉のあたりゆけバ錦たちきるやうなど」（79ウ）也、

日本ハうすき、から紅ハふかきと也、日本、大唐《（×唐）》にもきかず也、神世にハきよく《（ママ）》ありたれども、東宮のぼこうをほめた也、

これーー　とーー

295わがきつる

ちるおしさに《（×を）》、前後ばうじたる心也、ちるとまがふ、ちりまがふ也、と、つけ字、

たゞミね

296神なびの

にしきをきるといふ、朱ーーが古事也、心ちこそすれ、今よまぬ也、この山のふもとを紅葉き

心ちこそすれ、今ハせう〱にてハよまぬと也、
きた山に紅葉おらんとてーー
　　　　　　　　つらゆき
297 みる人もなくてちりぬるおく山のもミぢハよるの錦なりけり
おなじ古事也、一義にハ北山にておく山をおもひやり
てといふ、又人ちかき所ハみて折などすべし、おく山
の紅葉ハよるのにしきのごとくと也、
秋のうた　　　　かねミの王
298 たつたびめ*手向神のあればこそ秋のこのはのぬさとちるらめ
此山の紅葉、たつたびめがぬしかとおもへば、それも
又ちるハ別の神ありて手向かといふ心也、龍田びめ秋
の紅葉をそめて也、天*工造化造物《コウザウクワザウブツ》也、コレヲ唐ニハサ
ヲ姫、龍田姫ト云心ニ用ナリ、天ヨリ」(80オ)ツクリ出
シテ、花紅葉ヲモ染ル道理也、

るやなど也、
きた山ーー　つらゆき
297 みる人も
同じ古事也、一義にハ北山にて
おく山をおもひて、人ちかき、
折べし、おく山ハよるのにしき
といふ心也、
秋のーー　かねミの王
298 たつたびめ*
この山の紅葉、たつたびめ、ぬ
しかとおもへバ、それちるハ別
の神に手向くると也、たつたび
め、秋の紅葉をそめて也、
唐ニ、天工、
をのとーー　つらゆき
299 秋の山

をのといふ所にすミ侍ける時もみぢをーー
つらゆき
299秋の山もミぢをぬさとたむくれバすむ我さへに旅心ちする
旅の時、手向する事あり、哥の心ハ我ハ旅へ行べきしさいもなけれども、紅葉の手向をすれば旅心ちすると也、
神なびの山を過てたつた河を渡りける時に、紅葉のながれけるをよめる　　きよハらのふかやぶ
300神なびの山を過行秋なれバたつた河にぞぬさハ手向くる
この秋殿がたつた河に紅葉をぬさと手向ゆくと也、
寛平御時ーー　　藤原おきかぜ」(80ウ)
301しら波に秋のこのはのうかべるをあまのながせる舟かとぞみる
しら浪、あらき風のある波也、あまのおしむ舟をなが

手向ノ事ハ、旅の時、手向事也、
我ハたびゆくしさい(×な)なけれども、
紅葉手向ハたび心ちする也、
神なーー　　きよハらーー
300神なびの
ヽ水のなくバ、水上の紅葉こゝへハいづるまで、流るゝによりてみる也、又、水ハ不変の物也、さりなが(ママ)紅葉のちりて、色をあらたむるゝ也、そこハおしむ哥也、(以上302注)
秋殿が紅葉をぬさを(ママ)手向ゆくかと也、(以上300注)
寛ーー　　藤原おきかぜ
301白浪に
しら浪、あらき風のある浪也、

したるかと察していふ心也、
たつた河のほとりにてよめる
坂上是則
302紅葉ばのながれざりせバたつた河水の秋をばたれかしらまし
水のなくバ、水上の紅葉をバみるまじきが、ながるゝ
によつてみる也、又水ハ不変の物なるが紅葉のちり
かゝりて、色をあらたむるよし也、そこハおしむ哥也、
しがの山ごえにてよめる
はるみちのつらき
303山河にかぜのかけたるしがらミハながれもあへぬもミぢ也け
り
これハ木のはにせかれたるにてハなし、あとより吹」
(81オ)かけ〳〵するハかぜのかけたるしがらミとあた
らしくよミたると也、

一五二
あまのおしむ舟をながしたるか
と也、察していふ也、
たつた河　坂上ーー
302紅葉ばの
○水にて不審、梢におしミたる
ハぜひない、そこにおしむ、
しがの山ご
はるミちのつらき
303山河に
これハ木のはのながれ、せ(×出)られ(ママ)
たるをいふにてハなし、あとよ
り〳〵吹かけたるハかぜのしが
らミとあたらしくよミたると也、
池ーー　ミつね

池のほとりにて紅葉のちるーー

ミつね

304かぜ吹ば落る紅葉ば水きよミちらぬかげさへそこにみえつゝ

ちらぬ紅葉さへかげを水の底にうつすゆへに、ミなちりたるかとおもへば、枝にのこりたる心也、

亭子院の御屛風のゑに、河わたらんとする人の、紅葉ちるこのもとにむまをひかへてたてるをよませ給ければ、

つかうまつりける

305立とまりミてをわたらん紅葉バ、雨とふるとも水ハまさらじ

御門の御哥をあそばせしに我もよミて奉る也、ミてを、をハやすめ字、哥ノ心ハ、紅葉の雨にてハ」(81ウ) 水ハますべからず、しバしちるをミてわたらんと馬人になりての哥也、

是貞のミこのーー　たゞミね

304風ふけば

ちらぬかげさへ、枝にのこりたるが水にうつりたる也、ミなちりたるとおもへバ、底にあると也、

亭子《ジ》*院ーー

305立どまり

御門ノ御哥をあそバしゝに我もよミて奉ると也、ミてを、を、や《(ママ)》め字也、紅葉の雨にて水ハまさじと、ミてわたらんと馬人《(×に)》になりて也、

是のミーー　たゞミね

306山田もる

いなおほ《(ママ)》鳥、時分に鳴鳥也、鳥の涙にてこそあるらめといふ心

306山田もる秋のかりいほにをく露ハいなおほせ鳥の涙也けり
いなおほせ鳥、この時分になけば鳥の涙にてこそある
らめと也、これハいねといはん為にをきたり、庭たゝ
きと也、さりながら後に口伝ありとぞ、
題しらず　　読人しらず
307ほにも出ぬ山田をもるとふぢ衣いなば露《(ママ)》にぬれぬ日ハなし
藤衣、今ハもにゐる時のをいふ、根本ハ田夫野人がき
るあらきぬのゝ事をいふ、ほにいでぬ、今をいふにて
ハなし、この田を色〳〵にそだてこし心也、」(82オ)惣
別、畊作の絵をざしきにかくハ、貴人などにこの田夫
野人がしんらうをしらせんが為と也、
308かれる田におふるひづち《スム》ほほ《(ママ)》に出でぬハよを今さらに秋ハ
てぬとか
ひづちほ、かり田の跡に又生ひたるをいふ、秋のきは

一五四
也、これハいねといはん為に
つゞきていふた也、庭たゝきの
事也、乍去後ニいはんと也、
題しらず　　よミびと――
307ほにもいでぬ
藤衣、今、もに居る時のをいふ、
しやうとくハ○《田夫野人のきる》あらぎぬの事を
いふ、ほにいでぬ、今をいふで
ハなし、ほにいでぬ先より、そ
だ《(ママ)》んと也、かうさくの間をいふ
也、これハかうさくをざしきに
かくも、貴人にしんれうをミせ
ん為にかくと也、
308かれる田に　ひつち《清》
ひつち《清》、かりたあと《に》又生ひたる
をいふ、秋のきはまりて我身の

まるを我身によそへてよめり、

きた山に僧正へんぜうたけがり《松たけの事也、》にまかれりけるによめる

そせい法し

309紅葉ばゝ袖にこき入てもて出なん秋ハかぎりとみん人のため

もミぢの中へ田三首入たり、紅葉こゝよりあれども暮秋の哥也、袖にこき入てといふを、たけの事といふ説、当流に不用、たけがりのあたりのもみぢを袖にこきいれんと也、」(82ウ)

寛平の御時ふるき哥たてまつれとおほせられければ、たつた河もミぢばながるといふうたをかきて、そのおなじ心をよめりける　おきかぜ

310ミ山より落くる水の色ミてぞ秋ハかぎりとおもひしりぬる

古哥とハ此集にいれられんとて也、その時哥をよミてそへたり、されども暮秋の心あるによつて、こゝに入

事をいふ也、

きた山に　そせい法し

309もみぢばハ

紅葉ノ中へ田三首入たり、紅葉あれども暮秋の哥也、袖にこき入てと、たけがりといふ説、当流不用、たけがりの紅葉をよミたると也、ちらぬ先に袖にこきいれて(×ん)と也、

寛ーー　おきかぜ

310み(×山)山より

古哥とハ集入られんと也、その時哥をよミてそへた也、されども暮秋の心あるによりて、こゝに入られたる也、たつた河あハ(ママ)てよみ(×ミよ)と也、

たり、たつた河の哥にあハせてみよと也、
秋のはつる心をたつた河にーー
　　　　つらゆき
311 年ごとにもみぢばながるたつた河ミなとや秋のとまりなるらん
　ミなと、水のあつまる所也、毎年に紅葉をながすなれば、疑もなく秋のとまりハ龍田河にてあるべしと也、
長月のつごもりの日(×の)、大井にてよめる」(83オ)
312 夕月夜をぐらの山に鳴鹿の声のうちにや秋はくるらん
　夕月夜をぐらとハくらいとうけたり、夕月夜とハ七日より先をいふ、しかれバ暮秋に不審あり、夕月夜の時分ニ鹿の鳴をきゝ初て、鳴とおもふうちに、ハや秋のくれぬるよと也、くるらん、くるゝ也、初秋の比鹿も鳴ておもしろかりつるが、ほどなく光陰のうつる事よ

秋のはつ《上句より》る(×日)ーー
　　　　つらゆき
311 としごとに
　みなと、水のあつまる、毎年に紅葉をながす也、うたがいなき、秋のとまり、たつた河と也、
長月の
312 夕月夜
　夕月夜、くら(×を)いとうけたる也、夕月夜とハ七日より先のをいふ、くるらんハくるゝ也、夕月夜というハ七日より先をいふに、不審、夕月夜の時分ニ鳴鹿をきゝそめたる、鳴とおもふうちに、はや秋のくるゝといふ心也、初秋の鹿もなき、面白かりつるが、

と云哥也、

家隆
高砂の尾上の鹿のなかぬ日もつもりはてたる松の白雪

おなじつごもりの日よめる

ミつね

313
道しらばたづねもゆかん紅葉ばをぬさとたむけて秋ハいにけり

前の段おなじ事也、人の別ハ道をもをくる物なるが、この秋ハなまじゐに、紅葉をぬさと手向てたびだつ、ゆくゑしられぬと也、

『六十五首』（83ウ）

光陰のうつる事よと也、

家隆
高砂の

おなじつごーー

ミつね

313
道しらば

前ノ段と同じ事也、人の別ハ道をも送る物也、なまじいにか、秋のたびだつ躰を、紅葉を手向て、ゆくゑしられぬと也、

古今和歌集巻第六　廿八日

冬ノ哥

題しらず　　読人しらず

314 龍田河にしきをりかく神無月時雨の雨をたてぬきにして

此部にいたりて、末にいふことなれどもとて、三光院（三条西実枝）被申シと也、部立の春の上下、夏、秋の上下、冬、是ハ六義にあたれり、六こん、六色の心と也、恋の五巻ハ五行にあたれり、惣別、古今ハ五巻也、今十五巻ハならびと也、拾遺、後撰ハ八雲に比したる也、此集ハ天地人ノ三サイノ義也、陰陽和合シテ万木千草モ生長スル也、天地人一モカタ（ママ）デハ一切之事無成就物也、五形ノ上カラ一サイノ事出生」（84オ）スルニヨリテ、恋ノ部ヲ五巻ニスル也、五形ガカクレバ哀傷ニナル間、恋五巻ノ次ニ哀傷ノ巻ヲ入也、又賀ノ哥ハ春秋ノ心ニア

一五八

古今ーー　廿八日

冬ノ哥

題しらず　　よーー

314 龍田河

この部ニいたり、末にいふなれども、今といふと也、部立六義あたる（×ひやう）也、拾遺、後拾（ママ）ハ、八雲、此集六こん、六色の心也、天地人の心と也、五衎色〳〵あり、惣別、古今ハ五巻、十五巻、ならび也、

かろくの本にハたつた山（ママ）、とあり、山にてハいはれず、川にてにしきと也、哥ノ心ハ、時雨といふ物ハ、たてにもぬきにもしたると也、異説、貫之哥といふ、

リ、風雅又一年モ春秋ニヲサマル也、物ノ名ハ世間ノ事ヲ云也、賀ハ土代也、又賀ノ巻ヲ親ノ巻ト云也、人ガナケレバ一切仏神モナキ間、如此云也、

題しらず　　　読人不知

前ニアルゴトク隠名ト云テ子細アルヲ入也、是ハ延喜ノ御哥也、コレハ君子ト貫之、君臣合躰ノ哥也、文武天皇ノ人丸ヲ立田河ニ被召具テ、立田河モミヂミダレテノ御哥ヲアソバシ、事ヲ古ニ、当今ハ延喜ノ御師ニ我等参タル事ヲ当テ、カキタル也、」(84ウ)嘉録(禄)本ニハ立田山トアリ、ニシキヲリカクハ山ニテハイハレズ、河ニチリカ、リタルヲ錦ト云也、貞応ノ時ケヅリアラタメテ、カノ本ニ河トアル也、定家ノ事ハ貫之後生トモ云ベキカ、哥ノ心ハ時雨ト云モノハ秋カラフレドモ当季ノ時雨ヲ、タテニモ又《ヌ》キニモシタルトホメタル哥

不用、御門ノ御哥と也、春夏、やうき、秋ハ枯る、冬ハ実真との躰(×物)と也、

也、神無月時雨ノ雨トツヾケタルト、又時雨ノ雨ヲト云義二アリ、異説ニ此哥ヲ貫之哥ト云、不用、貫之哥ナラバ、イヅ方ニゾ一フシアルベシ、クサリヤウガ貫之哥ニテハナシ、御門ノ御哥ナルベシ、河ニ錦ヲリカクハ何トシタルゾト思ヘバ時雨ノ所作也、ソムルモチルモ時雨也、時ハ神無月ノ時雨ニ如此アルト云也、春夏ノ哥ハ陽気ナレバ、ウキタツヤウナル也、秋冬ハ木」(85オ)草ノ葉モチリテ根ニカヘル時ニテ、真実ノスガタ也、冬ノ哥ハヲモキ也、セキバクトシテシヅカナル躰ナリ、冬ガ真実ノ躰也、四方ノ中ニ北ガ静ナル也、祈ネンヲスルニモ、北向ニ居テ祈事也、北ハ空也、空ニシテ又物ノ出生ハアル物ナレバ、祈念ノ心ニモ北向ヲ用也、

冬の歌とて　源宗于朝臣

315 山里は

かれぬとおもへバ、をはんぬに

冬の哥とて　源宗于朝臣

315
○山里ハ冬ぞさびしさまさりける人めも草もかれぬと思へば
かれぬとおもへばハをはんぬにてハなし、かれずましたるならば初冬の所にハ入がたし、哥の心ハ、春ハ花、夏ハ郭公、秋ハ紅葉のたよりもあるが、今ハそのつてもたえぬる也、山里の四季共にさびしきに、冬ハわきての心也、冬ぞの字ニ心をつけよとぞ、」(85ウ)

題しらず　読人しらず

316
おほ空の月のひかりし清ければかげみし水ぞまづこほりける
これハ月のかげのうつりたる水也、ミなこほりたるにてハなし、水月一躰になりて、こほりのやうにミゆると也、此三首哥の*どだいと也、古今ハ二百七十首が本の哥といふこと玄々抄ニありと也、

317
夕されバ衣手さむしみよしのゝよしのゝ山にミ雪ふるらし
夕されハ夕也、万葉にハ夕去とかけり、哥の心ハ袖の

てハなし、かれずましならバ初冬ハ入まい、春、花、夏、時鳥、秋、紅葉のたより（×ひ）あるが、今は（×冬）それなきと也、その字ニ心をつけよと也、四季共にさびしき也、

題しらず　よミびとしらず

316
おほ空の
これ、月のかげのうつりたる水也、月、水、映たる也、ミな氷りたるにてハなし、水月一躰になりて、ミなこほりたるやうなど也、此三首哥ノどだい（×ま）と也、古今二百七十首が本ノ哥と也、玄々抄ニアリ、

317
夕されバ
夕されハ夕たゞ也、万ニハ夕去

うへもさゆれば、よしの丶山ハさぞ雪のふるらんと思ひやりたる也、

318今よりハつぎてふらなん我宿のす丶きをしなへ《ママ》ふれる白雪

つぎてふれハ相続して也、薄のうへにうす〳〵」(86オ)と降たるをミて、このふりたるほどに又はふり又ハふれといふ心也、

319降雪ハかつぞけぬらしあしひきの山の滝つせ音まさる也

雪のきゆる、連哥にハ春也、他流にハ眼前消て水のまさるといふ、不用、初ハあらしにて滝の音もきこえざりしが、吹たえて雪のふるほどに、滝の音もさだかにきこゆる、しかれバ雪もかつ消るか、滝の音のまさるハといふ心也、建保建仁の哥もこれらより出来せしと也、

320この河に紅葉ばながるおく山の雪げの水ぞ今まさるらし

とかく、さゆ、さきとよむ、哥ノ心ハよしのをおもひやるよかと也、袖のうへ、色でもかハればよしのもふるらんと也、

318今よりハ

これハつぎてふれは相続してふれ也、詠哥ニ同じ、

319ふる雪は

雪のきゆる、連哥春也、眼前ニ消て、水の音まさると他流いふ、不用、かぜたえて雪ふる物也、我、きこえなんだ也、あらししまり《ママ》て、滝の音きえたり、建保ー仁哥出来と、

320この河に

雪げの雪《ママ》、雪消也、落葉とけら《ママ》

雪げの水、雪消の水也、落葉氷りにとぢられたるが、ちる時分にてもなきにながれくるを」(86ウ)ミて、さてハ雪げの水にて流くるよと也、

321ふる郷ハよしの丶山しちかければひともミ雪ふらぬ日ハなし

よしのハ天智天皇の宮ありたるによりて故郷也、毎日ハふらねども又ハふりもこそせめ、心にはれぬ躰也、ミ雪を、顕昭、深山のミの字たるべしといふ、定家、尤と同心ありしと也、

322我宿ハ雪ふりしきて道もなし踏分てとふ人しなければ

おもしろき哥と也、道もなし、道をふりもかくさぬほどのあさき雪なれども、ふミ分てとふ人なければ、道もたゆる心也、是まで七首ハ古風の躰と也、

冬のうたとてよめる　　つらゆき」(87オ)

れたるが、ちる時分にてもなき、流る丶ハ雪げの水にてくるかと也、氷り、とけられたるが、流る丶をミてよむ也、

321故郷(×我や)は

よしのハ天地(ママ)ノ宮ありたるによて故郷也、まい日ハふらねども、心にはれぬ躰也、み雪といふを、顕昭、み山いふを、定家、同心ありたると也、

322わがやどは

面白哥と也、道、ふりもかくさぬあさき雪なれども、小々、跡(×あり)なきと也

冬の｜｜　つらゆき

323 雪降ば冬ごもりせし《る》《と》草も木も春にしられぬ花ぞ咲ける

雪に冬ごもるにてハなし、雪降ばときりて、冬ごもりし千草万木も、枝に花の咲しといふ心也、

しがの山ごえにてよめる

紀あきミね これのりが親也、

324 しら雪の所もわかず降しけバいはほにもさく花とこそミれ

しがの山越冬にもいふべし、題にハ春也、季の大切なる故也、哥の心ハ、いはほもミなうづミたるにてハなし、所〳〵の雪を花のある所なれバ也、裏ノ説、恩和ノクワスル事也、

ならの京にまかれる時に、やど丶れりける所にてよめる

坂上これのり」(87ウ)

325 みよしの丶山のしら雪つもるらし故郷さむくなりまさる也

心ハ、故郷のあれたる所ハ一だんとさむきやうなるに、

323 雪ふれば

雪に冬ごもるにてハなし、雪ふれば、きりて也、千草万木、枝に花、こもたり(ママ)をミていふ也、

しがの｜｜　紀あきみね これのりが親、

324 しら雪の

しがの山ごえ冬にもいふべし、題にハ春と也、季の大、哥ノ、いはほをも、うつり(ママ)うづミたるにてハなし、所〳〵の雪を花とみたると也、花のある所なれば也、御法ハをんくわ(×花)の所と也、可尋、

なら｜｜　坂上｜｜

325 みよしの丶

前、みよしの丶雪とちがふたる

別してさむきハよしのゝ山に雪やふるらんと也、惣別、つくろはぬ哥にて心のあるハよし、おもしろがらするハわろしと也、俊成定家も古今のこれらよりよミいだされたるよし也、

326浦ちかく降くる雪ハしら波の末の松山こすかとぞミる

寛平御時ーー　ふぢハらのおきかぜ

末の松山にてハなし、松山を思ひやりて、如此こそあるらめと也、公任、金玉集に人丸の哥と入られたり、定家、あやまりと被申シと也、

壬生忠岑」(88オ)

327みよしのゝ山のしら雪踏分て入にし人のをとづれもせぬ

常の時さへに殊に雪の時いよ〳〵人跡たえて、うき世と山とはるかなり、惣別、よし野をばとをき所にいひならはせり、住人たれにてもあるべし、

也、哥ノ心ハ、故郷のあれたるハ一だんさひ《ママ》い物也、別て寒くなりたるハよしのゝ山にふるらん、俊成定家も古今ノ哥よりいでたり、おもしろがらするハわるし、

326浦ちかく

寛ーー　ふぢハらのおきかぜ

末の松山にてハなし、如此ことあるかと也、公任、金玉、人丸に入たり、定家、不用也、

壬ーー

327みよしのゝ

常ノ時さへ雪の時いよ〳〵人跡たえ、たえ《×へ》てうき世と山とはるかにならんと也、住人たれに

328
しら雪のふりてつもれる山里ハすむ人さへや思ひきゆらん
雪といふ物、降ばきえ侍り、此雪に人跡絶て、うき世のことを忘るゝと也、きゆる、休の字の心也、
雪のふれるをミてよめる
凡河内ミつね

329
雪降て人もかよはぬ道なれやあとはかなく《ママ》も思《ママ》ひきゆらん
世間の事、ミな跡なき物よと観じての哥」(88ウ)也、これハ比の哥と也、成劫、住劫、懐《壊》劫、空劫、空劫ヨリ又万事初ルモノ也、
雪のふりけるをよめる
きよハらのふかやぶ

330
冬ながら空より花のちりくるハ雲のあなたハ春にやあるらん
こゝハ冬にてあるが、天上春にて、はしあるか、花のごとく雪のひら〱とふるハといふ心也、

てもあるべしと也、よしのを、《ヌも》《ヌみ》
遠きやうにいふ、

328
白雪の
雪いふ物、降ばきゆる、雪、人跡て《ママ》うき世のことを忘るゝかと也、きゆは休の字也、
雪ーー
凡河ーー

329
雪ふりて
世見の事ハ跡なき物也と観じて、ミてハ比の哥と也、
雪のふりける《当意》
きよハらーー

330
冬ながら
こゝ、冬にてある、天上ハ春にてあるか、花やうなるはと也、

雪の木にふりかゝりーー
つらゆき
331冬ごもり思ひかけぬをこの間より花とミるまで雪ぞ降ける
この冬ごもり、人の事也、さしこもりて、思ひもかけぬ木のまより花のちりくるかとミれバ花にてハなし、雪なりと、をしかへしみたる哥也、
やまとのくにゝまかれりける時に、雪のふりけるをーー」(89オ)
坂上これのり
332朝ぼらけ有明の月とみるまでによしのゝ里にふれる白雪
朝ぼらけ、夜のあけゆく躰也、里といはでハいはれぬと也、空にハ月なくて、こゝにハ月のごとくに、うす雪のふりたるよし也、
題しらず　読人しらず
333けぬがうへに又もふりしけ春霞たちなばミ雪まれにこそミめ

雪の木ーー　つらゆき
331冬ごもり
これハ冬ごり《ママ》、人の事也、木の事にてハなし、さしこもりたるに、花のやう也を、おしかへして雪とみたる躰也、
やーー　坂上これのり
332あさぼらけ
朝ぼらけ、夜あけゆく躰也、里といはでハいはれぬ、空にハ月なくて、こゝにてハみゆる也、うす雪也、
題ーー　よミーー
333けぬがうへに

消ぬがうへに、かさねてふれと所望したる也、春霞たゝば雪もふるまじい、たとひ消残りたるとも、さだかにハあるまじきぞと也、

334 梅花それともみえず久方のあまぎる雪のなで（ママ）ゝふれゝば

梅一木のことをもいふ、さりながら諸木雪に」（89ウ）うもれて、梅をもわかぬ躰と也、

梅花に雪のふれるをよめる

小野たかむらの朝臣

335 花の色は雪にまじりてみえずともかをだににほへ人のしるべく

詞書をよくみよと也、哥ハ義なし、匂はずは梅、雪、それとわきがたからん心也、これハ梅一木の事なるべし、

雪のうちの梅花をよめる

一六八

消ぬがうへに、かさねてふれと也、春かすミたゝば雪もふるまい、消のこりたるとも、さだかにあるまじ也、

334 梅花

諸木、雪わかれぬ《みるよし、》、又、梅と一木ともあり、詠哥同じ、

むめのは　小野たかむら朝―

335 花の色は

詞書をみよと也、哥ハ義なし、匂ひずハいづれか梅、雪もわくべきぞと也、香を、にと同じ、此哥であきて（ママ）るをよくみよと也、こゝハ梅一つの事也、

きのつらゆき

336梅のかのふりをける雪にまがひせバたれかことゞ《スムスム》わきておらまし

たれかことゞ、毎也、各かく〳〵に、なにとしてわくべきと也、此三首人丸の哥ハひらかぬ也、たかむらがハかつ咲也、これハ早梅と也、

雪のふりけるをミてよめる

紀とものり」(90オ)

337雪ふれバ木ごとに花ぞ咲にけるいづれを梅とわきておらまし

雪晴ての事也、木毎にを梅といふ、不用、諸木ともに花さく故、梅をもわきて、それとめかめぬ躰と也、

ものへまかりける人をまちて、しはすのつごもりによめる

ミつね

338わがまたぬ年ハきぬれど冬草のかれにし人ハをとづれもせず

雪のうち——

きのつらゆき

336梅の香の

ことゞ《清清》

たれかことゞ、毎の字也、各かく〳〵に、なにとし《(〆るへ)》としてわくべきと也、人丸のハひらかぬ、たかむら、かつさく、こゝのハ早梅也、

雪——　紀とものり

337雪ふれば

雪晴て也、木ごと、梅わりてみる、不用、諸木共に花故、梅、わきになりたると也、

ものへ——　ミつね

338わがまたぬ

ものへハよそへ也、草《冬》、枕詞也、

ものへハよそへ也、冬草かるゝとの枕詞、哥の匂ひと也、歳暮の事をバいはずして、明る新年の春の事をいへり、

としのはてによめる　在原もとかた

339 あら玉のとしのをハりになるごとに雪も我身もふりまさりつゝ」(90ウ)

詞書、歳のはて歳暮の事也、当流にハあらたまのとし、久かたの空、あまりに心をつけず、哥の心ハながらへきぬるゆへ、又春をむかふると也、

寛平御時ーー　読人しらず

340 雪降て年のくれぬる時にこそつゐにもミぢぬ松もみえけれ

貞松歳寒《ノ》露《ニアラハル》、一千年色雪中深、松ハ操の物也、露霜をへても色のかハらざりしが、雪のうちにつゐにあらハるゝ也、人のしかるべき者ハ、たうざハしられぬ事

一七〇

哥の匂と也、新年の事也、歳暮(×暮)にハ、あすの春の事をいふ也、

明日の事をいふ、

としーー　在原もとかた

339 あらたまの

詞書の年のはて、歳暮の事也、あらたまの年、久かたの空、当流にハ心をつけず、新年にハさのミおどろかぬ也、ながらへたる故、春くる躰と也、

寛ーー　よーー

340 雪ふりて

(ママ)庭松ーー

松、操の物也、露霜へて色かハられぬ也、ついにあらはるゝと

もあれどもつゐにしらるゝと也、
としのはてによめる　はるみちのつらき
341 ○きのふといひけふとくらして飛鳥河ながれてはやき月日也
けり
おもてハ歳暮にてなし、心ハ歳暮也、建保の」(91オ)比
の哥、此風と也、哥の心ハ世間色〱にして、はやく
くらすよし也、勿謂今年不学有来年、光陰可惜、時不
待人ナドノ心也、
哥たてまつれとおほせられし時に、よミてたてまつれる
紀つらゆき
342 『六首』ゆく年のおしくもあるかなますかゞミみるかげさへにくれぬ
と思へば
六首のうちと也、ますかゞミとハ真十鏡、十寸鏡、一
清鏡、犬馬鏡、声ヲカリテ万葉ニ書タリ、鏡のかげ、

也、人のしかるべき物ハ、つゐ
にあらハるゝと也、
としのハてーー　はるミちのつらき
341 きのふといひ
おもてにハ歳暮にてハなし、心
ハ歳暮、建保、この風也、世見、
色〱にしてくらすと也、
哥たてーー　紀つらゆき
342 ゆくとしの
六首のうち也、ますかゞミ也、
言多也、清けんともかくと也、
哥ノ心ハかゞミのかげしだひ
〱におとろふる也、今年《一年》(×一)、か
さねてミればかハる、人ノめに

一年〳〵しだひにおとろふる、今年も又かさねてミれ
ばかハれり、人めにハさぞなるらん、わがめにさへか
ハると也、巻頭に御門の御哥を置、軸に我哥を置たり、
これ古今の心と也、」(91ウ)

(以上清書本第一冊)

一七二

いかゞ、我がさへと也、巻頭ニ
御門、ぢくニ我哥を入たり、古
今ノ心(×事)と也、
　廿八日これまで也、

古今和歌集、四季之分、十日ニ有
講尺、当座聴書也、
　慶長五年三月廿八日（花押）廿二オ

(以上草稿本第一冊)

（二冊目）

古今和歌集巻第七　卯月二日

賀ノ歌

題しらず　　読人しらず

343 わが君ハ千世にやちよにさゞれ石のいはほとなりて苔のむすまで

此哥、他流にハ延喜御門御即位の時の哥といふ、不用、しからバ詞書か左注にかあるべしと也、当流にハ哥のうちむきたる躰と也、千世にやちよにを八千歳といふ、これも不用、千世にや千世にとかさねたる也、我君とハそうたいをいふ、たとへバミやこなどゝいふ心と也、さゞれ石、万葉にハ小石とかく、又礫《ツブテ》、この字もかく、いづれにてもこ石也、これがばんじやくと成て万ごうをふるまでと、君が代を祝したる也、いはほハ巌、此

古今――七　卯月二日

賀ノ哥

題――　　よ――

343 わが君ハ

他流にハ延喜そく位ノ時、不用、左注、詞書あるべし、当流ハ哥の(×君)うちむき(×つ)たり、や、よろづ〳〵也、八千歳、不用、我君とハそうたい申、たとへバミやこハいふ心也、さゞれ石、万葉にハこ石とかく、又礫(×つぶ)ノ字もかく、いづれもこ石なり、ばんじやくになりて万ごうを、巌《いはほ》を書と也、又けんをそびへにをもいふ、当流にハ巌、用、

字也、」(1オ)

344わだつうミのはまのまさごをかぞへつゝ君が千とせのありかずにせん

わだつうミのだの字、にごると也、四海の惣名也、このまさごをひとつづゝ、千とせのかずにとらんと也、

345しほの山さしでのいそにすむ千鳥君がみよをバや千世とぞ鳴

しほの山、甲斐也、海もなき国也、しほの山とあるによりて、さしでのいそとつゞくるかと前より不審ある所と也、千鳥のなくをちよ〳〵といふ様に聞なす也、

此哥、伊勢が哥也、家ノ集ニ屛風ノ歌《×は》とアリ、

346わがよハひ君が八千世にとりそへてとゞめおきてハおもひ出にせよ

此哥、君の臣下に賀を給ふ時の哥也、我ながら君とよミ給ふ事ハ、御身をれうじにあそばされぬ故也、ワガ

344わだつうミ

わだつの底、だの字ニにごる、

わたつ時ハすむ、四海ノ惣名、

真砂、かずにせんと也、

345しほのやま

しほの山、かい也、さしでの磯

と《×そ》つゞくるかと不審ある所也、

伊勢が、屛風とあれバ、あはせ、

千鳥の鳴がちよ〳〵なく所也、

八千代ハかずの所心也、

346わがよはひ

とりそへて、君臣がつていの、

君子の臣かに賀給ふ時の也、我、

君とあそバす、れうじにあそバ

さぬ也、

ヨハヒトハ臣下ノ事ヲサシテ也、とりそへてとハ」（1
ウ）君臣合躰の心と也、

仁和の御時、僧正遍昭に七十《ナヽソヂ》の賀たまひける時の御哥

仁和ハ光孝ノ御時也、俊成ニ後鳥羽院ノ賀ヲ給シ事ハ
此時ノ例也、

347かくしつゝとにもかくにもながらへて君が八千世にあふよし
もがな

七十の事なれバ、ゆく末はるかにもあるべからず、されどもいかにしてなりとも、ながらへとの心也、此君モ前ノ哥ノゴトク、君トハ帝王ノ事也、此五文字大かたにてハをかれぬと也、とにもかくにも、左様右様とかけり、尭孝、慥ニ申タル説ナリトゾ、カクシツヽノ五文字此哥ノ躰ニ能アタリタリト、俊成、定家モ申サレタルト也、

347かくしつゝ

仁和《光々》ーー七十《なゝそぢ》

七十の、ゆく末はるかにあるべからず、いかにもしてながらへとの事也、君臣との事也、尭孝と也、五文字大かた、左様右《とにもかく》様《にも》、いできたれば、

仁和のみかどのミこにおハしましける時に、御をば《祖母ノ事也、》のや」《と》
（2オ）やそぢの賀に、しろがねをつゑにつくれりけるを
ミて、かの御をばにかハりてーー
　　僧正へんぜう

348 ちハやぶる神やきりけんつくからに千とせの坂もこえぬべら
也
　杖といはでよめる、夏ノ部ノことをあまたにやらじの
類也ト定家ノ勘物ニアリ、この杖人のきらで、神通自
在のきりたれば、千年の坂をもやすく〳〵とこえんと也、
賀ニ杖アルモノ也、
ほりかはのおほいまうちぎミ《昭宣公ノ事也、》の四十《ヨソヂ》の賀、九条の家にて
しける時によめる　在原業平朝臣

349 さくらばなちりかひくもれ老らくのこんといふなる道まどふ
がに《バカリニト云義也、》

仁和《光孝》ーー　御をば、うば也、賀杖あり、
　　僧正ーー

348 ちハやぶる
　こえいはで、人のちらぬ杖也、
ぢんつう、きりたれば、千世の
坂（×破）もこえんと也、

ほりかは　四十《（×そ）よそぢ》
　老（ママ）ーー

349 さくらばな
花ハおしけれども、老のくる道

花ハおしき物なれども、老のくる道まどふバかりにちりしけと也、賀の哥に、がにのとまり、定家ほめ」(2ウ)られしと也、老らくハ老ら也、くハそへ字とぞ、

さだときのみこのをばのよそぢの賀を大井にてしける日よめる　　きのこれをか 或惟熙《ノリマサ》、両説也、

清和第七ノ皇子也、貞辰也、

350かめのおの山のいはねをとめておつる滝のしら玉千世の数かも

かめのお、亀山也、山も岩根も久しきになぞらへてよむ也、とめて、偬の字也、この岩根にさしにさして、さつ〳〵とおつる滝の白玉ひとつを千世にあつると也、

清和第二ノ皇子也、南ノ宮ト申シタル也、御母二条ノ后也、
さだやすのみこのきさいの宮の五十《イソヂ》の賀たてまつりける 賀ノ時
ハ四季ノ屏風たつト也、
御屏風に、さくらのはなのちるしたに人の花みたるかた

まどふ、がに、バかりに、ちりしけと也、が、賀の哥、いと定家のほめ、老らく、老ら也、く、そへ字、

さだとき　　この(ママ)これをか

350かめのおの
かめおの(ママ)、亀山の事也、久しき山也、岩根も又久しきになぞへ(ママ)て也、とめて、偬用也、(岩)根にさしにさして、さつ〳〵と落る也、白玉一つを千世にあつる也、

かけるをよめる」（3オ）

ふぢハらのおきかぜ

351○いたづらにすぐる月日ハおもほえで花みてくらす春ぞすく
なき

六条家顕昭などハおもほえてとすむ《スム》也、当流ハにごる、
月日をバいたづらにくらして花におどろく心也、此哥、
廿四首ト云テ書抜事アリ、

もとやすのみこの七十の賀のうしろの屛風によミてかき
ける本康、仁明第七ノ皇子、御母ハ名虎ガ女也、（紀）

きのつらゆき

352春くれば宿に先さく梅のはな君が千とせのかざしとぞミ（×な）る

先さく、梅ハはやく咲也、又梅の中にても先さく心も
あり、尭孝ハ、梅の千とせのかざしにならん事、不審
せしと也、本康の御家の梅なれば、千とせのかざしと

一七八

さだやすの　五十《いそぢ》

ーー賀ノ時四季ノ屛風たつる、　ふぢハらのおきかぜ

351廿四首いたづらに

六条顕昭、おもほえてと清也、
花の時、おもほえず、*で《当流》と、月
日をもあだにくらして花におど
ろく也、

もとやす　七十《な、そぢ》ーー

きのつらゆき

352春くれば

先さくハ梅ハ早く咲也、梅の中
にても先さく心もあり、君のち
とせしらんと也、尭孝、不審、
我君の事をちとせよと、眼前の
事いふ、自問自答、

もなるべしと、眼前の」(3ウ)事を自問自答していふと也、

素性法師

353いにしへにありきあらずハしらねどもちとせのためし君にはじめん

これハ前とおなじ時也、哥の心ハ、神世より人代にいたるまでたしかにしらねども、千とせのてはじめに君をせんと也、素性ガ哥ハ一首ニ六義ガソナハリシト也、

354ふして思ひおきてかぞふる万代ハ神ぞしるらん我君のため

君をよるもひるも千秋万歳とおもふ心ハ神のしりたまふべきと也、此哥ハ結句よりをこりたる也、これも一躰と也、家隆ノ哥ニ、

大かたの秋のね覚のながき夜も君をぞ祈《オモフ》る身をおもふとて

藤原三善が六十《ムソヂ》賀によミける」(4オ)

そせ（ママ）法し

353いにしへに

これハ前ノ時と前《同》、神世より人代にいたりて、たしかにしらねども、千とせためしに、君《我、手はじめに、》をせ（ヌと）んと也、

354ふしておもひ

君をよるひるも千秋万（ママ）とおもふ心ハ神ぞし（ヌち）るらんと、結句よりをこりたる也、

家隆 大かたの秋のねざめのなが（ヌき）夜も君をぞおもふみをおもふとて

藤原三　六十《むそぢ》

在原ーー

在原しげはる

355鶴亀も千とせの後ハしらなくにあかぬ心にまかせはてゝん

左注 この哥ハある人、在原のときはるがともいふ

哥の心ハ人のよハひ五十なれバ六十、六十なれば七十までとしだひ〳〵におもふならひ也、鶴亀ハ万歳をふるといふ、それもかぎりあれば曲なし、たゞあかぬ心にまかせたきと也、

よしミねのつねなりがよそぢの賀に、むすめにかハりてよミ侍ける　　そせい法し

356万代を松にぞ君をいハひつる千とせのかげにすまんとおもへば

そせい法し、一姓の者也、松を待によせてよめり、又いはひつるといふに心ありと也、相伝の本にハ」(4ウ)鶴といふ字をかけり、万代と千年といかゞといふ、万

一八〇

355つるかめ(×も)も

人のよはひ、五十なれば六十(×十)とおもひ、しだひ〳〵におもふならひ、つるかも(ママ)万歳をふるといふとも、それもかぎりハ極なし、たゞあかぬ心にまかせたきと也、

よしミねの――　　そせい法し

356よろづ代を

そせ(ママ)法し、一生の物也、松を待によせて、又つるといふに心ありと也、相伝の本にハ鶴といふ字かくと也、よつ(ママ)代千とせいかゞ、よろづ代ハそう名と也、

代ハ惣名と也、心ハ明也、
内侍のかミの右大将藤原朝臣の四十賀しける時に、四季
のゑかけるうしろの屛風にかきたりけるうた
内侍ノカミハ内大臣高藤公ノ女也、コノイモウトガ延
喜ノ母后也、右大将ハ泉大将定国ナリ、内侍ノカミノ
アニ也、内侍ノカミノ定国ノ賀ヲセラレタル也、
357春日野にわかなつミつゝ万代をいはふ心ハ神ぞしるらん
藤原なれば春日をよめり、若なは万草の初に生ずる物
なれば如此よめり、頌ノ哥也、世をほめて神につくる
心也、この哥家集ならば作者あるべけれども、屛風の
哥なるによりてなし、」(5オ)他流にハそせいといふ、
不用、
358山たかミ雲ゐにミゆるさくら花心のゆきておらぬ日ぞなき
これハミつねが哥也、心ハ高山に花の咲たるを、一枝

内侍のかミの――
357かす《が》のに
内侍、内大――、このいもう(ママ)、
延喜のぼこう也、藤氏なか(ママ)れば
春日、若なは万草の初に生ずる
物なれば如此、この哥、家集な
らば、他流そせ(ママ)といふ、不用、
世をほめて神につぐ(×る)る也、
358山たかミ
これハミつねが哥也、高山に花
の一枝とおもへバ心ゆく也、お

もがなとおもへバ心のゆく也、おもてにハ賀の心なし、
おられぬといふ心、賀と也、諸人のあがむる心也、

夏

359めづらしき声ならなくに時鳥こゝらの年をあかずも有かな

つらゆき哥也、こゝらハ巨細のこの字也、多心也、
莫大《コヽラ》、如此もかく也、哥心ハ、年〳〵に鳴時鳥ナレバ、
アクベキ事ナレドモ、初音ノマタレテ面白聞ユルハ、
ナンボウメヅラシキ声ゾト云心也、夏より字を書て春
の字をかゝぬハ詞書に四季の屛風と」（5ウ）あれば、そ
れにもたせたると也、
去年の夏鳴ふるしてし時鳥それかあらぬか声のかハらぬ
聞タビニメヅラシケレバ時鳥イツモ初音ノ心チコソスレ
此両首、此哥ヨリ出来タリ、

秋

一八二

もてにハ賀なし、おられぬ心、
賀也、諸人のながむる心也、

夏

359めづらしき

つらゆき哥也、こゝら《こさいのこの字也、》多心也、
年〳〵に鳴時鳥なれば、初音の
き《(×め)》こえ《(ママ)》ゆる、なんぼうめづらし
きぞと也、春の字をかゝぬハ四
季ノ屛風あれば、それもたせ也、

秋

360住の江の

ミつねが哥、秀逸、浪、秋、じ
やうぢうの物也、風ひかれて浪

360住のえのまつを秋かぜ吹からに声うちそふるおきつしらなミ
ミつねが哥也、波、常住の物也、しかれども秋風にひかれて浪のをとのまさるよし也、秀逸の躰と云哥也、

361○千鳥なくさほの河霧立ぬらし山のこのはも色まさりゆく
たゞミねが哥也、千鳥なくハ只今なくにてはなし、河霧もたち、このはも色づく時分なればば」(6オ)千鳥（〆鳥カ）も鳴べきと也、繁昌ノ風《フウ》ト云事アリ、此哥ヲ似スルト也、
躰ニタツル時ハ遠白躰ト云ナリ、

362秋くれど色もかハらぬときは山よその紅葉をかぜぞかしける
たゞミねが哥也、二義あり、ときは山、不変の色なれば、よその紅葉を吹きてミすると也、これハ心あさきと也、四方のもミぢをそめ〳〵たる時分、このときは山をふく風も、さながら紅葉吹やうなると也、

冬

の音まさる也、

361千鳥なく
たゞミねが哥、くわん《(ママ)》上の風といふことあり、千鳥なくハ只今なくにてハなし、惣別の事也、霧もたち、色まさゆく(ママ)時分なれば、なくべきと也、

362秋くれど
たゞミねが、二義、ときは、不変、同じ色、よその紅葉吹きて、しらぬ紅葉、あさきぎり也、四方紅葉をそめ〳〵たる時分、このとき山(ママ)の風の吹やうなど也、秋きたりて風をもさながら紅葉の吹やうなど也、

冬

363しら雪のふりしく時ハみよしの〻山したかぜに花ぞちりける

貫之が哥也、ふりしくに力を入ずして、又力を入てみよと也、ふりしきたるにてハなし、今ふる」(6ウ)心と也、そせいが名ばかり書て、此七首に名をか〻ぬ、いかなれバ屛風の哥の大勢のうちえらびて入たれば、か〻ずと也、又素性が奉行ヲシタレバ、素性ガ哥ニミせテ、如此入タリト云説モアリ、又千首二十巻、ミな延喜の御一身の哥なれバ、作者か〻ずと也、

春宮のむまれたまへりける時にまいりてよめる

延喜第一ノみこ文彦《ブンゲン》ノ御事也、御母保明親王藤氏也、昭宣公ノ御女也、

典侍藤原よるかの朝臣

364峯たかミかすがの山に出る日ハ(×の)くもる時なくてらすべら也

一天下をたな心にといふ心也、別義なし、

『二十二首』」(7オ)

一八四

363白雪の

貫之哥也、ふりしくといふ、不用、当意の事也、よく身を入ずして力をいれと也、此十首内、そせ(ママ)ばかりかき、ミなか〻ぬ、いかなればいふともあり、大ぜいのうちえらミ入たれたるは、か〻ずと也、そせいハ延喜之時ハ奉行したると也、千首二十巻、延喜ノ御一身の哥也、しかれば作者か〻ぬと也、

春のむ(ママ)れーー　延喜第一ノみこ文彦、

典侍藤原よるかの朝臣

364峯たかミ

天下をたな心にノいふ也、

古今和歌集巻第八　五日

離別哥《ノ》　リヘツ《スム》トヨム也、

　題しらず　在原行平朝臣

365 立わかれいなばの山の嶺に生ふるまつとしきかバ今かへりこん

離別とハ心にもあらずはなるゝ也、あるいハおほやけ又ハ任、させんなどの時也、我心とゆくにハ差別あり、いなば山、因幡、丹波、武蔵にあり、五代の哥枕にハ美濃国稲葉山と定タリ、八雲にも濃州、建保(建保名所百首)にハ因幡とかゝれたり、哥の心ハ、まつ人だにあらば只今かへるべし、さりながら待人あるまじきと、我身をひげし*たる心也、此哥、俊成あまりにくさり過たると申され侍りし」(7ウ)を、定家ハくさりハすてゝ、おもしろき所をミよと也、

古今　卯月五日

離《清》別《リヘツノ》哥

　題ーー　在ーー

365 立わかれ

リヘツ、心にもあらではなるゝ也、大《又》やけ、仁《(ママ)》、又させんの事也、我ゆくとハ差別アリ、この哥ハいなば山、いなの《(ママ)》国也、たんば、山なし、五代哥枕、ミのゝ国也、八雲にハしう《(ママ)》州、建保にハいなばとかゝれたり、只今まいらす也、我身をひげの哥也、松人まつまことのをと、哥くさり過たる、今かへりこんにて、一首のこんりうおもしろし、俊成ハくさり過たると也、定家

読人しらず

366 すがる鳴秋の萩原あさたちてたびゆく人をいつとかまたん
すがる、顕昭ハ鹿といふ、日本記にハ、螺贏《ルイレイ》、さゝりばち、ぢが〳〵*と云虫とあり、万葉の哥に、春すがるなく野とよめり（ノ郭公ホト〳〵イモニアハズキニケリ）、これ鹿にハかなはぬよし也、定家、伝授之時、俊成、鹿の別名と申されしと也、哥の心ハ、たゞの時だにかなしかるべきに、鹿も山へ帰り、萩もちる時分なれば、旅ゆく人のいとゞまたれんとの義也、

367 かぎりなき雲ゐのよそにわかるとも人を心にをくらんさん（ママ）やハ」(8オ)
大和物語にあり、遥遠近共（別ともト云也）にわかれとハいへり、かぎりなく、いく千万里をまいるとも、心ハこなたにあるべし、その心ハ人にをくれまじきと也、源氏紫の上ノウバノ、ヲクラス露ゾ消シ空ナキ、此哥ヨリヨミタル

ハくさりハすて丶、おもしろし所を読たる也、いなば国、行平仁（ママ）にてありつるか、さのミさだめいらぬ事也、

よミ

366 すがるなく
すがる、顕昭ハ鹿、日本、さゝりばち、ぢが〳〵との虫也、（万）春すがるなくの丶、○鹿《これ》にハかなはぬ、定家相伝ノ時、俊成の、鹿の別名と也、萩に鹿也、別、たゞの時さへ、萩の萩（ママ）咲時分、かなしミそふ心也、鹿も山へゆき萩もちるべしと也、

367 かぎりなき
山大和物語ニアリ、又遠き近も

ト也、
をの丶ちふるがみちのくのすけにまかりける時、は丶の
よめる
　ちふる先祖たしかになき者と也、
368 たらちねの親のまもりとあひそふる心バかりハせきなとゞめ
そ
たらちねハ父、めハ母、さりながら通用と也、哥の心
ハ、旅ゆくをとむる事もならず、わが又そひてくだる
事も成がたし、せめてまもりとそふる心をばとゞめそ
也、関の心あり、此哥ニ魚母念」(8ウ)子ノタトヘヲヒ
ク也、魚ノ子ハ親ガ死スレバソダ丶ヌト也、親ガアレ
バ、岸汀ナドニウミヲクモ、カヘリテ魚ト成ト也、親
ノマモリト云ニ能アヒタリ、
さだときのミこの家にて、ふぢハらのきよふがあふミの

遠近未別也、かぎりなく、いく
千万里別也、まいるとも心ハこ
なたにあるべし、その人ハ人に
をくれまじき也、源氏紫の上事
あり、
をの丶ーー
　をの丶ちふる、たしかになし、
368 たらちねの
　たらちねハち丶、めハ母(×女)ハ、
　哥ノ心ハ、とむる事もならず、
　我そふてくだる事もなし、親の
　そふる心まもりとなる、せき、
　関の心もあり、
　魚母男《思》子、
さだときのーー
　　　きのとしさだ

すけにまかりける――

きのとしさだ

369けふわかれあすハあふミとおもへども夜やふけぬらん袖の露けき

はるかにもなき近江への旅なれば、やがてあふべきとおもふに袖のぬるゝハ、夜のふけたるかと不審すれば、別の涙ぞと也、けふわかれあすハあふミなど、今ハこのむまじきと、当座に実澄（三条西実枝）被申シト也、

こしへまかりける人によミてつかハしける」（9オ）

370かへる山ありとハきけど春霞たちわかれなば恋しかるべし

こしとハ、越中、越後、越前を三越路といふ、この哥ハかへる山をよめるほどに越前たるべきか、さりながらいづれにも通用と也、春かすミハたちわかれんといはんため、又へだつる心もあり、この人せう〳〵にて

一八八

369けふわかれ

はるかにもなし、近江、近（×遠）国なれども、やがてもあふき（ママ）なる、我袖のぬるゝをふしんしたる也、別の露ぞと也、けふわかれあすハあふミ、今このましかるまじと也、

こしへ――

370かへる山

こし、越中、越ぜん、――、三こしぢといふ、越前ニみちのに三国のはしと也、これハ三国といへども、かへる山をいふほどに越前たるべきかと也、さりながらいづれも通用、春かすミたちわかれといはん為、又へだつ

ハかへらんともおもはず、しかれバかへる山の名も、
たのミがたきと也、
人のむまのはなむけにてよめる
きのつらゆき
371おしむから恋しき物をしら雲の立なん後ハなに心ちせん
おしむから、そくざと也、こゝにてそひ申だに恋しき
に、さらばといひてたちいでゝの後ハなにとせんと」
(9ウ)の心也、しら雲の立なん、とをき別の心とぞ、
ともだちの人のくにへまかりけるによめる
在原しげはる
372わかれてハ程をへだつとおもへばやかつミながらにかねて恋しき
人の国のかミになりたるをとひにゆくともいへり、又
ハ任にくだるともいふ、いづれにてもあるべし、かつ

る心也、この人の名に、このか
へる山、ようにたちがたき也、
人のむまの――
きのつらゆき
371おしむから
おしむから、そく座也、惜ゆへ
恋しと也、こゝにいてさへ、た
ちいでゝ、のちハいかにせんと也、
白雲とをき心也、さらばといふ
きは、さぞと也、
ともだちの人――
在原――
372わかれてハ
人の国とハ他国の事也、人の国
のかミになれるをとふにゆくと、
又仁(ママ)にゆくともいふ、いづれに

ミながらハ如此ミながら也、哥の心ハ、別てのち、そこつにかへりあふことあるまじきゆへにか、かねて恋しきと也、

あづまの方へまかりける人によミてつかハしける

いかご《伊香子》のあつゆき＊

373 おもへども身をしわけねバめにみえぬ心を君にたぐへてぞやる」(10オ)

この五文字、大かたにてハをかれぬと也、おもへども〱といひかへす心也、これハ親のまもりの哥とハちがふ、他人の事也、旅へゆくをとゞめたくおもへどもかなはず、さらば共にくだらんも、奉公などすれバならず、又身ハわけられず、せめて心をそへてやるべきか、それハめにもみえまじきと、わびたる哥也、

あふさかにて人をわかれける時によめる　をハ人のよそへゆく心にといへば、こなたがわかる丶心と也、

一九〇

ても、かつミながらハ如此みながら也、この哥ハ、そこつにかへりあふことあるまじいほどに、かねてこひしきと也、

あづまの方へ――

いかご《伊香子》＊のあつゆき

373 おもへども

大かたにてハをかぬ五文字也、おもへども〱といひかへしたる也、これハ又親のまもりとちがふ、た人の事也、くもる名残にとゞめたくハおもへどもなく、我くだ(×か)りもならず、身を分もせねバ、心をそへてやるか、それもめにみえまいとて、わびてよめり、

なにはのよろづを

374あふ坂の関しまさしき物ならばあかずわかるゝ君をとゞめよ

此哥逢坂心なし、関しまさしき名ならバ、わかるゝ君をとゞめよと也、任国の時、傍輩かならず逢坂までをくると也、」（10ウ）

題しらず　　読人しらず

375から衣たつ日ハきかじあさ露のおきてしゆけばけぬべき物を

左注
この哥ハある人つかさをたまはりて、あたらしきめにつきて、としへてすミける人をすてゝ、たゞあすなんたつとバかりいへりける時に、ともかうもいはで、よミてつかハしける

この注にておもしろしと也、おきてしハ起てゆくと我をおきてゆくと、二にかけたり、哥の心ハ、いつともしらずバ、中〳〵おもひもあらじをしりたるゆへ、身

あふさかにてーー　なにはのよろづを

374あふ坂の関し

此わかれ、人のゆく也、関しまさし（ママ）名ならバ、君をとゞめと也、仁（ママ）国、人かならず、はうばいあふ坂までをくる也、あふにかいはず、関のまさしきと也、

題ーー　よーー

375から衣

左注きほ
このーー

この注にて哥もおもへし、おきてし、おきてゆくと我をおきてと、二にかけたる也、いつたつともしらずバ、おもひあらじをしりたるにて、よりきえかへる

もきえかへるバかりおもひあると也、あハれに不便なる哥とぞ、

ひたちへまかりける時に、ふぢハらのきミとしによミてつかハしける

寵《テウ》ウツクトモヨム、又思トモ、アカムトモ、延喜ノ御門御ヒザウ、寵ノ御局トイヒシト也、」

(11オ)

376 あさなげにミべききミとしたのまねバ思たちぬる草枕なり

あさなげを、顕昭ハあさけ夕けとみたり、たゞ朝夕いつかといふ心也、哥の心ハ、こゝにてもあひそふこともなきほどに、おもひたつとのよし也、きミとしをたち入てかくし題によめり、

万 イカナランヒノ時ニモカワギモコガモビキノスガタアサナゲニミン

きのむねさだがあづまへまかりける時に、人の家にやど《人ノ家》りて暁いでたつとてーー

ニトハ門出シタル家ノ心也、マカリ申トハイトマゴイ也、

バかりおもふと、あハれなる哥と也、

ひかち《(ママ)》ーー

寵《てう》うつくともよむ、あかむとも、延喜御ひざう、てうの御局と也、

376 あさなげに

あけなけ《(ママ)》、顕昭ハあさけ夕けとみたる、たゞ朝夕《(×夕)》いつもとみよと也、

万葉二、いかならん、と《(ママ)》ミとしたち入てかくし題也、こゝにあひそふ事もなきほどに、同じことゝいふ心もちとありと也、

きのむね《(×ち)》ーー　よミ人しらず

377 えぞしらぬ

377
えぞしらぬ今心みよいのちあらば我や忘るゝ人やとはぬと

よミ人しらず

一句の哥、二句の哥、三句の哥、四句の哥、五句の哥といふことあり、これハ一句の哥也、えぞしらぬとふことをミな注したり、今こゝろみよハ只今」(11ウ)也、人ハともあれ我ハ忘れまじき、さりながら命といふ物しらず、いのちだにあらば心をミんが、それもえぞしらぬといふ義也、*

あひしりて侍ける人の、あづまのかたへまかりけるを、くるとてよめる

ふかやぶ

378
雲ゐにもかよふ心のをくれねバわかると人にミゆバかり也

あひしれるハ友だち也、雲ゐはるかの、あづまへくだる人にも、こゝろハさらにわかれず、こゝにて人にわかるゝとミゆるバかりと也、

これハ一句ノ哥、二三四五句いふ、これ一句ノ哥、えぞしらぬをミな注したる哥也、今こゝろみよとハ今といふ心バかりにてハなし、たゞ今といふ心也、人ハともあれ我ハ忘れまじい、さりながら命をしらぬといふ心也、

あひしりて――

ふかやぶ

378
雲ゐにも

友だち也、雲ゐはるかの心也、只今あづまへの人にそへて心をやるほどに、わかれハせぬ、こゝで人にわかるとハみゆるとも、

とものあづまへまかりーー

よしミねのひでをか

379しら雲のこなたかなたに立わかれ心をぬさとくだく旅哉

こなたかなた、この方かの方也、哥の心ハ、幣帛、」(12オ)色〳〵にきる物なれば、我心もそのごとくにくだくと也、旅の手向ハ道祖神にすると也、旅人ヲマモル也、

みちのくにへまかりける人によミてつかハしける

つらゆき

380しら雲のやへにかさなるをちにてもおもはん人に心へだつな

白雲のやへにかさなるとハ遠き心也、をちにても遠、又外といふ字もかけり、おもはん我にといふべきを、人と大やうにいひたる、おもしろしと也、人といふに我ハ則こもれると也、

とも(ママ)あづまーー

よしミねの

379しら雲の

こなたかなた、この方かの方也、わかるれバ、そのたハ一方、わが心ハ幣はく也、色〳〵にきれば、くだく様と也、だ《道》う(×そ)そ神《そしのそ》、

みちのーー　つらゆき

380しら雲の　人《びっ》*

しら雲ハとをき心也、八へ、猶とをき心也、多心也、をちにても遠也、又外といふ字もかけり、おもはん我にいふべきを、大やうにいひたる、おもしろしと也、人にといふうちに我もこもれり、

人をわかれける時によミける

381わかれてふことハ色にもあらなくに心にしミて侘しかるらん

わかれといふ物ハ色にてハなしと思ひ、されば」(12ウ)色にてありけり、心にふかくしミてわびしきほどにと也、

あひしれりける人のこしのくにゝまかりて、年へて京にまうで、又かへりける時によめる

凡河内ミつね

382かへる山なにぞハありてあるかひハきてもとまらぬ名にこそ有けれ

あひしれるハ友也、重任、延任といふことあり、いづれにてもあるべし、此哥一首のうちに問答あり、こなたのためにかへる山かとおもひつれば、又国へ下向する程に、あなたへかへる山ぞとかこつ心也、

人をわかれ

381わかれてふ

わかれといふ物ハ色といふともなしに色であるよ、心にしミてわびし《ふかく》程にと(×と也)也、~~かう小おもは~~さらに思ひまいとすれどおもふと也、

あひしけり(ママ)ーー

凡河内ミつね

382かへる山

あひしれる友也、又十《重》任か遠《延》任といふ、一首のうちにもんだうあり、かへる山を《こちの為のかへる山かとおもへバ、》かこつ也、又国へ下かうする程に、あなたの山のかへる山ぞと也、

こしのくにへまかりける人によミてつかハしける」(13オ)

383
よそ《ミツネ》にのミ恋やわたらんしら山の雪みるべくもあらぬ我身ハ

しら山の雪、行といふ字をかねたり、此集に如此ことおほしと也、白山にへだてられて恋しかるべしと也、をとはの山のほとりにて、人をわかるとてよめる

つらゆき

384
をとは山木だかくなきて時鳥君がわかれをおしむべら也

木ハあまりに用にあらねども、時鳥のたかくなくといはん為也、我心にわかれのおしきやうに、鳥の声もおもはるゝと也、賀ノ巻ノ、梅花君が千とせノ哥ト心おなじ、

藤原ののちかげが、からものゝつかひに、長月の」(13ウ)つごもりがたにまかりけるに、うへのをのこどもさけたうびけるついでによめる

一九六

こしのくにへーー

383
よその《に》の(×に)ミ

白山の(×雲)雪、(×ゆ)ゆくといふ字かねたり、この集にハかけてよむ事多し、白山にへだてられて恋しかるべしと也、

をとハーー　つらゆき

384
をとは山

木はようになせ《(ママ)》れども、時鳥のたかくなく心也、べらなり、おしむかと也、我心にあるやうにおもはるゝと也、

藤原のゝちーー

藤原かねもち

藤原のかねもち
からもの丶使、色〱にあり、遣唐使此義ト云ヘドモ不用、又キ朝ノ舟のけんしともいふ、又大唐より進献ノ物ヲ請取勅使トモ云ヘリ、

385もろともになきてとゞめよ蛬秋のわかれはおしくやハあらぬ
暮秋をおしむに、人のわかれハこもれり、きり〲すも我も鳴てとゞめんと也、モロ友ハ蛬ト蛬ト也、

平もとのり

386秋霧のともにたち出てわかれなバはれぬ思ひに恋やわたらん
前の哥と同時也、秋霧のとハがといふ心也、霧ハたちてもはるゝ事あるべし、我思ひハはれがた」(14オ)からんと也、

源のさねがつくしへゆあみんとてまかりける時に、山ざ

実也、明ノ孫、舒《ノブル》ノ子也、湯ニ入事也、

385もろともに
から物の丶(ママ)使、けん《て》唐使也、色〱説アリ、又き丁の舟のけんしと也、唐より進献ノうけとりともいふ、
暮秋をおしく(×む)をもはぬ、鳴てとゞめ也、そのうちに人の別あり、こなたときり〲す、我もとゞめんと也、

平もとのり

386秋霧の
秋霧のがいふやうの心也、これに色〱のことこもれり、ともにたちいでゝ霧はるゝこともあるべし、我おもひはれがたし、前ノからもの丶つかひによめり、

きにてわかれおしミける所ーー

しろめ

しろめ、遊女也、普賢ノサイタン也、寛平法皇《（宇多天皇）》ノ御目
ヲカケラレタル人也、倶舎ヲ能知タル人也、ムカシ江
口ニスミタル人也、

387
○いのちだに心にかなふ物ならばなにかわかれのかなしから
まし

たれも心にまかせぬハ命也、しかれバわかれてのち、
そなたハながらへ給ふとも、又我いのちもしらず、北
州ノ千年ハ定リアルガ、とかく不定の世界也とうちわ
びたる哥也、女の哥にてあハれなるとぞ、」(14ウ)

山ざきより神なびのもりまでをくりに人々まかりて、か
へりがてにしてわかれおしミけるによめる

源さね

源のさねーー

しろめ

387
いのちだに

たれも心にまかせぬが命也、な
がらへもしらず、人《（×我）》ハながらへ
たるとも、我いのちもしらぬ、
このせかい不定也、女の哥にあ
ハれ也、

山ざきーー　源さね

388 〽人・や・りの道ならなくにおほかたハいきうしといひていざかへりな《こ》ん

神なびのもり、大和也、こゝにてハ山ざきのかうないといふ所をいへり、人やりハ人のやる道、大かたハ大よそ也、このたびハ我心とゆくことなれば、いきうしといひ、いざかへらんと也、裏の説ニハ、何事も人にまかするも大事、又まかせぬもわろし、よく我心より分別せよと也、

いまハこれよりかへりねとさねがいひけるおりによミける

藤原かねもち」(15オ)

389 したハれてきにし心の身にしあれバかへるさまにハ道もしられず

詞書にくわし、これよりかへれといふ時、こゝまでハさねが別をしたひてまいりたれ《り》、かへるさにハ名残こ

388 人やりの

神なび、大和の也、山《(×大)》ざきかうない、人やりハ人のやる道、我ゆくみちなれば、我まゝ也、大かた、大よそ也、いきうしといひ《(×ふ)》てかへらん《(×り)》と也、裏ノ説ニ、何事も人にまかせる大事、又まかせぬわるし、我心からよくせよ也、

今ハこれより――

藤原かねもち

389 したハれて

詞書、こゝまでハさねが別にこゝまできたり、かへりざまにハひくなきよりて道まどふ也、

そあれ、ひく心なきほどにみちもまよはんと也、
藤原のこれをかゞ、むさしのすけにまかりける時に、をくりにあふさかをこゆとてよミける
つらゆき
390かつこえてわかれもゆくかあふ坂ハ人だのめなる名にこそ有けれ
これをかハたらう国経の子と也、かつハ如此ゆく、かハ哉也、相坂ハ人をたらす名なりといふ心也、
おほえのちふるがこしへまかりけるむまのはなむけ」(15ウ)によめる　藤原かねすけの朝臣
391君がゆくこしのしら山しらねども雪のまに〳〵跡ハたづねん
ちふる、千古とかけり、尭孝ハ義なしといふを、猶よミときしと也、まに〳〵ハ随意、随の字バかりもかけり、こゝにてハ間の字の心もあり、哥の心ハ、たゞい

藤原のこれ――
つらゆき
390かつこえて
これをかとあり、国経《たらう》の子也、かつハ如此ゆく、かハ哉也、相坂ハ人をたらす也、
おほえのちふるが――
藤原かねすけ朝臣
391君がゆく
おほえのちふる、千古、尭孝義なしといふ、猶よくよミとくと也、まに〳〵、随意、随ともかく、しぜんニ間の心もすこしあり、たゞいま跡にまいらかふす（ママ）れども、やがてかならずまかり

ま御跡よりまいりたけれども、とりあへずハならぬ、
しかればやがて跡を尋て、まかりくだらんとの心也、
人の花山にまうできて、ゆふさりつかたかへり(ママ)としける
時によめる　　　僧正遍昭
392 夕暮のまがきハ山とみえなゝんよるハこえじとやどりとるべく
みえなゝんハけんそな山のやうにもみえよかし、しから」(16オ)ば人のとまる事もあるべしと、わりなき事をいへり、夕暮、かんようと也、
山にのぼりて、かへりまうできて、人〴〵わかれけるついでによめる　　幽仙《ユウセン》法し
393 わかれをバ山の桜にまかせてんとめんとめじ*ハ花のまに〳〵
山ハひえ也、この苔の岩屋にとゞめんハいかゞなれば、花殿にまかせて、我とむるにハせまじきと也、

くだらんと也、
人の花山《はなやま》ーー　僧正遍昭
392 ゆうぐれの
みえなゝんハみえよ也、けんそな山のやにみえよかし也、しから(×も)ば人がとまらん也、かくわりなき事をもいふ也、夕ぐれ、かんよう也、
山にのぼりて　ひえの山也、
幽仙《ゆうせん》ーー
393 わかれをば　と《め》んと《め》じ*　山木
岩(×苔)のとめんハいかゞ也、花殿にまかせんと也、我とめにてハある(ママ)じい、

雲林院のミこ《貞康》の、舎利会に山にのぼりてかへりけるに、
さくらの花のもとにてよめる

僧正遍昭

394 山かぜにさくらふきませ（ママ）みだれなん花のまぎれにたちとまるべく

舎利会二月十五日也、又いつにてもあるべし、」（16ウ）
哥の心ハ、山かぜに袖もおほふほどに、おもふ花なれども、もしたちどまる○ゝ事《リ給ベキ》もあり、ちりミだれよと、
花の本意をも忘れてよめる也、

幽仙法師

395 ことならば君とまるべくにほはなんかへすハ花のうきにやハあらぬ

前と同時也、遍昭ハ亭主方ナレバ、花モチレトヨミタリ、さて此哥の、ことならば、如此なる珍客あるほど

雲林《貞康》ーー舎利会《シヤリヱ》

僧ーー

394 山かぜ

さりゑ二月十五日、又いつにてもあるべし、山かぜにハ袖おほふほどなれども、ちりたらば、（×道）立とまらんほどに、花の本意を忘れて也、

幽仙法し

395 ことならば

前と同じ、ヿの如此ならばと珍客なるほどに、よくにほへ、かへすハ花のとが也と也、山の桜所にかくべき、離別、年号入こ

によく匂へ、もしかへり給ハヾ、花のとがにてあるべしといふ心也、此哥山の桜の次へ入べきことなれども、離別の哥、年号いることなればこゝに入たると也、

仁和のみかどみこにおハしましける時に、ふるの滝」（17オ）御らんじにおハしましてかへり給ひしーー

兼芸《ケンゲイ》法師大江千里兄弟也、

396 あかずしてわかるゝ涙滝にそふ水まさるとやしもはみるらん

これハさだめて涙のそハんほどに、末のものは水のますとミんといふ心也、別義なし、

かんなりのつぼにめしたり（×る）ける日、おほミきなどたうべて雨のいたうふりけれバーー

つらゆき

397 秋はぎの花をバ雨にぬらせども君をバましておしとこそ思へ

かんなりのつぼ、凝華舎《ゲウクワ》の北と也、めしたるハ兼覧《カネミノ》

となればこゝにかく也、

396 あかずして

仁和　兼芸《ケンゲイ》

これハさだめて涙のそハんほどに、末の物ハみるらんと也、別義なし、

かんなりーー　つゆき（ママ）

397 秋はぎの

かんなりのつぼ、ぎようくわ舎ノ北と也、雷、めしたる、兼覧王《ノおほきミ》、秋はぎハ、雨にうつろふ物なれども、君をば猶おもふと也、ましてハ勝の字也、貫之哥

王《オホキミ》也、ましてハ勝の字也、萩より君をおもふと也、貫
之哥にハそさうなるとぞ、
とよめりける返し　兼覧王《かねミのおほきミ》」(17ウ)
398おしむらん人の心をしらぬまに秋の時雨と身ぞふりにける
それほどに我身をおもふといふこともしらざりし間に、
身ハ老ぬるといふ心也、秀逸と也、この哥ゆへ前の哥
もいりたると也、
かねミのおほきミにはじめてものがたりしてわかれける
時ーー　ミつね
399わかるれどうれしくもあるかこよひよりあひミぬ先になにを
恋まし
あるかハ哉也、あひ申たるゆへに、わかれもあれバう
れしきと也、
題しらず　読人しらず

ニハそゝうなど也、
とよめる返し
兼覧王
398おしむらん
これほどに我身おもふとハしら
なんだ、おもふといふこともし
らなんだまに老たり、秀逸と也、
かねミのーー
ミつね
399わかれれ《(ママ)》ど
あるかハ哉也、うれしといふハ
あひ申ゆへ也、あはぬは恋しき
こともあるまい也、
題ーー　よミ人しらず

400あかずしてわかるゝ袖のしら玉を君がかたみとつゝミてぞゆく

これハ別て旅へゆく人のよめり、涙ハいつもあれど」(18オ)も、今ハ君に名残の涙なれば、則かたミにつゝミてゆくと也、

401かぎりなくおもふ涙にそほ*ぢぬる袖はかハかじあハん日までに

そほぢぬるを、顕昭ぬれたると注せり、定家不審なし、尤と也、限なくとハ一だんふかき心也、かへりあふまでハ袖のかハかじとぞ、

402かきくらし*ごとハふらなん春雨にぬれぎぬきせて君をとゞめん

ごとハ如此也、春雨のなが〳〵ふるハ、旅なる人にあしゝ、さりながらとゞまるならばふれかしと也、ぬれ

400あかずして

これハ別て旅ゆかん也、涙ハいつも流るれど、けふハ君がかたミに落したる也、則つゝミてぞゆくと也、

401限なく　そほ*ぢぬる

ぢぬる、顕昭ぬれたと注、定家不審なし、尤と也、限なく、一だんふかくみよ、かへるまでハ袖のかハかじと也、

402かきくらし

ことハ如此也、春雨のなが〳〵ふるハ、《旅ゆく、》あしき也、とゞまるならば、ぬれぎぬいふ也、

ぎぬ、古事にかまはずよめり、ヌレ衣ノコトハ、ケイ
母ノシタル事、日本記ニアリ、

403しゐてゆく人をとゞめん桜花いづれを道とまどふまでちれ」(18ウ)

これハ我がとゞめかねて、おしき花なれどちりて人を
とゞめ給へと也、

しがの山ごえにていしゐのもとにて物いひける人の、わかれけるおりによめる

つらゆき

404◯『六首』むすぶ手のしづくににごる山の井のあかでも人にわかれぬる哉

詞書に、にて二ツあり、山ごえハそうたい、いし井のもとにて人のわかるゝ也、哥の心ハ、山の井ハあさき物にて、くミあぐる手ににごる物なれば、かさねてく

二〇六

403しゐてゆく

これハ我と我がとゞめかねたる也、花にとめ給へと也、おしむ花なれども、

しがの――　つらゆき

404むすぶ手の

山ごえハそうたい、いし井にて、人のわかるゝ也、山の井ハあさき也、くむあぐる手にニごる也、しかればかさねくまれぬ也、まんぞくせぬ也、あさきちぎりといふ心也、俊成の雫ににごるお

まれぬ也、まんぞくせぬあさき契りといふ心也、此哥、俊成一だんとほめられし也、定家、貫之哥ハよせいなしと申されしが、この哥にをいてハといはれかしと也、」(19オ)

道にあへりける人の、くるまに物をいひつぎてわかれける所にてよめる　　とものり

次テ也、又付テト云一説モアリ、車ナレバ物ヲ申入タルナリ、サレバツイデト云ガシカルベキト也、

405 したのおびのみちハかた〳〵わかるともゆきめぐりてもあハんとぞ思ふ

『四十一首』」(19ウ)

車のわだち二ツある物也、それを帯によせて、ゆきめぐりてもあハんと也、

もしろし時いはれし也、

(首書)「定家の、貫之のよせいないと申されし、この哥ハあると也、」

道にあへりける――　　とものり

405 したのおびの

これハつゐ《い》で也《可然》、いひつくとも説もアリ、物申入たる事也、車のわだちを二つあるを、帯によせて、ゆきめぐる物なれば、ゆきめぐりてもあハんと也、

五日これ迄也、

古今和歌集巻第九　六日

羇旅ノ哥　羇旅トハ旅の惣名、旅行、旅宿、旅泊の心こもれり、又羇の字、馬をつなぎてをく心と也、

もろこしにて月をみてよめる

安倍仲麿《アベノナカマロ》

土御門有脩筋也、弟ニハ暦道ヲ伝タリ、秋冨筋也、本筋へハ天文道ヲ伝、

406あまのハらふりさけみれバかすがなるみかさの山にいでし月かも

左注 このうたハ、昔なかまろをもろこしにものならハしにつかハしたりけるに、あまたのとしをへてえかへりまうでこざりけるを、このくにより又つかひまかりいたりけるに、たぐひてまうできなんとていでたちけるに、めいしうといふ所のうミべにて、かの」(20オ)くにの人むまのは

古今ーー　六日

羇旅ノ哥（馬をつなぐ心也、）ハ旅ノ惣名也、道といふ也、旅行、ー泊、ー宿ノ心こもれり、哥ノ題にも旅宿後、ー行、ー泊いでず、

もろこしにて月をーー

安倍仲麿《アベノ》　ありなるすぢと也、弟ハ暦、あきとミ、

406あまのハら

このふりさけ、あまた也、ふりあをのけてみる也（ぬいてみる也、）山の月をば、唐こしでみるとおもふとも、天照天神(ママ)、春日神、弓六ちやうノと也、そのひかりをあふぎみる也、大唐嶋の外までも、神徳の月をあふぎみる也、

なむけしけり、よるになりて月のいとおもしろくさしいでたりけるをミてよめるとなんかたりつたふる
ふりさけ、あまた心あり、たゞ、ふりあをぬひてミる也、哥の心ハ、この月をもろこしにてみるとおもへども、これハ天照大神、岩戸にこもりし時、春日大明神、天のかぐ山にて、弓六張たて、神楽ありて出にし、神徳の月のひかりを、大唐嶋の外までもみるといふ心也、
おきのくにゝながされける時に、ふねにのりていでたつとて、京なる人のもとにつかハしける

小野たかむらの朝臣」(20ウ)

407 わたの原やそし《スム》まかけて漕出ぬと人にハつげよあまのつり舟

たかむらながされしこと色〳〵にいふ、市に無悪善と札をたてしをよミしゆへと也、又一合船、二合船ト云テ、渡唐ノ舟アリ、二合船ニ乗べキヲ、一合船ニ乗テ、

おき――　無悪善

小野たかむら　ながれて事色〳〵にいふ、

407 わたの原
八そし《清》まよし、これハ、人につげよ、流人にその人にいふかけてハ、人のとがニも成るべしとおもひて、心なきつり舟にいふ

サキへ出タルヲ、端舟ニテメシカヘシタルナドアリ、哥の心ハ、流人の身にてたゞの人にことづてなどし侍らばとがにもなるべし、眼前心なきつり舟に、我はハや如此遠嶋もりにまかりなるといふことを＊つげよと也、あハれなる哥とぞ、

題しらず　　よミ人しらず

408
宮こいで、けふみかの原いづミ河かはかぜさむし衣かせやま

日数いくばくもへず、二日三日のうちながら、都」(21オ)を出しとおもふゆへに、おもがハりして、はやさむき心ちする、しかれば衣かせと也、衣かせ山、はじめてよめると也、

409
○ほの〴〵とあかしの浦の朝霧に嶋がくれゆく舟をしぞ思

此哥、他流ニハ色々ノ説アリ、経信説ト云ハ、ホノ〴〵ハ、最初伽羅藍ノ事也、男女赤白ノ不合已前也、

二一〇

也、あハれなる哥也、眼前にある物ハつり舟、

題しらず　　よミーー

408
宮こいで、

日数いくばくもへぬに、おもがハりして、心也、さむき心ちする、しかるよりて衣かせ也、二三日の事ながら、都をいづるおもふゆへと也、

409
ほの〴〵と

この哥、他流にハ色〳〵いふ、

経信説アリ、ほの〴〵と当流にハ、此集ニ入時ハ羇たゞ

明石ノ浦ト云ハ、胎内ニ十月ヤドリテ五タイヲウクル所也、朝霧ト云ハ、本覚真如ノ無明ノ所也、嶋ガクレ行トハ、生死（ママ）病死ト云、舟ヲシヅハ、舟ハ公界ヲ渡モノト云、当流ノ心ハ、此集ニ入時ハ羇旅ノ哥也、親句ノ中ニヲキテ、句ノ親句ノ哥也、ヒゞキノ親句ト云事アリ、ホノ〲ト明石ナドノ事也、ホノ〲ハ幽玄躰也、明石ト」（21ウ）イハン枕詞也、下ノ四句ハ、五句ノ注也、時をいつといハゞ、秋の朝霧に舟のゆく景気をいへり、いかにも幽玄にたけたかき哥と也、後ニ口伝ありとぞ、

あづまのかたへともとする人ひとりふたりーー、木《コ》のかげにーー　在原業平朝臣

410　○から衣きつゝなれにしつましあれバはる〲きぬる旅をしぞ思

旅、これハ親句哥と也、ほの〲、幽玄、時をいつ、いへバ秋のごんごだんだんな時ゆう玄、たけたかき哥と也、後に口伝アリ、

あま（ママ）ーー　木《こ》のかげに
在原ーー

410　から衣

詞書、友、たれともなし、遠国の心よくおもひ入てみよと也、

二一一

詞書の友、たれともなし、沢とあるを河のほとりとかきなをしたり、この哥ハ衣のえんおほし、さりながらかきつバたを句のかミにをくゆへ如此と也、遠国の心よくおもひ入てみよと也、

むさしのくにとしもつふさのくにとの中にある｜｜

411
名にしおハゞいざことゝハん宮こ鳥わがおもふ人ハありやなしやと」(22オ)

詞書、物語にすこしづゝかへてかけり、禁裏にてハ日もくれぬといふ所をぬきてよむが口伝と也、思人を二条后といふ、不用、ミやこにのこしたるその人の心ハ、はやかハりぬるか、いまだかハらぬかを、名にしあれば、このミやこ鳥にとハんと也、

題しらず　　　読人しらず

412
北へゆく雁ぞ鳴なるつれてこしかずハたらでぞかへるべら也《なる》ヽ

沢といふを河ほとりとかきなをしたり、この哥ハ衣のえん多し、さりながらかきつ(×つ)ばた、かくのごとし(×く)と也、

むさし｜｜

411
名にしおハゞ

詞書別なし、物語少づゝかへてかく也、日もくれぬとぬく、口伝と也、この二条きさき、不用、宮こをおもふ折ふし也、たゞおもふ人也、のこしおきたるるその人の心ハ、かハりたる、かハらぬととひたひ也、

題しらず　　　よミ人しらず

412
北へゆく　　　たらで*

左注
この哥ハ、ある人、おとこ女もろともに人のくにへまかりけり、おとこまかりいたりてすなハち身まかりにければ、女ひとり京へかへりける道に、かへる雁のなきけるをきゝてよめるとなんいふ

左注にくハし、滋春こと也、雁かへる時ハ数のすく」(22ウ)なき物也、それを我身ににたりとよめり、

あづまのかたより京へまうでくとてみちにてよめる

おと壬生よしなりがむすめ

滋春ノメト云、甲斐ノ守ニテ下リテナク成テ、女ノ上洛ノ時読タル哥也、此哥、前段ト同時ト云、

413山かくす春のかすミぞうらめしきいづれミやこのさかひなるらん

中〳〵ほど遠き時ハ、霞のへだつるもおもはざりしに、ちかくなりて、ミやこをかくす霞うらめしく、たより

左注あり、滋春ことゝなり、雁かへる時すくなき、我躰ににたると也、かり如此あらうづらめと也、あらずと也、

あづまのーー

おとよしなりがむすめ

413山かくす

宮このかくす、うらめしいハたよりもなく心也、宮こがちかうなりての心也、男などあらば如此あるまじきと也、中〳〵遠ければ、うらめしかるまじき也、

もなき心と也、この哥をとりて、
為重めにかくるあハぢ嶋山(×の)よりかねてかた帆あやしきせとの
塩かぜ
こしのくにへまかりける時、しら山をミてよめる
ミつね」(23オ)
414 消はつる時しなければこしぢなるしら山の名ハ雪にぞ有ける
この哥、旅の心ハなし、つねにきゝをよびて、今きて
ミれば、白山の名ハたゞ雪なりといふ心也、
あづまへまかりける時みちにてーー
つらゆき
415 いとによる物ならなくにわかれぢの心ぼそくもおもほゆるか
な
古今一部のよりくずのよせいなき哥と也、百首などよ
む時、ミなよきハなき心也、貫之主が如此わろきを入

近きて猶と也、
為めにかくるあハぢ嶋山よりかけ《ね》て
かたほあや《ゝ》し《う》きせとの塩風
こしのくにへーー
ミつね
414 きえはつる
この哥ハ、旅の心ハなし、雪の
あれば白山といふと也、つねに
きゝおよびと今きて、白山ハ
たゞ雪なりけりといふ心也、
あづまへーー
つらゆき
415 いとによる
古今一部ノよりくずの哥と也、
百首ミなよきこと(×物な)なし、貫之き

しハきどくと也、
かひのくにへまかりける時道ーー
ミつね
416夜をさむミをく初霜を(×の)ハらひつゝ草の枕にあまたゝびねぬ
前の哥のわろきをミせん為に一だんとおもし」(23ウ)ろきを入たると也、初霜といふをよくミべし、久しくあまた度ねする心と也、
たぢまのくにのゆへまかりける時に、ふたミの浦といふ所にとまりてーー　ふぢハらのかねすけ
417夕月夜おぼつかなきを玉くしげふたミの浦ハあけてこそミめ
これハひるハくれ、夕月ハいまださやかならねバ、おぼつかなし、則この所にとまるほどにあけてより、たしかにこのおもしろき所をミんと也、
これたかのみこのともにーー

どくと也、よせいなし、
かひのーー　ミつね
416夜をさむミ
前ノ哥わるくみせん為に、よく入たり、初霜よくおもへ、久しき旅也、あまた度ねぬ也、
たぢまのーー
ふぢハらのかねすけ
417夕月よ
これハひるはくれて、夕月よ更ぬ間、さやかや(ママ)にもなし、おぼつかなく也、この所にとまるほどにあけてみて也、たしかにおもしろき所をミん也、

なりひらの朝臣

418かりくらしたなバたつめにやどからんあまのかハらに我はき
にけり

つめ、妻也、五音相通、哥ハよくきこえたり、
みこのうたを返々よミつゝかへしえせずなりにけれ」(24
オ)ばともに侍てよめる

きのありつね

419ひとゝせにひとたびきます君まてばやどかす人もあらじとぞ
おもふ

心ハ一年に一度人を待所なれば、宿かす人もあるまじ
きと也、みこの返哥なきことハ沈酔ゆへなどかと也、
朱雀院《宇多ノ御門也、代ニおりゐの御門ヲ朱雀院と申也、》のならにおハしましたりける時に、たむけ山にて
よミける

すがハらの朝臣

420このたびハぬさもとりあへず手向山紅葉の錦神のまに〱

二一六

これたか――　なりひらの朝臣

418かりくらし
(419番歌注参照)

419ひとゝせに
みこ――　きのつらゆき(ママ)
つめ、妻、五音也、織女、七夕也、
哥ハよくきこえたり、(以上418番
歌注)返哥、一年に一度ノ所を、
待所なれば、宿かす人もあるま
いぞと、返哥《みこの》なきことハ沈酔な
どかと也、

朱――　すがハらの朝臣

420このたびハ

この度、わたくしのぬさもとりたき事ながら、色〳〵けつこうの手向ともあるほどに、せう〳〵のハ神もうけ給ふまじき也、又ハ供奉の事なれバ、則この山にちりミちたる紅葉を手向けんと也、」（24ウ）

素性法師

421たむけにハつゞりの袖もきるべきにもみぢにあける神やかへさん

つゞりの袖、けさ《袈裟》也、色〳〵のあるゆへ也、一色のをばひらけさといふ、手向にハこのけさをもきるべけれども、さりながら紅葉に飽満し給ふ神のかへし給ふべきと也、前と同時也、『十六首』」（25オ）

この度ハわたくしのぬさもありたきことながら、色〳〵あるほどに、せう〳〵のハなるまい、又奉供（ママ）、紅葉手向の事と也、

素性法印（ママ）

421たむけにハ

た（ママ）ゝりの袖、さけ（ママ）の事也、一色をバひらけさと也、こゝにてハつゞりの袖也、色〳〵の物あるほどに、

もみぢにあけるハほうまんと也、

前と同時と也、

古今和歌集巻第十一

恋《ノ》哥《ノ》一　物別、此集ハ一帖也、自然ハ二帖ニもする也、上下といふことなし、恋の五巻ハ、地水火風空《(ママ)》ノ五躰にあつると也、天地ニ生をうくる物ミなこの心あり、この恋の哥、詮と也、さりながら、もちいすぐればわろし、さくれば人間はつると也、哥数、三百六十首あり、これハ一年の日数にあつる也、

此恋ノ部ノ心、始末トモニ是ニコモル也、恋ノ哥第一也、恋ノ心ガ哥ノ専也、恋ノ部ヲ五巻ニスルハ五大ヲ以テ本来生ズル者也、サレバ人ノ五大ニ当テえラブ也、物毎ニ五大ノハナル、事ハナキ也、殊ニ恋ハ五大ヲウクル、随一ナレバ如此也、天地モ陰陽二ニシテ草木モ生ズル也、春ノ雉、秋ノ鹿モ妻ヲ恋フ也、カイコナドモ同之、人ニカギラヌ道也、天地ノ間ニ生ヲウクルモ

古今｜十一

恋《ノ》歌《ノ》一　物別此集一でう也、上下いふことなしと也、

この恋ノ心、哥ノせんと也、五だいのことに《とハ土水火風空》あつる也、天地生をうくる物ハミな恋の心アリ、三百六十首、日数の心也、もち《(マ》すぐれ《こ》わるし、さくれバ人間はつる、

ノハミナ恋ノ心ニ打ツク也、陰陽和合ノ道也、五大ニ
通ル也、切紙ノ所ニテ、猶アリト也、

題しらず　　読人しらず」(25ウ)

469 時鳥なくやさ月のあやめ草あやめもしらぬ恋もするかな

あやめもしらぬ、顕昭、諸家色〳〵の説あり、定家ハ、たゞ人を(×の)恋ふる時ハほれ〳〵しくて、にしき、あやのもんの黒白をもわかぬ心と也、聞恋、初恋の心也、聞声恋ハ末也、序哥也、あやめといはんとてさ月、さ月といはんとて時鳥をよめり、時鳥も思ひある物也、あやめもみだるゝ物とぞ、

素性法師

470 をとにのミきくのしら露よるハおきてひるハ思ひにあへずけぬべし

菊を聞によせてよめり、あへずハたへず也、露ハよる

題ーー　　読人しらず

469 ほとゝぎす

あやめもしらぬ、顕昭、諸家色〳〵の説アリ、定家ハ、たゞ人を恋ふる時ハほれ〳〵しきをいふ、物のわけもみぬといふ心也、あやめ、にしき、あや、かりのもんあるをいふ也、黒白もしられぬ道理と也、初恋ノ也、聞恋、初ノ心也、聞(×声)声恋ハ末也、序哥と也、時鳥も物おもひすると也、あやめもみだるゝ物也、我心にて分別なしと也、

素性法師

470 をとにのミ

菊をきくによせて也、たへず露

をきてひるハきゆるか、我思ひハきゆる時なしとぞ、」
（26オ）

紀貫之

471よしの河いはなミたかしゆく水のはやくぞ人を思そめてし
我おもひのたぎりたるを、よしの河にたぐらふる心也、
又ハたゞいま人を思ひそめたる*が、若人*がむばいとら
んかと也、

藤原勝臣

472しら波のあとなきかたにゆく舟も風ぞたよりのしるべなりけ
る
なぞらへ哥也、清輔ハ千里の波をしのぐ舟も風がしる
べなるに、我にハたよりなき心と也、定家ハ我によき
たよりをきゝいだして、跡なき浪の舟のごとくにまか
せたらばよからんと也、

二二〇

ハよるにより、露ハきゆる、我
身ハきえぬと也、

つらゆき

471よしの河
我おもふのたぎりたるを、よし
の河たぐらふる心也、これハ
たゞいま人をおもひそめたるが、
もし人がむばいもたんかと也、

藤原勝臣《をん》

472しら浪の
なぞらへ哥也、清輔ハ千里浪をしのぐ
ハ、風より我たよりもなき、定
家、我にたよりに出来すれば、
跡なき浪のごとく、つてにまか
すれば、よき、き、いだしたる

在原もとかた」(26ウ)

473をとは山をとにき丶つ丶あふ坂の関のこなたに年をふるかな

聞恋也、此哥、あふ坂をあふといふにすがりてみるはわろし、いづれの関にてもあるべし、けふ〳〵おもひて年をふる心也、

474立かへりあハれとぞおもふよそにても人に心をおきつしら波

おもへども人のとをざかるを、よそにしてみるもちぎりぞと立かへり、我身をいさむる哥也、おきつしら波とハ、心をかくるといふこと也、いまだ人のしらぬ先也、

つらゆき

475世中ハかくこそありけれ吹かぜのめにミぬ人も恋しかりけり

世中ハかくこそあれ《り》けれといふに二義あり、世見ハか丶る物ぞといふと、又、恋といふ物ハ如此わりな

心と也、

在ーー

473をとは山

あふことへだてたる也、聞恋也、あふ坂、あふにすがりたるハわるし、何の関にてもあるべし、けふ〳〵とおもひて年をふる也、

474立かへり

おもへども人つれなくとをざかるほどに、立かへりミれバ、よそにて人に心をかくる(×け)と也、よそにみるもちぎりと我をいさめて也、君がしら(×お)ぬ恋也、おきつしら浪、心をかくる也、

つらゆき

475世中は

き」(27オ)と云心也、いづれにても、

右近のむまの日をりの日ーー

　　在原なりひらの朝臣

一条大宮也、北野ノアタリガ右近也、ソレヨリ東ガ左近也、ヒヲリノ事ハ抄ニアリ、マテツガヒ、アラテツガヒノ時、キヨノヤウニ長ヲ馬ニ乗、脇ニツンガフ也、五日也、アラテツガヒハ、ヒヲリナシ、辟案抄、右近馬場のヒヲリノ日、マユミノ手結《クミ》ニ、トネリドモノ、マサシク褐ヲヒキオリテキタルヲ、ヒヲリトイハン、タガハズキコユ、荒手結にモオナジスガタナレドモ、荒手結ハカタノヤウナルコトニテ、真手結ヲムネトシタレバ、コノ事アタリテキコユ、真手結、荒手結、

476みずもあらずみもせぬ人の恋しくハあやなくけふやながめくらさん

二二二

これハ、世中かくこそ二義、世上かくる一義、恋の初も如此あると也、いづれにても、風ハめにはみえぬ恋あると也、

うこん　　在原なりひ《ら》の朝臣

476みずもあらず

一条大ミや、北野西、うこん也、

他流にハみす《簾スム》もあらずと云、不用、車のゆくゑも」(27
ウ）しらねばほのかにみそめて後、次第〳〵におもひ
ふかくこひしくならば、あぢきなくながめくらさんと
也、

かへし　　よミ人しらず

477 しるしらずなにかあやなくわきていハん思ひのミこそしるべ
也けれ

伊勢物語にハすこしかはれり、此集にてハ領解せんと
も、せまじきともおもはず、そなたのおもひがつよく
バ、それがよきしるべよ、世見、願として不成といふ
ことなしの心也、

かすがのまつりにまかれる時に、ものミにいでける女の
もとに、家をたづねて――　　ミふのたゞミね

みす《清》もあらず、他流いふ、不用、
心明也、みそめたる、しだい
〳〵にならばいかにせん、車の
ゆくゑしらねば、あぢきなくな
がめくらさん也、

返し　　よ――

477 しるしらぬ

伊勢物語、別と也、此集にてハ
領解せしとも、せまいとおもは
ず、そなたのおもひがしるべぞ
と也、おもひがつよくバ、それ
がしるべになるべし、世見、願
として不成いふことなし、

かすがのまつり　　ミふのたゞミね

478かすがの丶雪間を分ておひいでくる草のはつかにみえし君ハ《ワ》も（そへ字

二月、残雪の比の若草のごとくに、車のした」（28オ）すだれなどよりはつかに君をみしと也、

人の、花つミしける所にまかりて、そこなりける人のもとに、よミてつかハしける　　つらゆき

479山ざくら霞の間よりほのかにもみてし人こそ恋しかりけれ

我ながらはかなき心也、霞の間より花かあらぬかとほのかにみそめし也、東が説に、霞のひまにみし花の、うつろひやせんとの心ありといふ、尭孝、金言といひしと也、

題しらず　　もとかた

480たよりにもあらぬ心《思》のあやしきハ心を人につくる也けり

二二四

478かすがの丶　　ハ《ワ》も（そへ字也、

二月、残雪の草のやうに、下すだれ《うちより》君おもふ也、

479山ざくら

ひとの——　つらゆき

我ながらはかなき心也といへる也、霞のあひだより花かあらぬか、おもふやうに、そつとみたると也、東ノ説、霞間よりうつろひかせうずらう、尭孝、面白いひしと也、

480たよりにも

題——　　もとかた

あやしき、き《恠》くわ、つくるかくる也、我と我身をとがめたる也、

あやしきハ奇怪也、つくるハかくる也、哥の心ハ、」
（28ウ）我心のいつものごとくになきハ、人に心をかく
るゆへかと、我とわが身をとがめたる哥也、

凡河内ミつね

481はつ雁のはつかに声をきゝしよりなか空にのミ物をおもふ哉
このあたりミな、見恋、聞恋也、みずハおもひもあら
じを、きゝそめて逢までハ又遠ければ、中空に物おも
ふと也、

つらゆき

482あふことハ雲ゐはるかになる神のをとにきゝつゝ恋わたる哉
なる神をよそになるとみるハわろし、よりつきがたく
遠き心と也、

読人しらず」（29オ）

483かたいとをこなたかなたによりかけてあはずハ何を玉のをに

心のやうにもなきハ、心を人に
つくる也、いつものやうになき
と也、

凡河内躬恒

481はつかりの
このあたりミな、みる、聞恋、
ミずハ中〳〵てあらんを、きゝ
そめて、中空になりたると也、
逢までハ遠けれバ、中空と声を
（ママ）さくハ、よそにみるハたより出
来と也、

つらゆき

482あふことハ
なる神をよそになるとみるハわ
るし、とをき也、なる神をよび
いだしたれば、よりつきがたき

せん

こなたとそなたのをがあはずハ、なにを玉のをにせんと也、別義なし、是則が哥也、

484夕ぐれは雲のはた《スム》てに物ぞ思ふあまつ空なる人をこふとて

雲のはたてとハ、日のいりたる山にひかりの雲にのこりたるをいへり、うへは夕の恋也、下にハをよばぬ人に心をかけたる哥也、

(首書)「仏ノ御光ノヤウナル空也、」

485かりこもの思ひみだれて我こふといもしるらめや人しつげずハ

いもハ夫婦トモニ云、昔ハ女をいへり、こも、みだれやすき物也、ことにかりたるハ猶也、如此おもふとても人がつげずバしらじ、しかれば、いたづらに朽はてんハ、かりこもにもをとりたるといふ心也、延喜母」

二二六

心也、

よミ人ーー

483かたいとを

こなた我思《(×おも)》ひかなたへ人の残すハ、なにを玉のをにせんと也、

484夕ぐれハ

雲のはたて、日のいりたる山にひかりのこりたる也、夕ノ恋也、をよばぬ人に心をかけたる也、跡もさだまらぬ物也、我と領解したる也、

485かりこも

いも、昔ハ女をいふ、かりこも、みだれやすき物也、かりたるハ猶みだれん也、如此とても人のつげずバしるまじほどに、いた

486 つれもなき人をやねたく白露のおくとハなげきぬとハしのばん
(29ウ) 后のこと《哥》ゝいふ、当流にハさのミ不用、
おくとハ起る、ぬとハぬる也、よるひる身をくだきておもへどもと、ちと後悔、腹立の哥とぞ、

487 ちハやぶるかものやしろのゆふだすきひとひも君をかけぬ日は《(×ハ)》なし
かもハ大社をいはん為也、又ミやこちかき所なれバ幣帛たえぬ、そのごとくに、君に心のしめをかけぬ日ハなしと也、又ちといのる心もあり、

488 我恋ハむなしき空にみちぬらしおもひやれどもゆく方もなし
此五文字今ハよミがたしと也、我おもひのゆくかたもなきハ大空にみちたるかと也、別義なし、

489 するがなるたごの浦浪たゝぬ日ハあれども君をこひぬ日ハな

づらに朽んと也、延喜ぼこう、
当流さのミ不用、

486 つれもなき
よるひる身をくだきて、人のしらねばとふくろう《(ママ)》の出来也、後くわいの哥也、

487 ちハやぶる
かもの社、大社、幣帛ノ絶ぬ也、ミやこちかきほどに、たましき、そのごとく、君に心のしめをかけ《(ママ)》日ハなし、ちといのる心也、

488 わが恋ハ
今この五文字よまぬ、我おもひの大空にみちたるかと也、

489 するがなる

し」(30オ)

たとへ哥也、ふじの根おろしに、いつも波のある所也、されども、波ハしぜんにたゝぬひまもあるべし、我思ひハたえぬよし也、

490 夕づくよさすやをかべの松のはのいつともわかぬ恋もするかな

これハ松ハ変ぜぬ心也、夕月夜のさだかにもなく、いつともわかぬ人の心と也、我心とみるも《ハ》わろし、

491 あしひきの山したミづの木がくれてたぎつ心をせきぞかねつる(×たる)

あしひきの山、一だんふかき心也、これより忍恋也、万木に木がくれてみえず、ながれいでたき心あれども、ながれいださぬハ我恋也、おもふ心をせくハ大儀なりといふ心也、涙をせくとミるはわろし、」(30ウ)

二二八

たとへ哥也、ふじのおろしに、いつも浪のある所也、浪ハしぜんひまもあるべし、我思ひハたえぬ也、

490 夕づくよ

これハ松のへんぜぬ、人の心にみる、二義也、月のきら〳〵ともなき心也、我心わろし、人の心にみるよしと也、

491 あしひきの

あしひきの山、一だんふかき也、これより忍恋也、万木木がくれみえぬ也、ながれ出たき心ハあれども、ながれハ我恋の心と也、せく、涙とみるハぬるし(ママ)、心をせくハ大ぎなどいふ心也、

492 吉野河いは*ぎりとおしゆく水のをとにハたてじ恋はしぬとも
これハ心にたちかへり、なにと岩きりとおすほどにおもふとも、音にハたてまじきといふ心也、

493 滝津瀬のなかにもよどハありてふをなど我恋のふちせともなき
なにとたぎる河瀬にもよどみハあれど、わが思ひハさやうにもなきと也、淵瀬ハ深浅なき也、淵ハうへハぬるくてふかき物とぞ、

494 山たかミしたゆく水の下にのミながれてこひん恋はしぬとも
前の下ゆく水の哥とハちがふ、水ハゆくゐのながれいづる物なれば、つゐにハあハんとの心也、ながれてとハ月日の心あり、一だんふかく忍心とぞ、

495 思いづるときはの山の岩つゝじいはねバこそあれ恋しき物を」（31オ）

492 吉野河　*ぎり
これハ心にたちかへり、きうくわん、とをすほどなるとも、我ハ音にたてまじと也、

493 たぎつ（×つ）せの
なにとたぎる河もあり、我心ハ左様ともなき、あさきふかきなきと也、

494 山たかミ
前ノ下ゆく水に二たり、二ぬやうにみる、水ハゆくにながれ出れば、つゐにあハん、ながれて八月日あり、

495 思出る
しんが法す（マヽ）、業平げんぷく、一

真雅僧正の、業平元服の時をくられしと也、思いづる時とつゞけたり、我思ひハつぶ*〱とのべやらぬとの義也、躑躅ハヒツジガ是（×是カ）ヲ食スレバ、テキチヨクトヲトリテシスル也、ソレニヨソヘテ云心、下ニコモル也、

496人しれずおもへバくるしくれなゐのすゑ摘花の色にいでなん

これより言出恋也、人丸の哥也、よし〱心にこめてハくるしきほどに、詞に出さんと也、末摘花ハ末より咲て末から摘也、此花にて物をそむる、しだひ〱にふかくなるそのごとくに、我おもひもあるよし也、

万葉 よそにのミみつゝやこひん紅の末ツム花ノ色ニ出ズトモ

（31ウ）

497秋のゝの尾花にまじりさく花の色にや恋んあふよしをなミ」

尾花がもとのおもひ草の事、顕昭ハ色〱にいへり、定家ハたゞりんだうといへり、哥の心は、むらさきの

だん恋しき、おもひ出る時と也、我おもふ心をつぶ〱とハのべやらぬ義也、

496人しれず

これより出言（ママ）恋の心也、よし〱心にこめてハくるしきほどに、詞に出さんと也、万よそにのミみつゝや恋、くらなゐ（ママ）の末つむ、末から咲、末からつむと也、我思ひのしだひ〱にふかうなります也、紅、ものそめ、しだひ〱にふかきと也、人丸哥也、

497秋のゝの

尾花もとのおもひ草の事也、顕昭色〱い《に》ふ、定家ハりんだうと也、色にや、むらさき、ゆか

ゆかりの色あれども、用ニたゝずと也、
498わがそのゝ梅のほ《はつ》づえに鶯のねになきぬべき恋もするかな　*スム
はつ枝、末枝也、すはいの先をもいふ、又つぼむをもいふ、両義也、柳ニモヨメリ、冬ノ柳ノ哥ニアリト也、顕昭ハ、舟のさきへゆくをほ舟といふ、ヲクレテゆくヲシバ舟ト云、しかればさきへ咲をいふべしと也、不用、哥の心二義あり、いまださかぬ梅を人にたとへ鶯をわれにたとへて、梅のすこしもうちとけぬを、さけかし〳〵とおもふ心也、又ハやう〳〵咲梅に、鶯の鳴ごとくに我も後にハ音に鳴べきと也、」(32オ)
(首書)「イモガタメ《万》ホヅえノ梅ヲ手折トテシヅえノ露ニヌレニケルカモ」
499あしひきの山ほとゝぎす我ごとや君に恋つゝいねがてにする
君に恋つゝのにの字、おもしろしと也、この時鳥を、

りもあるやなれども、ようにたゝぬ也、
498わがそのゝ(×はつ—)　二説　*ほはづつ清
(×ほ)はつ枝、末枝也、ほはいのさき(ママ)、つぼもいふ、両義也、顕昭ハ色〳〵、舟のさきへゆくをほ舟と也、しかればさきへ咲をいふ、不用、いもが為《万》
哥ノ心ハ、我鶯にたとへ、人を梅に少もうけとけぬ、鶯のさけかし〳〵おもふ也、一義、梅がやう〳〵咲に鶯のごとし、音なからずと也、
499あしひきの
(×恋)君に恋つゝ、にの字おもしろしと也、をいふべき、時鳥のつま

妻こふる鳥ゆへにひきいだしたるとみるハわろし、我思ひのある時分なれば、時鳥のうへにもおもひあるらんと、大やうにみよと也、

500 夏なればやどにふすぶるかやり火のいつまで我身したもえにせん

かやり火を夏なればといふ、勿論のやうなれども、我思ひの比、夏なればといふ心也、かやり火もえぬやうにもゆる也、そのごとくに我思ひもあり、さりながら、かやり火ハつゐにハもえん、我おもひハもえはつることもなき心也、

501 恋せじとみたらし河にせしミそぎ神ハうけずぞ(×も)なりにけらしも」(32ウ)

みそぎ、七瀬に我思ひをながすことなどあり、此哥、伊勢物語とハちがふ、此集にてハいまだ逢ぬ恋なり、

二三二

恋すれバ、引いでたるハあし、、我おもふの時分、時鳥のうへにもおもひあるかと、大やにみよと也、

500 夏なれば

かやり火、夏なれば、勿論なれども、我おもひの比、夏なれば、もえぬやうもゆる、そのごとく我思ひのもえん、せめてもえはつる事もあるべし、さもなきと也、

501 恋せじと

みそぎ、七瀬我おもひながす也、伊勢物語、逢後也、
此集人ハつれなき、やむことなれども、納ことなきと也、神のめぐ

あひみるやうにと、いのれども〳〵神のめぐミなければ、今ハせめておもひのやむやうにとみそぎすれども、うけ給ま《ママ》ぬといふ心也、

502あハれてふことだになくハなにをかも恋《ママ》のミだれのつかれ《ママ》をにせん

あハれてふことに両義あり、一義にハ、むかふ人の一こと成とも、憐愍の心あらば命のをにせん也、つかねをハ一束○緒也、又我身にみる時は、世中にやりばといふ事なくバ、なにを命にせん也、この恋、人のとがにても、我がとがにてもなしとおもふがやりば也、此心なれば事の字也、いづれも用ると也、」(33オ)

於吉田　九日

503おもひにハしのぶることぞまけにける色にハ出じと思し物を

これハ、思ひハれん〳〵にふかくなり、堪忍せいハよはく成て思ひまけたる也、むかふ人に対してかちまけ

ミなければ、

502あハれてふ

むかふのこと、我こと両義也、むかふ一言心《れんミん》つくすといハヾ、つかね、一束也、なにを命のせん也、我身にみるハ世見にやりばといふ物なくバ、人のとがで《×め》も我でもないと、このこと、事、又むかひをいふに、れんミんのことハあらばそれをね《ママ》かねをにせんと也、いづれも也、

於吉田九日、

503おもひにハ

これハ、おもひハれん〳〵ふかく也、かんいん《ママ》ハよハく成て思ひまけた也、むかひに対しかち

といふことにてハなし、此哥ハ、ソ句のうちの親句と
也、
504わが恋を人しるらめやしきたへの枕のミこそしらばしるらめ
人しるらめやとハ、人ハしりたるか、たゞしよもしら
じといふ心也、我身になるゝ枕バかりハ、よく心のう
ちをもしらんとのよし也、
505あさぢふのをのゝしのハらしのぶとも人しるらめやいふ人な
しに
あさぢふ、ふの字、うとよむやうに也、小野、名所に
あらず、篠の生ひたるにむばゝれて、草の深」(33ウ)き
もみえぬ所をいへり、そのごとくに、我思ひのあるを
もしらじといふ心也、
506人しれぬ思やなぞとあしがきのまぢかけれどもあふよしのな
き
ミ
と

二三四

まけにてハなし、そくのうちの
親句也、
504わが恋は(ママ)
人の身に(×な)なるゝハ枕也、我心の
うちハ、なんせう物ハ枕と也、
ちりならぬ身の空にたつらん、
この哥よりいでたり、しら(ママ)めや
といふハちときゝにくき詞也、
昔の詞にミなよもしらじと、両
義いふ心也、
505あさぢふの
あさぢふ、ふなれども、うとよ
む也、小野、名所にあらず、草
のあさき、さゝなどの生たる
さゝ(×所也)に、むばれて草少、人ハ我
思ひのある(×を)としらじと也、

なぞとハ、なにぞととがめたるをいへり、あしがきの
くミたるハまぢかし、そのごとくにまぢかけれどもあ
はぬといふ心也、

507おもふともこふともあハん物なれやゆふてもたゆくとくる下ひも

此哥、女のふかき心ある哥也、両義あり、下ひもハ恋らるゝ時とくる物也、しかれば、恋らるゝハ実なれども、さりながら又、うちとけん物にてもなしといふ心也、今一義にハ、女の心ハ人にしたがふべきことなれども、身をまかせぬの心とぞ、」(34オ)

508いでわれを人なとがめそおほ《スム》ふねのゆだ*のたゆだ*に物思ふ比ぞ

我心《万葉》ゆだにたゆだにうきぬなはへにもおきにもよりやかねまし

506人しらず(ママ)
なとと(ママ)、なにぞととめ《が》たる也、あしがき、あしにてくミたるをいふ、そのまかち(ﾏ)かさ《こ》(×事)心也、これ程まぢかけ(×と)れも(ママ)あはぬと也、

507思ふとも
この哥両義あり、女のかたの哥也、ふかき心とぞ、下ひものとくるハ恋らんに時とくる(×つ)也、恋はるゝハ実なれども、さりながらうちとけんなし、又物でもないと、一義、女の心ハ人にしたがふべけれど、身をまかせぬの心也、

508いでわれを ふ《清》ね ゆだ* たゆだ*
我心《万》ただ《ゆ》のた《清》ゆだ、浪にゆらるゝ

ゆだのたゆだハ、波にゆらるゝ心也、小舟ハやがてゆりしづまるが、大舟ハゆりしづまりがたしとぞ、一義にハ舟に入水をゆといふ、それをくミかゆるがたゆきといふ、不用、おきへもゆかず磯へもよらぬ心也、いでハ発言也、

509いせのうミにつりするあまのうけなれや心ひとつをさね(ママ)めかねつる

たとへ哥也、あまのうけなは(ママ)不定の物也、そのごとくに我思ひをとやせんかくやせんとの心也、

510いせの海のあまのつりなはうちハへてくるしとのミや思ひわたらん

うちハへ、おりハへ、おなじ、この釣縄をたぐる、」(34ウ)大儀也、あまのいつひまのあきたるともみえぬは、我おもひのよきたとへなり、思ひわたらんハゆく

二二六

心也、小舟ハゆりてもしづまる、大舟ハゆりしづめと、一義、ゆをかゆる、たゆきと、不用、いでハほつ言也、をきへもゆかずいそへもいらぬ也、

509いせのうミに

たとへ哥也、あまのうけ不定(×也)、我思ひをとやせんかくやせんと也、ミましきあひ心をいふ也、

510いせのうミの

うちハへ、おりハへて、同じ、つりつな(ママ)はとりいだしたるハ、たぐるな(×と)は同前也、引、大きなる縄也、あまのいつひまあきたるともみえぬ、我思ひよきたと

末をおもふ心、よせいありとぞ、

511 涙河なにミなかミを尋けん物おもふ時のわが身なりけり

此哥、水上を尋てゆきたるにてハなし、人のつらさよりながれそふほどに、涙河の水上ハ我身といふ心也、

512 たねしあれバ岩にも松はおいにけり恋をし恋ばあはざらめや

ハ（ママ）

おもひもかけぬ岩のうへにも松の生ずる、そのごとくにおもひのたねあれバ、ゆく末ハあハんと我をなぐさめてよめり、人を岩、我を松にたとへたる心也、」（35オ）

513 朝な〳〵たつ河霧の空にのミうきておもひのある世也けり

朝な〳〵とハいつもといふこと也、河霧のはれぬごとくにおもひありとぞ、

514 わすらる丶時しなければあしたづの思みだれてねをのミぞな

へにいふ也、ゆく末をおもふ義也、

511 涙河

これハ水上たづねていきたるにてハなし、人の（×な）つらきよりながれハ我身ながる丶と也、

512 たねしあれば

おもひかけぬ岩のうへにも松生ふる、我思ひのたねある、あはんと也、我松、人を岩にたとへたり、我をなぐさミていへり、

恋をせばゆく末はあハんと也、

513 あさな〳〵

朝な〳〵、常住の事也、河霧はれぬ物也、空うきておもひありと也、

く

なぞらへ哥也、連哥にハあしたづ、あしがも、名バかりにいふ、哥にてハあしをぞたつる也、みだる、ハあし、なくハたづ也、

515から衣日も夕ぐれになる時はか《スム》へす〴〵ぞ人は恋しき

切恋也、夕ぐれはひもをとくべきに、猶もすると也、唐の衣、女の着する也、さりながら男にも通用せり、かへす〴〵ハ、二六時中ノ心、聞えタリ、ヲノヅカラ涼しくモアルカノ哥モ、此哥ヨリ出タリ、」(35ウ)

516夜ゐ〳〵にまくらさだめんかたもなしいかにねし夜か夢にみえけん

いをねぬハおもひの切なる時也、思ひがきはまれば身してぬる也、さりながら夢ハみえぬほどに、色〳〵に枕を敷かへて、いかにしてか夢ハみえけんとわびたる

514忘らる、

なづらへ哥也、連哥、あしたづ、あしがも、《名バかり也、》哥にハあしをぞたつる、みだる、ハあし、なくハたづ、

515から衣　かへす《清》〳〵

切恋也、夕ぐれハひもとくべきに、猶ひも(×と)をすること也、唐ノ衣也、女きる物也、さりながら男にも通用也、

516夜ゐ(×は)〳〵に

人のいをねぬ、おもひの切なる時也、それがきはれ《(ママ)》ば老して又ぬる也、夢がみえこぬほどに、色〳〵枕を敷かへて、わびたる心也、

心也、

517恋しきにいのちをかふる物ならばしにハやすくぞあるべかりける

身をすつる哥也、とてもおもひ死になるべきいのちを、一度なりともあひたらば、胸のうちやすまらんと也、

518人の身もならハし物をあはざらバ《ずして》いざ心ミん恋やしぬると

逢恋にてハなし、我心をためしたきと也、手枕のスキ間ノ風モ同心也、小町哥とぞ、」(36オ)

519忍ぶればくるしき物をひとしれずおもふてふことたれにかたらん

二義あり、我やるかたなき思ひを他言なき人にかたりて、なぐさミたきと也、又ハ思ひのたへがたくとも、我心、ひとつにくちんと也、

520こん世にもはやなりなゝん目の前につれなき人を昔とおもは

517恋しきに

人すつる恋也、恋しきにあひたきと也、おもひしにゝなるに、一度あひたり、胸のうちがやすまらんと也、

518人の身も

逢恋にてハなし、逢度、ひるがへて、我心をためしたきと、手枕小町哥と也、

519忍ぶれば

二義也、我やるなき心のうち、他言、人になぐさまん、又我心ひとつにくるしき也、又我心ひとつにくちんと、二也、たへがたくとも、

520こん世にも

ん

こん世とハ来世也、生をかへて、むかしとおもひたき
と也、隔生則忘ト云テ、生ヲ替レバ、生前ハ知ヌ物也、
忍人モソレトハシラジト也、

521つれもなき人をこふとて山びこのこたへするまでなげきつる
哉

山もどうようするといふ心、一義にハ山びことゐふ物
ハかたちもなけれども、よくこたふるに、人ハこたへ
ぬを侘たる心也、」(36ウ)

522ゆく水にかずかくよりもはかなきハおもはぬ人をおもふなり
けり

我おもふことの跡もつかぬ事をいへり、水にゑがくが
ごとしと也、亦如画水《ヤクニヨグワスイ》、随書随合《ズイシヨズイガウ》、我思ひの跡のツ
カヌ事ノタトへ也、

二四〇

こん世、来世、我、生をかへて、
（×同）生前をしらぬ、しのぶ身しれん
と也、隔生則忘、

521つれもなき
人もどようするといふ、一義、
山びこといふ物ハかたちもなけ
れども、よくきこゆる、人ハこ
たへぬ、わびたる也、これハ、
つる哉といふ所をみよと也、

522ゆく水に
我おもふことのあともつかぬ事
をいふ、水にゑがくごとく、か
くにしたがふて、ながれてゆく
也、

523人をおもふ

523人をおもふ心はわれにあらねばや身のまどふだにしられざるらん

我身をばたれも大切におもふに、身のまどふをもしらで如此なげくハ、我にてハなきかと云心也、

524おもひやるさかひはるかになりやするまどふ夢ぢにあふ人のなき

寄夢恋也、人と我と俄に国里をもへだてたるか、夢ぢもたゆるハといふ心也、

525夢のうちにあひミんことをたのミつゝくらせる宵ハねん方もなし

夢にせめてミんと、日のくるゝをまちたれバ、又ねら」(37オ)れもせず、しかればたのミしこともいたづらになりぬるよと侘たる心也、世中、如此ある物とぞ、

526恋しねとするわざならしむば玉のよるハすがらに夢にみえつ

我みはたれもたいせつにおもふ、我にてハなき、身のまどふをもしらで如此なげくぞと也、

524思やる

寄夢恋也、人と我あひだに俄に国をへだつる、夢ぢもたゆるハといふ心也、

525夢の中に

夢にせめてミんと、日のくれよかしとおもふに、又ねられもせず、しかればいたづらにを侘たると也、ちかふが世中のならひ也、

526恋しねと

、

夢にみえ、面影にたゝずハ忘るゝ事もあるべきに、たびく〵夢にミゆるハ恋しねとするにざ（ママ）かと也、一義にハ、ならし、シヲニゴリテ、夢のミゆるによりておもひの出来するハたゞおもひのさいそくかといへり、この説不用、

527 涙河まくらながるゝうきねにハ夢もさだかにみえずぞ有ける

おほきなるしたてと也、うきねの枕にハ夢のかよはん様もなしといふ心也、

528 恋すれば我身ハかげとなりにけりさりとて人にそはぬ物ゆへ」（37ウ）

思ひに身がおとろへてまぼろしになりたると也、わがおもふ人ニ、カゲトモ成テ影カタチニシタガフナラバヨカラント云義也、此哥をとりて、摂政殿（藤原良経）、

夢のみえずハ《面影にみえ、》忘るゝ事もあるべし、夢みゆるハ恋しねとするわざかと也、一説にハ夢みゆるよりて思ひ出来する思ひのさいそくかと、此説不用、

527 涙河

大なしたて、うきねの枕にハ夢のかよハん様もなしと也、

528 恋すれば

思ひに身とおとろへてまぼろしになると也、

摂政 我なミだもとめて

529かゞり火にあらぬ我身のなぞもかく涙の河にうきてもゆらん
我涙もとめて袖にやどれ月さりとて人のかげハみえねど
我思ひの涙河にうきたると也、心分明也、
530かゞり火のかげとなる身のわびしきハながれて下にもゆる也けり
水の底にもゆる様なる身のおもひとぞ、
531はやき瀬にみるめおいせば我袖のなミだの河にうへまし物を
みるめの早瀬に生ふる物ならば、よきうへ所にてあるほどに、涙の河にうへん物をと也、はやき瀬にハ生ひぬ物とぞ、みるめハ見の字によせて也、」(38オ)
532おきべ*にもよらぬ玉もの浪の上にみだれてのミや恋わたりなん
おきべもみぎはへもよらぬ、玉ものごとく恋わたると也、年をふるこゝろこもれり、

529かゞり火に
我思ひの涙河にうきたるをいふ、
530かゞり火の
水の底にもゆると也、
531はやきせに
みるめハはやき瀬に生ひ也、よきうへ所なれども、早瀬にハ生ふぬぞと也、
532おきべ*にも
おきべでもみぎはへもよらぬ、浪にゆられし恋わたりなん、年をへんと也、

533あしがものさハぐ入江のしらなミのしらずや人をかくこひんとは
波のさハぐ時ハ入江のかもも人にしられずさハぐごとく、我おもひもありぞ(ママ)と也、いたづらにものおもふ義也、

534人しれぬ(×す)おもひをつねにするがなるふじの山こそ我身なりけれ
序ニフジノ山モ煙タヽズ、冷泉家ニハ煙不立ト云、二条家ニハ不断と云、此哥ニテ能聞エタリ、常住立煙也、思ひト云ニ火ヲモタセタリ、

535とぶ鳥の声もきこえぬおく山のふかき心を人はしらなん
切なる恋也、鳥の声さへきこえぬ山ハ、しるべもた」(38ウ)よりもなし、そのごとくに、我思ひのふかきをしらせたきといふ心也、

533あしがもの
大せつの心いふ、浪のさハぐ時ハ入浪もさハぐ、かもさハぐ、人にしられずしてさハぐ也、いたづらにおもひつくさん為ぞと也、

534人しれぬ
序にふじの山に煙もたヽず、冷《たゆる、》泉流、二流(ママ)たえぬ也、常住たつ也、おもひにもたせ也、

535とぶとりの
せつな哥也、鳥の音さへきこえず、山べもしらず、我おもひのをくをしらせ度也、たより、道しるべもなく(×き)ふかくなり、たよりはなき心也、

536あふ坂のゆふつけ鳥も我ごとく人や恋しき音のミ鳴らん
あふ坂を逢といふ心にみるハわろし、この鳥の八声、一しきり〳〵なくハ、我によくにたると也、夕つけ鳥とハ、すゞか、たつた、あふ坂、こハた、この四所にゆふをつけてはなすことありと也、
537あふ坂の関にながるゝいハし水いはで心におもひこそすれ
これもあふ坂を逢にハとらず、たゞ関にながるゝ岩清水のわくごとく、我おもひのあると也、
538うき草のうへはしげれる淵なれやふかき心をしる人のなき
底ハ千尋あれども、うき草に淵のしれぬごとく」(39オ)我おもひのふかきを人ハしらずと也、
539うちわびてよバゝむ声に山びこのこたへぬ山ハあらじとぞおもふ
切なる恋也、我うちいでぬほどに、不及是非、うちい

536相坂の
あふ坂逢ハとらぬ、鳥八声なく也、しかれば、一しきり〳〵なくが、にたりと也、
夕つけ鳥、すゞか、たつた、あふ坂、こハた、
537あふ坂の
これも逢とハとらぬ、関にながるゝ岩水のわくごとく、我思ひあると也、
538うき草の
そこハ千尋あれども、うき草(×な)あればしらじ、ふかきことを人ハしらぬと也、
539うち侘て
せいせつの恋也、我うちいでも

で、いハゞこたへぬ事あらじといふ心也、
540心がへする物にもがかた恋はくるしき物とおもひしらせん
にもがハが*な也、人の心を我になし、我心を人になし
たらば、かた恋のくるしきことをしらんと也、
541よそにしてこふればくるしいれひ《スム》ものおなじ心にいざむすび
てん
いれひもハしやうぞくのくびかミ也、むすぶ物也、よ
きのぞミ物とぞ、此二首ハ憑恋也、
542春たてバきゆる氷ののこりなく君がこゝろはわれにとけなん
むすべばこほり、むすばねば水、根本一ツ也、春」(39
ウ)まちえたらば、そのごとく一ツになるべきとたの
む心也、
雪ハ雪氷ハ氷ソノマヽニトクレバオナジ谷河ノ水
道哥也、一味ノ事也、

せん、ぜひになき、うち出てい
ハゞこたへぬ事ハあらじと也、
540心がへ
にもがハが*な也、我ハ人をおも
ふ、人を我心になしたらば、か
た恋をしらんと也、
541よそにして　いれひ《清》もの
いれひもの、しやうぞくミか
ミに共に結ぶ也、よきのぞミ物
也、二首頼恋也、
542春たてバ
氷、水、一つ也、春まちえたれ
ば一つになるべきとたのむ《(×ミ)》心也、
543あけたてバ
よるハあけば蝉と鳴、くれ《(マヽ)》れほ
たる也、うちかへしてみるあけ

543 あけたてバ蟬のおりはへなきくらしよるハ蛍のもえこそわたれ

ひるハ蟬のごとくなき、よるハ蛍のごとくもゆると也、此哥、ウチカヘシテミル也、ヒルハモエ鳴クラシ、ヨルモナキモエナドスルトミルベシ、哥ハ三十一字、カギリアレバ如此云也、大略如此、

544 夏虫の身をいたづらになすこともひとつ思ひによりて成けり

夏虫とハ火をとる虫也、又ほたるをも蟬をもいへり、為家ハ、蛍を夏虫といふハわろしと被申」(40オ)シと也、哥の心ハ愚人のこと也、わがをろかでゆきてしぬることにたとへたり、蛾、夏虫也、

545 夕さればいとゞひがたきわが袖に秋の露さへをきそハりつゝ

つゝハながら也、ゆふべハおもひのまさる時なるに、秋のおもひの露さへをくといふ心也、

ハ、ひるハなき、よるもなき、もえなどする也、

544 夏虫の

夏虫ハ(×の)火をとる虫也、又ほたるをもよむ、蟬をも、為家ハ、蛍を夏虫といふハわろしと也、これハ愚人のことにたとへたり、わがをろかでゆきてしぬることをたとへたり、

545 ゆふされば

つゝハながら、哥ハいまだはてぬ也、夕ハおもひのまさる時也、秋さへなるにおもひあれば也、

546 いつとても

四季共に恋しさやまぬ、ことに秋夕ハ、あやしハきどく(×こ)、秋の

546いつとても恋しからずハあらねども秋のゆふべハあやしかり
けり

あやしきハきどく也、哥の心ハ、四季共に恋しさハやまぬに、ことに秋のゆふべハ、なにとしてかくおもひのあるぞと也、

547秋の田のほにこそ人を恋ざらめなどか心に忘れしもせん

ほにハあらは也、あらはにとおもへば人のためあしゝ、さりとて忘れハせぬ心也、」(40ウ)

548秋の田のほのうへてらすいなづまのひかりの間にも我やわす
るゝ

でん光、朝露、かミのすぢをきる間も我ハ忘れ申さぬに、人はおもひもしらぬとうらみたる心也、我やと云所をよくみよとぞ、

549人めもる我かはあやな花薄などかほにいでゝ恋ずしもあらん

夕べ、なにとしてかくおもひあるぞと也、

547秋の田の　れし清

ほにハあらは也、あらはにとおもへバ人の為あしゝ、さりとても人にしらるゝやうにハあるまじきと也、

548秋の田の

でん光、朝露、かミのすぢをきる間も忘れぬに、人ハおもひしらぬとうらミたる也、我やをよくみよと也、

549人めもる

これよりあらはるゝ恋也、あやなハせんない也、人の、《めをつくる、》なをざりこと《我ならねば》なれ、うちいでんと、

これよりハ顕恋也、あやなハせんない也、人のめをつくる、我ならねば、おもひあまりうちいで、恋んと也、

550あは雪のたまればがてにくだけつゝわが物思ひのしげき比哉

これハあは雪の退転なくふれども、木の枝にふかくハたまらぬ心也、がてハかたい也、クンシヤクシテ云時ハ、カツ〳〵也、

551おく山のすがのねしのぎふる雪のけぬとかいはん恋のしげきに」(41オ)

しのぎハ雪にうづもるゝ躰也、雪の下のすがハ人にしられぬ也、けぬとハ雪にてハなし、我こと也、

万おく山のまきの葉しのぎふる雪のふりハしけ《敷》ども土に落めや

『八十三首』」(41ウ)

550あは雪の

これハ木の枝に雪のたまる心也、ふかうつもらぬ物也、あは雪ハたいてんもなくふれど、ゝまらぬ物也、がてハかたい也、

551おく山の

しのぎハ雪にうづもるゝ躰(×物)、雪の下のすがハ人のしらぬ也、けぬとハ雪にてハなし、我こと也、しからば人のあハれをかけんかと也、

万お(マヽ)山のまきのはしのぎふる雪の土におつれ

古今和歌集巻第十二　十日

恋哥《ノノ》二

題しらず　　小野小町

552おもひつゝぬればや人のみえつらん夢としりせバさめざらましを

次第に恋のふかくなりたるが、二巻に入たると也、哥の心ハ思つゝハ以前にて切てみる也、おもひ〳〵、つかれてまどろミぬれば、ちらと夢にみえたり、夢のうちにハ夢とハしらでさめじよといふ心也、

553うたゝねに恋しき人をみてしより夢てふ物ハたのミそめてき

うたゝね、かりね也、ひる、うつゝにハあふことなし、夢ははかなき物とおもひしに、あふとみしよりたのまるゝかなといふ心也、おくにハはかなき事かなといふ心もあり、」(42オ)

二五〇

古今――十二　十日

恋哥《ノノ》二

題――　よミ人しらず（小野小町）

552思つゝ

これハ次第ニ恋ノふかき、二巻に入たり、おもひノ切ゆへにまどろむ事もなかりたるが、つかれて、なにとやらんしてみえたる也、思つゝハ以前おもひ〳〵てつかれてミたる也、夢ぢにハ夢としらぬ也、

553うたゝねに

これハかりねの事也、ひる、うつゝにあふことなし、夢はかなき物、おもひに《(×し)》、あひつれば、たのまゝ《(ママ)》かなといふ心也、おく

554いとせめて恋しき時はむば玉のよるのころもをかへしてぞきる

衣をかへす事、本説慥ニハナキヤウ也、さりながら衣をかへして南無めうどう菩薩ととなへて、すミ木のある所にすごろくばんを枕にしてぬると也、陰陽道云、いとハ、尤、最の字也、哥の心ハ、切ニ恋しき時は衣をかへして夢をたのむより外のことハなしといふ心也、此三首ハ小町が哥也、小町ハ初瀬の○観音の化身と也、夢の哥をこのミつるとぞ、

素性法師

555秋かぜの身にさむければつれもなき人をぞたのむくるゝ夜ごとに

秋風のやう〳〵身にしむ時分ハ、人の身にもあはれのさりとてハあらん程に、とひもこんかとたのむ」(42ウ)

にはかなき事かなといふ心あり、

554いとせめて

衣かへす事、本説たしかにあり、衣をかへして南無めど(ママ)う、すぎ(ママ)に、すぐろく、いと、細(ママ)尤と也、この哥ハ、切ニ恋しきハ衣をかへして夢をたのむより外ハない心也、これ迄三首、小町ハ初瀬音(ママ)観の化身とぞ、夢の哥多しと也、

素性ーー

555秋風の

秋風のやう〳〵身にしむ時分ハ、人の身にもさりともあらん、しからばとハんと也、

この哥より慈鎮、
人をも身をも秋の夕れ(ママ)

心也、又説ニ、サリトモ此秋ノカンヲ人モミルベケレバ、トヒ《(ママ)》カセンズラント也、此哥をとりて、慈鎮、人をも身をも秋の夕ぐれとよまれし也、

身《人丸》ニサムク秋ノサヨカゼ吹ナヘ《エ》ニフリニシ人ノ夢ニミエツ、

しもついづもでらに、人のわざしける日、真*ぜい法師の、だうしにていへりけることばをうたによミて、小野小町がもとにつかはせりける

あべのきよゆきの朝臣

コレハ、今ノ下五霊の辺ニ有タル寺也、尊重寺ノ事ト云、イヅモ寺ト云ハイヅモヂノ事也、下野国ノ者タテタル寺ナルニヨリテ、シモツイヅモ寺ト云、コ、ニテ人ノ追善ノ有タル義也、ダウシノイヘル詞トハ、衣ノウラノ玉ノ事也、真ぜイ法師、柿本キ僧正ノ事ト云、」

二五二

春草ノ比より秋のかなしミに也、又説此秋のかん《アリ》、

しもつい−−　　あべのきよ

556
つ、めども
衣のうらの玉、なにぞとおもひたれば、袖にたまらぬ涙ぞと也、法仏《(ママ)》、我心から涙の玉ぞと、

（43オ）

556つゝめども袖にたまらぬしら玉ハ人をミぬめのなミだ也けり

衣のうらの玉なにぞとおもひたれば、袖にたまらぬ涙にてありけるぞといふ心也、

返し　　　こまち

557をろかなる涙ぞ袖に玉はなす我はせきあへず滝津瀬なれバ

これ返哥の上々と也、そなたの涙の玉などゝミゆるハすくなき故也、われハせきあへぬ滝のやうなりと、一かどうへをよめる也、

寛平の御時きさいの宮の哥合のうた

藤原敏行朝臣

558恋わびてうちぬるなかにゆきかよふ夢のたゞち《スム》ハうつゝならなん

夢のたゞち、直路也、うつゝにあふことハなし、せめ

557をろかなる

返し　　　こまち

これ返哥ノ上々也、あなたの今一かどいふ、玉とみゆるハすくなき涙也、我せきあへず滝のやうなりといふ、世見へをしいだしたらば、人ハしらんずれども、人《(×の)》間なれば如此と也、

寛平　　　藤原敏行朝臣

558恋わびて　　　ち《清よし》

夢たゞち、置《(ママ)》路也、うつゝのあふことハ了簡なし、たのむ物と

て」(43ウ)たのむハ夢也、此夢にみるを、そのまゝうつゝにつぎてをきたきといふ心也、

559住の江のきしによる波よるさへや夢のかよひぢ人めよくらん

南海のしづかなる浪さへしやうげとなりて、人しれぬ夢のかよひぢもなきハ、いかなる事ぞといふ心也、うるはしき哥とぞ、

をのゝよしき

560我恋ハミ山がくれの草なれやしげさまされどしる人のなき

忍恋にてハなし、これハ数ならぬ身をいへり、ミ山がくれなりとも木などのやうならば、人もしるべけれども、草にてあるゆへに人にしられず、さりながらしげきと云心也、」(44オ)

紀友則

561夜ゐのまもはかなくミゆる夏虫にまどひまされる恋もする哉

てハ夢也、そのまゝうつゝにつぎてをきたきと也、

559すミのえの

夢に(×の)さへあふことかたき、あらきいそ《南海しづか也、》のきしをよびいだして、それも夢かよひぢハ、人しれぬみちもしつうけるありてみえぬハ、いかになる事とぞ也、

をのゝよしき

560我恋は

忍恋にてハなし、これハ数ならぬ身をいふ、ミ山(×山)がくれなりとも木などのやう、人もしらん、草にてある程に人のしらぬ、さりながらしげきと也、

紀友則

夏虫とハ蛾《が》、火をとる虫、蚊、蟬、蛍などをいふ也、
此哥にてハほたる也、かなたこなたへ蛍の飛かふを、
はかなき物と*もどきたるに、それより猶まどふといふ
心也、まどひ、火をかねたり、
家隆、八重むぐら《これハせミノこと也、》しげれる宿ハ夏虫の声より外にとふ人もなし
562夕さればほたるよりけ《スム》にもゆれどもひかりみねばや人のつれ
なき
夕され、色〳〵にいへり、定家の説にハ春されなど、
おなじ事と也、夕去とかけり、ゆくさきとよめり、こ
の心おもしろし、夕になりもてゆく心也、けにハ勝の
字也、ほたるのもゆるごとくにおもひのみえば、」(44
ウ)いかなりともあハれとおもはんずるに、我思ひハ
みえぬといふ心也、
563さゝのはにをく霜よりもひとりぬる我衣手ぞさえまさりける

561夜ゐのまも
夏虫ハ四色、か、せミ、ほたる、
こゝにてハほたる、かなたこな
たとぶを、はかなきを、もちき
たるを、猶まどひと(ママ)たり、ひ、
火をかねたり、
家隆、蟬也、八重むぐらしげれる宿(ママ)夏虫の声ほかの(ママ)
にとふ人もなし
562夕されば
夕され、色〳〵、春され、定家、
この心といはれたり、夕去、ゆ
くさきとよミたり、この心おも
しろし、夕になりもてゆく心也、
けに清勝ノ字、ほたるのもゆる思
ひみせば、いかなりとも(×も)あハん(ママ)
とミんに、みえぬといふ心也、

此四首たとへ哥也、さゝの葉ハ草などより、はも広く霜のたふ〳〵とをく、そのごとく、ひとりねの袖のさゆると也、

564わがやどの菊のかきねにをく霜のきえかへりてぞ恋しかりける

この菊のかきねにハ霜のいつもあり、我思ひのありさまよくにたり、きゆるかとおもへば、又ハをき又はをきする心と也、知(智)度論ト云モノヲ此哥ニヒカレタリ、地獄ノ罪人ヲゴクソツノカシヤクシテ、ソノマヽ消タラバヨル《カ》ベキヲ、又ヨミガヘリ〳〵テ笞ヲウクルト也、活《クワツ》ニト鬼」(45オ)カトナユレバ、又、ヨ《蘇》ミガヘルト云事
ヨミガヘルトヨマセタリ、
アリ、

565河のせになびく玉ものみがくれて人にしられぬ恋もするかな

みがくれてハ身によせてよめり、心分明也、みがくれ

563さゝのはに

この四《三》の首たとへ哥也、ひとりねの事をたとへたり、さゝハ草より、霜たふ〳〵とをくをたとへてさゆる也、

564わがやどの

このきくのかさね《(ママ)》に霜ハいつもあり、思ひありさま、きゆえかとおもへば、置心也、ちどろん、活、よミがへる、

565川の瀬に

みがくれハ水にかくるゝ也、

てとハ水かくれ也、俊頼哥ニ、
とへかしな玉ぐしの葉にみがくれてもずの草ぐき目路な
らずとも
水によせずして(×て)みがくれをよミし事ハ、俊頼よりさき
にハよもあらじかと、定家被申シと也、

ミふのたゞみね

566かきくらしふるしら雪のしたぎえに消て物おもふ比にもある
かな
切におもふ心也、雪といふ物、下よりきゆる、そのご
とくに我おもひもめにハみえずして、下消になるべき
と思ひわびたる心也、」(45ウ)

藤原おきかぜ

567君こふる涙のとこにみちぬれば身をつくしとぞわれハなりけ
る

基《俊》頼ミとへかしな玉ぐしの葉にみがくれ
て　めじならずとも
定家、俊頼より先にハよもあら
じ、みがくれて、身をよせて、

ミふの――

566かきくらし
切におもひくづほれて、きえゆ
る心也、あのごとくにめにハみ
えずして、下ぎえになるべきと
也、

藤原おきかぜ

567君こふる
身をつくし、色にかく也、顕昭、
身をしるしとよミたり《みをつくしミなく》、定家の、

身をつくし、水咫衝石、濺尽、漂尽とかく也、哥の心ハ涙のふかくなりぬれば、身をつくしにわれが成たるといふ心也、

568しぬるいのちいきもやすると心みに玉のをバかりあはんといはなん

如此なれば命もたえんに、ぞとなりともあハんといへかし、玉のをにせんと也、念珠を玉のをと云、それを一くりのあひだの事也、

569わびぬればしゐてわすれんとおもへども夢といふ物ぞ人だのめなる

人ハしだひにつれなくなり、我身ハよハく成ゆきて、いまハたゞ忘れんとおもへバ、又夢にミゆると云心也、」(46オ)

右哥にて
住吉の松の木の間をもりかねて人だのめなる秋のよの月

二五八

涙のふかくなり《(〆き)》たれば、我が身をつくしに成たると也、

568しぬる命

我いのちのかぎりにそせいするあらんぞ《(〆と)》と也、ぞとなりともあハんといへかしと也、じや《(ママ)》ずのを、玉のを、それを一くりのあひだ也、

569わびぬれば

人ハしだひにつれなくなり、我身のよハく、忘れんとおもへバ、夢に又おもひとなる心也、

右哥にて
住吉江の松の木の間を、侘ぬれば、一《(ママ)》かたならぬ也、

570わりなくもねてもさめても恋しきか心《スム》をいづちやらば忘れん

読人しらず

恋しきかな也、なにと心をもつてか忘るゝ事のあらんぞと也、又かた一方つきて心をやらんなどゝ云説不用、

571恋しきにわびてたましひまどひなばむなしきからの名にやのこらん

きのつらゆき

アカザリシ袖ノ中ニヤ入ニケンナドノヤウニ也、蝉のぬけがらのやうにみるハ幽玄になし、たゞこの世のあらぬ名にたゝんと也、恋の切なる心とぞ、

572君こふる涙しなくハからころもむねのあたりハ色(×色)もえなまし」(46ウ)

涙ながれずバむねの火の消まじき心也、とかく涙も胸の火もたえぬ我身といふ心也、

570わりなくも　よーー

か清

恋しきかな、なに心もて忘るゝ事あらんと、それをならはぬと也、又かた一ぽうつきてやらんといふ説不用、

571恋しきに　きのつらゆき

我ハせミのぬけがらのやうなと也、蝉とミれば幽玄になし、この世のあらぬ名たゝんと也、恋の切なる哥也、

572君こふる

一さいのことにとくしつ也、涙ながれずバむねの火きゆえまじき、涙も火もたえぬ、我にある

題しらず

573よとゝもにながれてぞゆく涙河冬もこほらぬみなわ也けり

よとゝもハ常住也、夜るとハ不用、みなわ、水の泡也、哥の心ハ、水のたぎり、ふかき所に泡のたつ物也、我思ひのふかくさハぐ義とぞ、

574夢ぢにも露やをくらん夜もすがらかよへる袖のひちてかはかぬ

袖のぬるゝハ夢ぢにも露のをくかと也、

素性法師

575はかなくて夢にも人をミつる夜ハあしたの床ぞおきうかりける

夢のはかなきにてハなし、うつゝならで夢をた」(47オ)のむは、はかなき心と也、此夢(×度)にあひてハうつゝのごとく、衣〳〵をしたふやうなりと云義也、

心也、

二六〇

573よとゝもに

題ーー

よーー常住、夜る、用きらふ、みなは、水の事也、水のたぎる、ふかき所にあはたつ、我おもひのさハぐをいへり、

574夢ぢにも

袖のぬるゝハ夢ぢも露ハをくらん也、

素ーー

575はかなくて

夢のはかなきハなし、心のはかなき、うつゝならで夢をたのむ心也、うつゝにあひて、衣〳〵したふやなりと也、

藤原たゞふさ

576いつはりの涙なりせバから衣しのびに袖ハしぼらざらまし

へいちうが涙のごとくならで、我ハ真実の涙と也、

大江千里

577ねになきてひちにしかども春雨にぬれにし袖ととハゞこたへん

こゝもと、やう〳〵顕恋也、我袖の涙にぬれしをも人のとハゞ、春雨にぬれしとこたへんよし也、

としゆきの朝臣

578我ごとく物やかなしきほとゝぎす時ぞともなく夜たゞ《スム》なくらん

わがおもひのしづまらぬより、時鳥も時ぞとも」(47ウ)なくとハよる〳〵鳴也、それをおもひやりたる心と也、よたゞ、つきもなうさハし(ママ)く鳴也、

藤原たゞふさ

576いつハりの

ほう《へい中》めん、我○《真》実涙也けり、

大江千里

577ねになきて

こゝもと、やう〳〵あらハる、恋也、なきたる(×我)涙なりとも、春雨とこたへん、

とーー

578わがごとく

時ぞともなく、我思ひのしづまらぬ心より、時鳥の事をしりたると也、よたゞ《清》、いつともわかぬ心、

つらゆき

二六一

つらゆき

579五月山梢をたかミほとゝぎすなくね空なる恋もするかな
これハむなしくいたづらなる心也、そう〳〵しき心も
あり、さ月山の字、万葉ニ佐伯《サツキ》山、如此書、

凡河内ミつね

580秋霧のはるゝ時なき心にハたちゐの空もおもほえなくに
身躰のみだるゝも、うかりと忘れたる心也、

清原ふかやぶ

581虫のごと声にたてゝハなかねども涙のミこそしたにながるれ
これハ虫をうらやむ心也、虫ハなけども涙なし、」(48オ)
われも涙のなくバ声にたてゝいはん物をと云心と
ぞ、虫より思ひの深き也、

これさだのミこの家の哥合のうた

読人しらず

579五月山
これハ人の外むなしき心也、
い《た》づらに也、そう〳〵しともみ
る也、佐伯山（×五尽）万ニかけり、
凡ーー

580秋霧の
世ぞく、うかりとたちてもいて
もいぬ、身躰みだるゝを忘れた
る也、
清原

581虫のごと
これハうらやむ、鳴、涙なし、
涙なくバ我も声にたてゝいはん
物を、おもひふかしと也、

これーー　よーー

582秋なれば山とよむまでなく鹿に我おとらめやひとりぬる夜ハ
これハ契てこぬ心也、さをしかの妻こひをきゝて、我におもひしりたる心也、比ハ秋也、思ひのいよ〳〵まさる心とぞ、

題しらず　　　　つらゆき

583秋のゝにみだれてさける花の色のちぐさに物をおもふ比かな
秋のゝにいづれの花ともなく、ミだれあひたるごとくの思ひ也、又うつろひやすき心もあり、一かたならぬ躰也、」(48ウ)

ミつね

584ひとりして物をおもへバ秋の田のいなばのそよといふ人のなき
為明の本にハよとあり、田よしと也、両説アリ、ソヨト云ハソヨグ也、又サウト云義モアリ、人の事ヲ云、

582秋なれば　山と清
これハちぎり、人のこぬ也、さをしかの妻こひ、こぬ、よそにおもひあれば、我におもひしりたると也、

583秋の野に
題ーー　つらゆき
いづれの花ともなく、みだれたるおもひ也、又うつろひやすし也、一かたならぬ、

584ひとりして　　ミつね
為明、よ、田よし、そよ、そよぐ、又さう、又人の事をいふ、又人のしらぬ也、

又ノ義ハ公界ヘカケテ物ヲ思ふヲコトハリト云、人ナキ也、後ノ義ハ独シテト云所タツ也、人ノシラヌ心也、

ふかやぶ

585人をおもふ心はかりにあらねども雲ゐにのミもなきわたるかな

これも義なし、われと人とのとをき心也、雁のわたるごとく心が空になると也、

たゞみね

586秋かぜにかきなすことの声にさへはかなく人の恋しかるらん」(49オ)

おもひある故に、かきなすことの音にも恋しさまさる心也、第一第二絃、秋露梧桐の心あり、

つらゆき

587まこもかるよどの沢水雨降ばつねよりことにまさるわが恋

二六四

ふかやぶ

585人をおもふ

これも義なし、とをき心也、

たゞミね

586秋かぜに

秋かぜかな《ママ》、第一第二、かきなすならし也、おもひある故、秋、身、かきなすことも恋しきと也、秋露梧桐、

つらゆき

587まこもかる

古躰なる哥也、貫之哥にてもにせまじき躰と也、蘆べよりみちくる塩の、又うづら鳴まの、入江のはまかぜなど同躰と也、哥の心ハ、山河などハ淵瀬あり、沢水ハ不変なるに、なを雨に水のふかきも、こも丶みだる丶心也、

やまとに侍ける人につかはしける

588
こえぬまハよしの丶山の桜ばな人づてにのミき丶わたるかな」(49ウ)

不逢恋也、桜を人に比して也、なを遠ざかりたる心也、実事ハなくて国をかへ、大和へゆく心也、

やよひバかりに、もの丶たうびける人のもとに、又人まかり、せうそこすとき丶て、よミてつかハしける

589
露ならぬ心を花にをきそめて風吹ごとに物おもひぞつく

よしなき花のうへに露ならぬ心を置て、如此物思ひを

ちとま《古》ていの哥也、これハにせそと也、沢水ふかき心也、雨に水のふかきも、あしもみだる丶也、不変也、

やまとに──

588
こえぬまは

不逢恋也、桜を人に比して也、実ハなく、とをくなりたる心也、

やよひ──

589
露つ《(ママ)》らぬ

よしなき花のうへに露果て、

するといふ心也、面白哥とぞ、我ゐる山の風はやミと
いふも此心と也、

題しらず　　坂上これのり

590 我恋にくらぶ*の山のさくらばなまなくちるとも数ハまさらじ
我おもひを、このくらぶの山の花の一りんづゝに校合
せんといふ心也、別義なし、」(50オ)

むねをかのおほより

591 冬*河のうへはこほれる我なれやしたにながれて恋わたるらん
忍恋にてハなし、身の不肖なるをうらみたる哥也、心
ハ、氷ハ人、下にながれていはで恋ふるぞと也、

たゞミね

592 滝つ瀬にねさし《スム》とゞめぬ浮草のうきたる恋も我はするかな
滝つ瀬にハ、浮草、根をとゞめぬ也、心分明也、滝を
人に比し、浮草を我にたとへたり、

二六六

(×お)物おもひありと、面白きと也、

題ーー　坂上これのり

590 わが恋はくらぶ*
花の一りんに、我おもふに、校
合せば、くらべんと也、

むねーー

591 冬*河の
忍恋にてハなし、身不肖をうら
ミたり、氷ハ人、下ながれてい
はで恋ふる心也、

たゞーー

592 たぎつせにねさし《清》
滝瀬に、ねハとゞめぬ也、

とものり

593夜ゐ〳〵にぬぎてわがぬるかり衣かけておもはぬ時のまもな
し

これハ*ぞくな哥と也、衣ぬぎてハさほなどにかけてを
く心也、かり衣、かりぎぬ也、」(50ウ)

594あづまぢのさやの中山中〳〵になにしか人を思ひそめけん

中〳〵、なにとつゞけん為也、人のかくまでつらきに、
なにしにわがおもひそめたるぞといふ心也、山をへだ
つとハ不用、顕注蜜勘ニ、定家ノサヨノ中山ト読レタ
ルハ、夜ルノ用ナキ時ハサヤト読ト俊成ノイハレタル
ト也、

関ノ戸ヲサソヒシ人ハ出ヤラデ有明ノ月ノサヨノ中山
サヤ、サヨ、アカツキ、アカ時、アサニケ、アサアケ、
皆五音相通也、故ニ云、其時ノ用ニタツヤウニ用事也、

とものり

593よゐ〳〵(×に)にぬき濁て

これハぞくな哥也、心、明也、
かりごろも、かりぎぬ、

594あづまぢの

中〳〵、なに人のつらきに、な
にしに我おもひたるぞと、山を
へだつる、不用、たゞみよ、

595しきたへの枕の下に海ハあれど人をみるめハおいずぞ有ける
涙のつもりて海とハ成つれども、ミるめはおいずとわびたる心也、」(51オ)

596としをへて消ぬおもひハありながらよるのたもとハ猶こほりけり
おもひハ火也、年をふる思ひあらば、たもとの氷るまじき事ながら、ひとりねなればさむきといふ心也、

つらゆき

597我恋はしらぬ山ぢにあらなくにまどふこゝろぞわびしかりける
しらぬ山ぢのごとく、恋ぢにまどふハわびしきと也、

598くれなゐのふりいでつゝ《と》もなく涙にハたもとのミこそ色まさりけれ
べにのそくの事也、たよりハなくて次第〱にたもと

595しきたへの
一さいの事、こうをつめバ、涙《海》つもらば、みるめ生ひと生ぬ也、

596年をへて
おもひ、火、さらば冬の氷りむすまい事ながら、枕ならべねばさむき、

つらゆき

597わが恋は
恋のみちとをしへず、つミミ《(ママ)》ぬみちなり、まどふ、さびしき也、

598紅の
べ《に》のそくの事也、次第〱にふかくなるハ、べにの様なると也、たよりハなくて、

の色まさると也、

599しら玉とみえし涙も年ふればからくれなゐにうつろひにけり

白玉とみえしも年をへて紅になりたると也、卞和《ベンクワ》ガ玉ノ心ヲ以テミヨト也、玉ト云テ、サ、ゲタレドモ、見知人」（51ウ）ガナクテ三代マデ献ジテ（×也）其時見知レタルト云古事ノ心也、

ミつね

600夏虫をなにかいひけん心からわれもおもひにもえぬべらなり

これハほたるをぐちなる物とおもひしに、われも色にいでんの心とぞ、

たゞミね

601風吹ばミねにわかるゝしら雲のたえてつれなき君がこゝろか

これハ、わが心を雲にたとへ嶺をつれなき人にたとへり、はかなくもおもひかけてハ跡もなく（×き）きゆる心也、

599白玉と

みえし、一しほなるに年をへて紅になりたると也、べんくわが玉のこと也、みよと也、

ミつね

600夏虫を

これハ蛍とぐちなるとおもひしに、我も色にいでんの心也、

たゞミね

601風ふけば

これハ、申かくし、心を雲にたとへつれなき人を嶺にたとへ也、はかなき心也、

602月影に我身をかふる物ならばつれなき人もあハれとおもはん」（52オ）

此哥の心、色〳〵サマ〴〵ノ事ヲ心ニ思ふ故ニ、月ニ我身ヲナシタラバ、ツレナキ人モメデント思ふ也、詞ヲ色〳〵ツクサンヨリ我身ヲ月影ニナシタキト也、

ふかやぶ

603恋しなばたが名ハたゝじ世中のつねなき物といひハなすとも

如此つれなくバ命もたえなん、しからば世中のならひといひなしたりともたが名もたゝじ、そなたの名のミたち申さんとの心也、

つらゆき

604つの国のなにはのあしのめもはるにしげき我君人《（ママ）》しるらめや

めもはるハはるか也、めのはる義もあり、しるらめやとハふかき《（×く）》、我恋人ハしらじといふ義也、」（52ウ）

602月かげに

二七〇

色〳〵にさま〴〵おもふやうになしたらば、人もあはれんとおもはんと也、

ふかやぶ

603恋しなば

この分につれなくバ、しにたら《（×ち）》ば、そなたゆへの名たゝんと也、

つらゆき

604つの国の

しらる《（ママ）》めや、ふかくハしるまい也、めもはるハはるか也、めのはる義もあり、恋の心いハゞ、あしのやう也、

605手もふれで*月日へにけるしらま弓おきふしよるハいこそねられね

これハつれなきにしらま弓をたとへたり、あらきハ人のいぬ物と也、いこそハ弓のえんの詞也、

606人しれぬおもひのミこそわびしけれわがなげきをバわれのミぞしる

我のミならで人におもひをしらせたきと也、

とものり

607ことにいでゝいはぬバかりぞミなせ河したにかよひて恋しき物を

ミなせ河、小河なれども水のふかく、たえずしたにかよふ心也、憚心もあり、

ミつね

608君をのミおもひねにせし夢なれば我心からミつるなりけり

605手もふれで*

これハつれないとたとへて、しらきをいふ、あらきハ人のいに(ママ)物也、いハ弓のえん也、

606人しれぬ

我思ひの我のミしりたる人に(×に)しらせたき心也、

とものり

607ことにいでゝ

みなせ河、小河、ふかき、水のすぢたえずしてかよふ也、はゞかりて也、

ミつね

608君をのミ

此夢、人の御なさけにてミゆるにもあらず、わが」(53
オ）心からおもひねにしてミつれば曲なしと、なぐさめがたき心とぞ、

たゞミね

609命にもまさりておしくある物ハみはてぬ夢のさむるなりけり

忠岑家集にハ物いひける女のむなしくなりて夢にみえての時の哥とあり、哀傷に入べきに、貫之、恋の心にておもしろしとてこゝに入たると也、哥の心ハ夢のゆく末までもみとゞけん物をと云心也、

はるみちのつらき

610あづさ弓ひけばもとすゑ我かたによるこそまされ恋のこゝろハ

眼前、弓の躰也、うらはず、もとはず、我かたへよる物也、そのごとくひきつけてをきたきといふ心也、よ

二七二

人のなけ（ママ）てミゆる、我心にてみたれば極なしと也、なぐさミがたし、

たゞミね

609命にも

たゞミねが家、女のむなしくなりて夢にみてとあり、ゆく末をミとゞけんものといふ心也、

はるみちのつら―

610あづさ弓

眼前の弓の躰也、うらはづ、もとはず、心、明也、弓ごとくにひきつけ度也、よる、おもひの

るこそ」(53ウ)まされ、よるハおもひのますと也、

ミつね

611我恋ハゆくゑもしらずはてもなしあふをかぎりとおもふバかりぞ

恋といふ物、はてもなし、今年あはずハ去《来》年、この世にてならずハ後世にてなりとも、逢ことよりほかハはてあらじと也、

612われのミぞかなしかりけるひこぼしもあハですぐせるとしゝなければ

ひこぼしも、一年に一度ハ逢ことあり、我ハそれにもをとりたるといふ心也、

ふかやぶ

613いまハ、や恋しなましをあひミんとたのめしことぞいのちなりける

ます也、

ミつね

611我恋は

恋といふ物ハはてハなし、逢ことより外ハなし、今年ならず、去、此世、後世、

612われのミぞ

一天かのちぎり、七夕也、それも一度逢、我ハをとりたり、

ふかやぶ

613いまハや(ママ)

命をうらミたる、かならずとい

あひミんといふことのはにかたるいのち、中〳〵恨と
也、」（54オ）

ミつね

614たのめつゝあハで年ふるいつハりにこりぬ心を人はしらなん

人がいかさまとたのめて、又ハ延引又ハ延引するに、
われハさらにくたびれず、そなたの心くたびれ給ひて
ゆるまりかせんといふ心也、

とものり

615いのちやハなにぞハ露のあだ物をあふにしかへばおしからなくに

両義あり、五文字ハ、わが命をこなし、かろしめ、う
ちふてたる心也、露の命のあだなるハ逢としならばや
すくかへんの心也、又露と命と別にいふハ千年万年を
ふる身なりとも逢にハかへんに、露のごとくなる命、

二七四

ふを、あだハなかなかうらミと
也、

ミつね

614たのめつゝ

人がいかさま〳〵、延引〳〵にする
〳〵、我をくたびらかさうとす
る、我ハくたびれ、そなたがく
たびれんと也、ゆるまりがせう
ずらし也、

とものり

615いのちやは

両義あり、五文字、わが命をこ
なし、かろしめた也、うちふ
てゝ也、露のあだ物、命別、又
露より命あだなる、逢にかへば
やすし、又○露と命と別にいふハ千年万年ふるとも

尤やすくかへんとのよし也、

『六十四首』」(54ウ)

逢にかへんに、露のごとくなる(×に)ハ、尤かへんと也、命やハとかろしめたる也、

古今和歌集巻第十三　十二日

恋哥三

やよひのついたちより、しのびに、人にものらいひての
ちに、雨のそほふり《添フル、心マス心也、》けるに、よミてつかハしける

在原業平朝臣

616 おきもせずねもせでよるをあかしてハ春の物とてながめくら
しつ

伊勢物語にてハ逢後の事、又ながめをなが雨とみる、
此集にてハ不逢恋也、哥の心ハ、物などハいひつれど
実儀もなき故、おきもせずねもせで、うか〳〵となが
めくらし、切なる恋の心と也、

なりひらの朝臣の家に侍ける女のもとによみてつかハし
ける

としゆきの朝臣」(55オ)

617 つれ〴〵のながめにまさる涙河袖のミぬれてあふよしもなし

古今ーー十三　十二日

恋哥三

やよひついたちー《*ぶる》ーーー

在原業平朝臣

616 おきもせず

これハ、やよひの一日よりもの
いひて《物らハ物也、》後より、伊勢、あふて後、
此集にて不逢恋也、そほふるハ
そひふる也、物などいひ、実儀
なくて也、伊勢にてながめ、お
もてにハいはで切なる恋也、お
きてもねてもいず、うか〳〵と
したるながめ也、

なりひらの朝ーー

としゆき

617 つれ〴〵の

おもひのしわざにて袖のぬるゝ也、なが雨にてハなし、
思ひの切にしてばうぜんとしたる時の心也、
かの女にかハりて、返しによめる
なりひらの朝臣
618あさミこそ袖はひつらめ涙がハ身さへながるときかばたのまん
贈答ノ上《(×と)》々と也、涙といふ物ハ人の心ざしにしたがふに、袖のやう〳〵ぬるゝなどゝハすくなき故也、涙河に身もながるゝときかば、こなたもたのミ申さんといふ心也、
題しらず　読人しらず
619よるべなミ身をこそとをくへだてつれ心ハ君がかげとなりにき
こゝもと不逢恋也、人に我身ハとをけれども、心ハ」

おもひの切にしてばうぜんとしたる時也、思ひのわざ袖のぬるゝ也、ながめ雨にてハなし、
かのーー　なり《(×ひ)》ーー
618あさみこそ
贈答ノ上々也、涙といふ、人の心ざしにした《(×かた)》がふ物也、袖のぬるゝハすくない、こなたのたのミがたい也、
題しらず　よミびとしらず
619よるべなミ
こゝもとハ不逢恋也、人にさしはなれてき《(×よ)》ゝよくない、さりとも心はそなたにしたがい《(×かたふと)》て、かげのやうなりと也、はたらけバ

(55ウ)そなたのかげのごとくになりて、はたらけばはたらき、しづまればしづまるといふ心也、

620いたづらにゆきてハきぬる物ゆへにみまくほしさにいざなはれつゝ

いかやうにもしてあハんとおもふ心の、いざなひつれゆく也、ゆきてハかへり〳〵、いたづらなる心也、別義なし、

621○あはぬ夜のふるしら雪とつもりなば我さへともにけぬべき物を

雪のごとくへだてら(ママ)れば、我身もきえんと也、又ハ人をたづねゆくに、あはぬ夜が雪のごとくつもらば、我身も消んと也、夜のハがの字と通用也、此三首人丸の哥也、

なりひらの朝臣」(56オ)

二七八

はたらけ、しづまればしづまると也、

620いたづらに

いかやうなにもしてあハんとおもふの心の、つれゆく也、あはねどもなにかしてとゆく心也、別義なし、

621あはぬ夜の

雪の~~あるべく我あるならば~~《ごとくへだてたれば》、きえんと也、人をたづねてゆきて、夜がつもらば、我身もきえんと也、夜の、がの字心也、此三首人丸ノ哥也、

なりひらの朝臣

622秋の丶にさ丶分しあさの袖よりもあハでこし夜ぞひちまさり
ける

伊勢物語にてハあハでぬる夜とあり、此集にてハコシヨト云者、三年かよひし古事あり、その心と也、秋の丶も篠も朝も露のふかくをく物也、それよりも、あハでこし夜ハぬる丶心とぞ、

従門帰恋にて、為家、

ふかき夜の別といひて槙の戸の明ぬにかへる身とハしら
れじ

小野小町

623みるめなき我身をうらとしらねバやかれなであまのあしたゆ
く丶る

我身とハ業平の事也、身のえんなきことをしらで、かよひ給ふといふ心也、又、小町ガ身ニシテハ、ソナタ

622秋の野に

これハ、伊せでハあハでぬるよとあり、三年かよふ人あり、秋の、、篠、朝、露をく物也、それより、あはでこし夜ハぬる、と也、

従門帰恋、為家、

ふかき夜の別といひて槙の戸の明
ぬにかへる身とハしられじ

小野ーー

623みるめなき

この我身をこしといふ物、業平ノ事と我身と、業平ノ事にする、世中をえん次第といふ心と也、我身そなたのやうなるあだ〳〵しき人にあひつれば、業平のう

ノヤウナルアダ〳〵シキ人ニアヒツレバ、身ニテハナキ」(56ウ)ト云、

源宗于朝臣

624 あはずしてこよひあけなば春の日のながくや人をつらしとおもはん

十三巻のうち一の秀逸と也、人のもとにゆきていたづらにあけてかへらば、ながくおもひにならんと也、詞幽玄とぞ、

ミふのたゞミね

625 六首ノうち也、有明のつれなくみえし別より暁バかりうきものはなし

名誉の哥也、これハ逢無実恋也、扶桑瑧《フサウヨウ》(葉)林集、百帖アル物也、嵯峨天皇已来ノ哥ヲ集モノ也、ソレニハ不逢帰恋トアリ、定家ハ題を不信、あか月バかりハ量の字也、心をつくればあしゝ、さり」(57オ)ながら、それに

二八〇

らミハ、そなたのうらミをしらぬかといふ、両儀也、

源宗ーー

624 あよ(ママ)ずして

十三巻ノ秀逸、人のもとにゆきていたづらにあけなば、ながくおもひにならんと也、幽玄なり、

ミふのたゞミね

625 六首 ありあけの

めいよの哥也、これハ逢無実恋也、定家の心にハ題不信、あか月量《バかり、》ノ字也、心をつくればあしき故也、それが心えねば、ほど

て心へねば、ほど丶いふ字もゆるす也、哥の心ハ人をたづねよりて逢てかへるさへあるべきに、つれなくして心もとけずかへるあか月ハうき也、この暁よりうき物になりたるよし也、後鳥羽院、俊成、定家、家隆へ古今の哥を御尋ねの時、俊成ハこの哥とむすぶ手の哥と書まいらせ給ふ、定家、家隆両卿ともに此哥バかりを書、勅答せられしと也、

（首書）『定家ハ建保ノ時代ノ哥カブキソ、キアル間、ツヨキ所ヲヨマレタリ、俊成ハ金葉、詞花ノ時代ノ哥ノサマアシク成タルニヨリテ、又ウツクシキ躰ヲ読レタル也、時代〳〵ニ目ヲ付テ読義也、此所ニテ両人ノ哥ノハダ*ヘヲ沙汰スル所也、』

ありハらのもとかた

626 逢ことのなぎさにしよるなミなればうらミてのミぞたちかへりける

云字もゆるす、人のたづねたりても、つれなくかへる時也、逢てかへるさへに心もとけずかへるハあか月うきと也、古今、後鳥羽院、定家、家隆、この哥、この暁がうき物になりたると也、俊成、此哥とむすぶ手の哥と、

ありハらのもとかた

626 逢ことの

これから上七首が不逢恋也、浪なれば涙といふ説不用、ゆきて

これから上七首が不逢恋也、波なればを涙と云説あり、不用、ゆきても逢ことのなき故うらミが」（57ウ）出来してかへる也、なぎさ、なきとうけたり、波のうつ所と也、

読人しらず

627かねてより風にさきだつなミなれやあふことなきにまだきたつらん

これより名立恋也、波に名をよせてあらはによまぬ、おもしろしと也、

たゞミね

628みちのくにありといふなる名とり河なき名とりてハくるしかりけり

序哥也、おもひハかけてあふことなきに名のたつハくるしきと也、人のことをばわれもいへど、我身にとれ

二八二

ハかへる、逢ことのなき所へゆきてうらミが出来したる也、なぎさ、浪のうつ所也、

よミ人しらず

627かねてより

これより名立恋也、浪に名をよせて也、名をあらはによまぬ、面白と也、

たゞミね

628みちのくに

序哥也、名とり河、とり出して、人にあハで名のたつハなき名也、あふことなきに名のたつ也、おもひかけずバ、くるしかりけりとハいひまじき也、人ごとをば我もいへど、我身にとればく（×か）くる

ばくるしき心とぞ、
ミはるのありすけ河内ノ者也、」（58オ）
629あやなくてまだきなき名のたつた河わたらでやまん物ならな
くに
あやなくハあぢきなくせんない也、わたらでハかなふ
まじきとおもふに、はやあハでなのたつよといふ心也、
もとかた
630人ハいさ我はなき名のおしければむかしも今もしらずとをい
はん
世見の人のことハさもあらばあれ、われハ名のたつこ
といかゞなれば、昔もいまもしらぬよしいはんと也、
後撰にてハ部立ちがふと也、又伊勢家集にも此哥あり、
読人しらず
631*こりずまに又もなき名ハたちぬべし人にくからぬよにしすま《スム》

しき也、
ミはるーー《ありすけ》河内ノ物也、
629あやなくて
は（×ま）たらでハかなうまじい也、あ
やなくあぢ（×や）きない也、せんもな
くて也、あはで名のたつ心也、
もとかた
630人ハいさ
世見の事ハ人のことハさもあれ、
我名のたつことといかゞなれば、
むかしも今もしらぬいはんと也、
後撰にてハ部立ちがふと也、
よミ人しらず
631*こりずまに
す《清》まへば

へば

これハ身のあるほどの名にたつゆへ、互ニあひび」(58ウ)きに別て後の哥也、さりながら名残ハ猶あるほどに、又も名のたゝんと也、今一義ハ人独ニ無名ノタチテ、又別ノ人ニモ無名ノタヽント也、

ひむがしの五条わたりに、人をしりをきてまかりかよひけり、しのびなる所なりければ、かどよりしも、えいらで、かきのくづれよりかよひけるを、たびかさなりければ、あるじきゝつけて、かの道に夜ごとに、人をふせてまもらすれ(×せ)ば、いきけれど、えあハでのミかへりて、よミてやりける　　なりひらの朝臣

632 人しれぬわがゝよひぢの関もりハよひ〳〵ごとにうちもねなゝん

伊勢物語にてハついぢとあり、ふつゝかなるによりて

二八四

これハ身にあるほどの名にたちて、あひびきにて後の哥也、名残たゝでわかれたるほどに、又も名のたゝんと也、又(×不)説アリ、

ひんがしの——　　なりひらの朝臣

632 人しれず(ママ)

いせ、ついぢふつゝかなるによりて、なをして入たり、不逢恋にてハなし、我身のためなれば、

貫之なをして入たり、哥の心両義」(59オ)あり、人しれぬは忍ぶ方、又我身のためバかりにすへたる関もりなれば、よな〳〵にうちもねよかしと也、

題しらず　　　つらゆき

633 しのぶれど恋しき時はあしひきの山より月の出てこそくれ

あらはるゝ恋也、我恋の次第〳〵に山のはの月のごとくあらはるゝをば、せうやうもなきと云心也、

よミ人しらず

634 恋〳〵てまれにこよひぞあふ坂のゆふつ《スム》け鳥ハなかずもあらなん

これより逢恋の初也、恋〳〵てとハ、文をやり、色〳〵に心をつくし、苦身してはじめてあふ夜なれば、鳥のこよひハなかずもあれかしと也、

をのゝこまち」(59ウ)

よな〳〵ことにうちもねよかし、

633 しのぶれど

題｜｜　　　つらゆき

あらはるゝ恋也、次第〳〵にあらハるゝ山のはの月にたとへたり、よるの恋也、山より月の出るやうに、せうようもなきと也、

よミ｜｜

634 こひ〳〵て　つけ《清》

逢《これより》恋の初也、こひ〳〵て、文をやり、色〳〵に心をつくして、《くらう、》ならひなれども、鳥のこよひなかずもあれかしと也、

をのゝこまち

635秋の夜も名のミなりけりあふといへば事ぞともなくあけぬる物を

家の集の詞書にてよくきこえたり、哥の心ハ秋の夜のながきといふハいつはりなり、あふといへばことぞともなく、りもなく、やがてあくるといふ心也、

凡河内躬恒

636ながしとも思ひぞはてぬむかしよりあふ人からの秋の夜なればば

あふ人からのかの字、清濁の中をいふ也、右の哥の返哥也、我ひとりの事にてもなし、むかしより如此しと也、惣別、逢恋の哥、大事のよし也、

よミ人しらず

637しの丶めのほがら〳〵とあけゆけばをのがきぬ〴〵なるぞかなしき」（60オ）

635秋の夜も

これ、家ノ集、人と物をいひて（×夜）ながき夜といふ、そでもなき事也、ことぞともなき、りもなく、やがてあくる、秋の夜のながきといふハいつハりと也、

凡河内ミつね

636ながしとも

あふ人がら、*此からに（中也、）、右の哥ノ返哥也、我ひとりの事にてハなし、むかしよりの事をいへり、逢恋、大事、

よミ｜｜

637しの丶めの

はや別の恋也、ほがら、朗ノ字

これよりはや別の恋也、ほがらハ朗の字也、延喜御門の御哥也、をのが衣〳〵とハ、われハ我がをき、人ハ人のをきる心也、正直なる哥と也、ほがら、今ハよむまじきよし也、

藤原くにつねの朝臣

国経朝臣、公卿なれども朝臣と書、惣別、此集にハ大納言にならぬハ如此書たると也、

638 あけぬとていまはの心つくからになどいひしらぬおもひそふらん

いまはとハわかるゝきは也、いひしらぬを、定家、おもひならはぬにてハなし、たゞおしくかなしき心と被申シと也、初恋の心也、此哥より、

いまハとてたのむのかりもうちわびぬ朧月夜の明ぼのゝ空」（60ウ）

也、これハ延喜ノ御哥、をのが、我が衣ハ我き、人ノきる、心の、正直（×置）也、おもしろしと也、ほがら、今ハわるし、

藤原――

638 あけぬとて

いまは、別ぎは也、いひしらぬを（×す）、定家の被申し、おもひ（いひも、）ならはぬにてハない、たゞおしい、かなしき心也、初逢の心也、

此哥より出たり、
いまハとてたのむのかりも

寛平の御時きさいの宮のーー　としゆきの朝臣

639あけぬとてかへるみちにハこきたれて雨も涙もふりそほちつゝ

こきたれてハかきたれて也、涙のごとく雨もふるといふ心也、別義なし、

題しらず　寵《ウツク》《チヨウ》、用之、

640しのゝめのわかれをおしミ我ぞまづ鳥より先になきハじめける

鳥のなきかせんとおもひて、我が先別をおしミてなく也、別義なし、

よミ人しらず

641時鳥夢かうつゝかあさ露のおきてわかれしあかつきの声

此哥、醍醐の定海法師《印》の哥と也、わかれの時分、時鳥

639あけぬとて

寛ーー　としゆき

こきたれ、かきたれて、涙のやうに雨ふる、別義なし、

題ーー　寵《チヨウ》《ウツク》、用之、

640しのめ(ママ)の

鳥の鳴かせんずらう(ママ)とおもひて、

鳥より先に鳴也、

よミーー

641時鳥

このよミ、だいごのぢうかい法

をきゝて、あふとみし夢の時分の声に」（61オ）さめたる
やうなるといふ心也、

642玉くしげあけば君が名たちぬべミ《ベミハベシ也、》夜ぶかくこしを人ミけんかも

世見をはゞかりて夜ふかくきたるも、人のみたるかと
いふ心也、古躰なる哥と也、

大江千里

643けさハしもおきけんかたもしらざりつ思ひいづるぞきえてかなしき

しもハ詞也、されども霜の心をかねたり、別のきはを
バおぼえざりつるか、なにとありつらんと後におもひ
出たる心也、

人にあひてあしたによミてーー

なりひらの朝臣

師、わかれの時分、時鳥きゝて、
あひたる夢が時鳥の声にさめた
るといふ心也、

642玉くしげ

くがいをはゞかりて夜ふかくき
たりたる也、さハありながら人
のしるらんかと也、古躰と也、

大江千里

643けさハしも

詞のしも也、されども霜の心を
かねて、なにごともおもほえず、
別のきはを、後になにとかあり
つるとおもひ出たる也、

人にーー　なりひら

644ねぬる夜の夢をはかなミまどろめバいやはかなにも成まさるかな

後朝恋也、あひみしもまことの夢かとおもひて、又」(61ウ)まどろミて夢をミつがんとおもふハ、いよ〳〵はかなき心と也、

業平朝臣の伊勢のくにゝまかりける時、斎宮なりける人にいとみそかにあひて、又のあしたに人やるすべなくておもひをりけるあひだに、女のもとよりをこせたりける

よミ人しらず

645君やこしわれやゆきけんおもほえず夢かうつゝかねてかさめてか

此哥ハ、文徳ノ皇女、恬《テン》子内親王の也、さりながら斎宮ハ天子の御代官なるに、如此の御ふるまいいかゞとはゞかりて、貫之、読人しらずとかきたり、哥の心ハきミがきたる

644ねぬるよの　　二九〇

後朝恋の也、まことかの夢にてありつるかとうたがふ心也、又や夢のミゆるかとまどろむハ、はかなきと也、

業平――　　よミ――

645君やこし

内親王也、さい宮の天子ノだいくわんになり、如此人のかやうふるまい、はゞかりて、よミ――、貫之かきたり、君がきたる

か我がゆきたるかおぼえずと、下の句より上の道理をみる哥也、惣別、恋の哥にハ裏の説なし、これにハ空仮中の心あり、一切衆生、人ハ我ヲ」(62オ)不知、我ハ人ヲシラヌ道理也、一念キザス所ガ恋トナル也、惣而、相続ノ念ハ有マジキ也、空仮ノ二ガ和合シテ人ニナル也、

返し　　　なりひらの朝臣

646 かきくらす心のやミにまどひにき夢うつゝとハ世人さだめよ

逢夜のやミにかきくらされて、夢ともうつゝともしらず、世の人さだめよと也、此世ノ生ハ有カト思へバナク、無カト思へバ有也、空仮中ノ三ノ道理也、此三ヲ打合タル所ガ中道也、夢ウツヽトハ世人サダメヨ、公界カラ定ヨ也、面ニ仏法ヲタツルハ嫌也、ウラハヒトツ也、サルニヨリテ、経文ノ哥ニサヘタヘナル法ノナ

か我がゆきたるか也、下句より上の道理をみる、恋の哥にハ裏ノ説なし、

(首書)「一さい空げの事なり、」

返し　　　なりひら

646 かきくらす

逢夜のやミにかきくら(×く)されて、夢ともうつゝとも、よの人さだめよと也、空げ中の事也、おもてに仏法をきらふ、たへなる法とよむハきらふ也、

ド読ヲ嫌也、

題しらず　　読人しらず

647むば玉のやミのうつゝハさだかなる夢にいくらもまさらざりけり」（62ウ）

やミのうつゝとハ夜ふかくあひて互にさだかならねば、夢にもさのミまさらぬ心也、人間ミな夢とぞ、

648さ夜更てあまのとわたる月かげにあかずも君をあひミつるかな

あまの戸、空の事也、渡の字にてハなし、哥の心ハ月のかたぶく時分に人のおきわかれんかと、名残をおしむ心也、

649君が名も我名もたてじなにはなるミつともいふなあひきともいはじ

ミつといはん為になにはといへり、顕昭ハ色〳〵の説

二九二

題しらず　よミ――

647むば玉の

やミのうつゝハ夜ふかく互にさだかならねば、実なきによりて、夢にまさらうづると也、人間ミな夢と也、

648さ夜更て

あまの戸、空の事也、あま渡といふ字もかく、月のかたぶく時分に人（×文）に逢てあかぬ心也、人のおきかせんずらんと、名残おしむ心也、

649君が名も

ミつといはん為になにはといふ、

をいふ、不用、世見をはゞかりてミつるともあひつる
ともいふまじきほどに、そなたも詞をそろへ給へとい
ふ心也、

650なとり河瀬々のむもれ(ママ)あらはればいかにせんとかあひミそめ
けん」(63オ)

この哥、逢後の心也、埋木ハかくれてハ又あらはるゝ
物也、我名のあらはればいかにせんぞといふ心也、詠
哥大概にてハあらはれてからの哥也、

651よしの河水のこゝろハはやくとも滝の音にハたてじとぞおも
ふ

前の哥共ハ不逢して忍也、こゝハ逢て後に忍ぶ心也、
いかなるとも音にハたてじとおもふ心也、二条后の哥
と也、

652恋しくハしたにをおもへ紫のねすり《スム》の衣色にいづなゆめ

定家、顕昭、色〳〵の事をいふ、
あミ(×な)をひくといふ、不用、重て
いふ心也、世上をはゞ(ママ)りたる哥
也、詞がそろはずバといふ心也、

650なとり河
これハ逢後の名のたつ恋也、埋
木かくれて又あらハるゝ物也、
あらはればなにとせん、あらハ
れぬ先をいふ、詠哥にハあらは
れてからの也、

651吉野河
前ハ不逢、こゝハ逢てしのび恋
也、いかなる人のめにたつやう、
二条后哥也、

652恋しくハ　すり《清》

紫のねにて色ふかくそまる也、根にてそのまゝをきた
きと也、他流にハねてするといふ、不用、ゆめハゆめ
〳〵也、

をのゝはるかぜ」(63ウ)

653花すゝきほにいでゝこひバ名をおしミしたゆふひものむすぼ
ゝれつゝ

逢て後の恋也、ホニイデヽハ恋バト心得也、下ヒモよ
風ムスボヽルヽ事アリ、ソレヲ思ふ人ニトガスル事ヲ
下ニコメテ云也、

たちばなのきよきが、しのびにあひしれりける女のもと
よりをこせたりける　よミ人しらず

654おもふどちひとり〳〵が恋しなばたれによそへてふぢ衣きん

諸共にしなば○《是非なし、ひとり〳〵がしなば、》たれによせてきんぞと也、

返し　　たちバなのきよき

むらさき、よく《色ふかく》そむる也、紫、
ねでする、他流ねて(×た)する、不用、
ゆめ〳〵也、
根をそのまゝをきたきと也、

をのゝはるかぜ

653花すゝき
ほにいでゝ恋ひば、下にもむす
ぼゝる心あり、人にとがすると
也、逢て後の恋也、

654おもふどちひとり
たち――　よ――
諸共にしなば、たれによせてき
ん、

返し　　たち

655なきこふる涙に袖のそほぢなばぬぎかへがてらよるこそハきめ*
よるの衣をきるよしにて、よるきんと也、
題しらず　こまち」(64オ)
656うつゝにハさもこそあらめ夢にさへ人めをもるとみるがわびしき《(ママ)》
せめて夢になりともと、たのむにひるのしのぶ心故、夢にさへ人めをもると也、
657かぎりなきおもひのまゝによるもこん夢ぢをさへに人ハとがめじ
夢にかよふハ人もとがめじといふ心也、
658夢ぢにハあしもやすめずかよへどもうつゝにひとめみしごともあらず
夢にハゆきかへり〳〵ミれども、うつゝにみしやうに

655なきこふ　そほぢ*
よるの衣をきるよしにて、よるきんと也、
題――　こまち
656うつゝにハ
せめて夢成とも、人めもきづかいなくミたきと也、夢にさへ忍ぶと也、
ひるの心をせつしてぬる故也、
657かぎりなき
人の夢にみる、せく事はあるまじい、人ハとがめじと也、
658夢ぢにハ
ゆきかへり〳〵夢がする事也、
うつゝにみるハ夢のやうになき

ハなき心也、ごとハごとく也、此三首小町哥也、

よミ人しらず

659おもへども人めづゝミのたかければ河とミながらえこそわたらね

山ハこえ、河ハわたる物也、さりながら人めづゝミのたかければ、河とハミながらえわたらぬと也、あふ瀬を」（64ウ）へだつるハ人めづゝミとぞ、

660滝つ瀬に《ノ》《ミ》はやき心をなにしかも人めづゝミのせきとゞむらん

人めづゝミに不審かけたる心也、このはやき瀬をいかにせくぞと忍恋の心也、

寛平の御時きさいのーー　　きのとものり

661紅の色にハいでじかくれぬのしたにかよひて恋はしぬとも

ぬハ沼也、紅ハ涙也、沼ハ人にしられず、みえずして

と也、ごとハごとく也、

よミ人しらず

659おもへども

山ハこえゆる、川ハわたる也、人めづゝミのたかければ、河とみながらえわたらぬ也、あふ瀬をへだつるハ人めづゝミ也、

660滝つ瀬に

人めづ（ﾒミ）ゝミに不審かけたる也、あのはやきせをいかにせくぞと也、忍恋の心あり、

寛ーー　　きのとり（ママ）

661紅の　いでじ《清》＊

ぬハ沼也、水こもる也、紅ハ涙、

ふかき所也、よく我心に通じたる心也、此哥、紅、沼、
ソ句ノ哥と也、
題しらず　　ミつね
662 冬の池にすむにほ鳥のつれもなくそこにかよふと人にしらす
な
冬の池、かんか《ヨ》う、氷りをもたせたり、鳰ハ水の底」
(65オ)よりかよふ物也、よきたとへとぞ、
663 さゝのはにをくはつ霜の夜をさむミしミハつくとも色に出め
や
さゝの葉にハはらへども〱霜のをく也、さりながら
色にハいでぬ物なるべし、
よミ人しらず
664 山しなのをとはの山のをとにだに人のしるべく我恋めや《か》も
左注 この哥、ある人、あふミのミ《(ママ)》ねのとなん申す

沼ハ人にみえずふかき、我心に
通じたり、紅、沼、そくの哥也、
題――　ミつね
662 冬の池に
冬の池、かんよう、氷りをも
さ《(ママ)》せたる也、わ《(メキ)》きからかよふ物
也、よきたとへ也、
663 さゝのはに
初霜、初の心也、さゝハはらへ
ども〱霜あり、さりながら色
にハいでぬ也、
よ――
664 山しなの
左注 このうねめの天智天皇奉る哥と
也、音羽山をひにミた哥也、我
音羽といはまじきと也、

此うねめの天智天皇へ奉る哥と也、音羽山をひにミて、われハをとにたてまじきといふ心也、

きよハらのふかやぶ

665ミつしほの(×に)ながれひるまをあひがたミみるめの浦によるをこそまて

二所にて、なふりて、よるひるによせて也、夕塩ミち」(65ウ)てより、みるめがうきたる心也、古躰なる哥とぞ、

平貞文

666しら河のしらずとも(×も)いハじ底きよミ流てよゝにすまんと思へば

しらずともいはん為にしら河ハ出たり、哥の心ハ人ハなにといふともしらぬといはん、さりながら末に又あふこともあり、しらずともいふまじきと也、偽てよき

二九八

665ミつしほの　きよハらの——

二所へ、なふりたる哥、ひるよるによせて也、夕塩がみちてより、みるめがうきたる心也、古躰也、

平貞文

666しら河の

しらずともいハじと為にしら河也、人がなにといふともしらぬといハん、さりながら末に又あふことあらんほどに、しらずともいふまじきかと也、いつハりてよきこともあり、正直にいはんと也、

とものり

ことともあれど、たゞ正直にいはんとの心也、

とものり

667したにの《×の》ミ恋ふれバくるし玉のをのたえてミだれん人なと
が《×め》めそ

忍ぶればあまりにくるしき程に、玉をつらぬきたる緒をきりてミだれんといふ心也、

668我君《ママ》をしのびかねてハあしひきの山たちバなの色にいでぬべし」（66オ）

あかきミのなる物と也、ぼたんといふ説あり、不用、

よミ人しらず

669「おほかたハわがなもミなとこぎいで南よをうミべだにミるめすくなし

大かたハ大略也、海べハみるめある所なれども、みるめなきほどに、こくうに我名もおきへいでんと也、

667したにのミ

玉をつらぬきたるを、きれたらば玉ミだれん、忍ぶればくるしきほどに、玉のををきらんと也、

668我君《ママ》を

あかきミのなる物也、不変也、ぼたんといふ説不用、

よーー

669おほかたハ

我身をさへおもひけちて、こぎ《×え》いでなんといふ心也、大かた、大《ママ》いりく、我もさもあれ、海べハみるめある所なれども、みるめなきほどに、こくうこぎいでん也、

平貞文

670枕より又しる人もなき恋を涙せきあへずもらしつるかな

こゝろをゆるすハ、枕より外にハなきにもかぎりあれば、人にしらるゝと、我堪忍せいのなきをいへり、

よミ人しらず

671かぜ吹ば波うつきしの松なれやねにあらはれてなきぬべら也

左注に人丸の哥とあり、心ハたゞだにあるべきに、」(66ウ)風の吹時ハ波のあらきによりてずいぶん忍びたるも、かやうにねにあらハるゝといふ心也、

672池にすむ名をゝし鳥の水をあさミかくるとすれどあらはれにけり

をしといふ物、契のふかき物也、名をゝし鳥とつゞけたる作例也、別義なし、

673あふことハ玉のをばかり名のたつハよしのゝ河の滝つ瀬のご

平貞文

670枕より

心をゆるすハ枕也、それより外ハなきにかぎりこそあれ、人のしるといふ心也、堪忍せいなき心也、せめた心也、

よーー

671風ふけば

左注 人丸也、たゞさへあるべき、風の吹時の浪ハあらい、ずいぶん忍びたるが、かやうにもなる物かと也、

672池にすむ

をしといふ、契ふかき物也、名をゝしとつゞけたる作れい也、我心がふかくバあらハれし物《を》と

と
いづれも心に物のかなはぬ躰也、滝つ瀬のごとく世に
名のひゞきわたるといふ心也、
674むら鳥の立にしわが名いまさらに事なしふ《ウトキコユル様に読也、》ともしるしあらめ
や
むら鳥、さハぎたつ物也、名のたつをたとへたり、い
まよりあらためていかにいふとも、名のことハやまし
といふ心也、」（67オ）
675君により我名ハ花に春がすミ野にも山にもたちみちにけり
君により、かん用也、人のこゝろの実々にうちつきた
らば、如此名ハたゞじを、あだ〳〵しき人ゆへかくま
で名のたつといふ心也、又花にあだなる心あり、
伊勢
676しるへ（ママ）いへば枕だにせでねし物をちりならぬ身の空にたつら

也、名がおしきとつゞけたり、
673あふことの
いづれも心の物にかなはぬ也、
滝のせのごと、世にひゞく心也、
674むら鳥の
むら鳥ハさハぎたつ物也、とり
たてゝ人にいはんことなれども、
名のたつ也、いまからあらため
たらば、さもあらば、とり申か
へされぬが道理也、事なしふ、
うと、
675君により
君により、かんよう、あだ人ゆ
へに也、人の心うちつきたらば、
如此あるまじきと也、実ニ契り
あらば名もたつまいと也、花が

ん

枕がしるといふ本説ありと也、さりながらいまだしれず、たゞ身にちかき物なればしるといふほどに、この比ハ枕だにせでねしに、名の、ちりほこりのごとくたつハいかなることぞと也、

『六十一首』(67ウ)

三〇二

あだなる物也、

伊勢

676しるへ(ママ)といへば

枕がしる、本説アリと〇みえず《いふ、さりながら》、身にちかき物なればしるかと《しるといふ程に》也、この比ハ枕をもせぬに、名の、ちりほこりのやにたつハいかなることぞと也、

図書寮叢刊　古今伝受資料　一

平成二十九年三月三十日　第一刷発行

著作権者　宮内庁

発行所　公益財団法人　菊葉文化協会
郵便番号一〇〇―〇〇〇一
東京都千代田区千代田一番一号
電話〇三―五二二二―〇〇一二

発売所　株式会社　明治書院
東京都新宿区大久保一―一―七
郵便番号　一六九―〇〇七二
電話　〇三‐五二九二‐〇一一七
振替　〇〇一三〇‐七‐四九九一

印刷＝株式会社　三陽社

ISBN978-4-625-42423-6